Moni & Simon Reinsch

Moselruh

Moni Reinsch, geb. 1968, lebt mit ihrer Familie in Trier. Sie hat alles mal probiert (Bank, Marketing, Personalwesen, Psychologie), lebt aber eigentlich fürs Schreiben.
Ihr Sohn **Simon Reinsch**, geb. 1993, studiert zurzeit Medieninformatik in Birkenfeld.
Ihren ersten gemeinsamen Krimi »Tief im Hochwald« veröffentlichten die beiden 2013.

Moni & Simon Reinsch

Moselruh

KBV

Originalausgabe

www.kbv-verlag.de
E-Mail: info@kbv-verlag.de
Telefon: 0 65 93 - 998 96-0
Fax: 0 65 93 - 998 96-20
Umschlaggestaltung: Ralf Kramp
unter Verwendung von:

Redaktion: Nicola Härms, Rheinbach
Druck: CPI books, Ebner & Spiegel GmbH, Ulm
Printed in Germany
ISBN 978-3-95441-254-9

Für (Oma) Gisela,
ihren Lebensgefährten Edmond
und alle diejenigen,
die einen Partner
zu dessen Lebzeiten an
Alzheimer verloren haben.

Gedankenverloren

Ich sitze im Zug von A nach B
und merke, ein Gedanke tut mir weh.
An A kann ich mich nicht entsinnen,
doch spüre ich, wie ganz tief drinnen
sich etwas Wohliges in mir regt,
während der Zug sich fortbewegt.

Die Vergangenheit war mir vertraut,
während sich drohend vor mir aufbaut,
wohin mich dieser Weg wohl bringt.
Etwas aus meiner Erinnerung dringt
nicht mehr ganz zu mir hervor.

Fühl mich wie vor einem großen Tor
und weiß nicht, wohin ich mich wenden soll.
Um mich herum ist alles so voll.
Fremde Stimmen dringen an mich heran.

Mir gegenüber sitzt ein Mann,
der mit mir spricht, als würd' er mich kennen.
Es wird Zeit, dass sich unsere Wege trennen.
Er will sich in mein Innerstes schleichen
und ich muss dringend von ihm weichen.

Beim nächsten Halt, da steig' ich aus!
Der Mann verfolgt mich, ich will hier raus.
Die Türen gehen auf, doch der Mann hält mich fest.
Ich will, dass er mich gehen lässt!
Ich kenne ihn nicht, hab ihn nie gesehen,
doch dieser Mann lässt mich nicht gehn.

»Was fällt Ihnen ein, lassen Sie los!«
Doch seine Augen werden ganz groß.
»Vater«, versucht er gezwungen heiter,
»wir müssen noch drei Stationen weiter!«

Ich weiß nicht, wovon der Fremde spricht,
sehe nur Trauer in seinem Gesicht.
Ich habe Angst, wohin will er mich bringen,
während tausend Gedanken mit mir ringen.

Erinnerungen dröhnen in meinen Ohren.
Da war ein Gedanke – doch ich hab ihn verloren.

Sonntag

Johannes betrachtete das alte Anwesen von der Straße aus. Er war erst gestern mit seinem Vater hier im Altersheim gewesen, um seine Tante Adele zu besuchen. Sie war sehr verwirrt gewesen, vielleicht noch mehr als sonst. Sie hatte sich beklagt, dass ihre Haftcreme aufgebraucht war, dabei war es noch nicht lange her, seit er mit Tante Adele alle wichtigen Hygieneartikel eingekauft hatte. Allerdings kam es immer wieder vor, dass andere Bewohner sich in fremde Zimmer verirrten und mitnahmen, was ihnen in die Finger kam.

Johannes mit seinen fünfunddreißig Jahren stellte sich ein Leben in einem Demenzaltersheim außerordentlich trostlos vor. Vielleicht hatte die alte Frau die Haftcreme auch als Zahnpasta benutzt, statt ihre dritten Zähne damit festzukleben. Oder sie hatte sie einfach weggeworfen, weil sie sich nicht daran erinnern konnte, was sie damit machen sollte.

Johannes' Vater Hajo, den Adele immer noch erkannte, hatte gestern eine Schale Weintrauben mitgebracht, über die Adele sich sehr gefreut hatte. Die konnte sie auch ohne Zähne am Gaumen zerdrücken. Aber sie hatte kraftlos gewirkt, so, als habe sie schon mehrere Tage kaum etwas gegessen. Die Grippewelle hatte das Heim zudem fest im Griff, viele Bewohner waren krank, genauso wie einige Angestellte, sodass Adele möglicherweise auch dadurch angeschlagen war.

Johannes machte sich Sorgen um seine Lieblingsgroßtante, die einzige seiner Großtanten, die noch am Leben war. Darum war es für ihn selbstverständlich, ihr gleich heute Morgen die Haftcreme zu bringen, bevor er einen Termin zu einer Wohnungsbesichtigung hatte. Er befürchtete, dass die alte Dame sonst wieder nichts essen würde. Adele Kröber war über neunzig und seit einigen Monaten sehr wackelig auf den Beinen, an den meisten Tagen fühlte sie sich im Rollstuhl sicherer. Die Schwester hatte gestern erzählt, dass sie sich in den letzten Wochen sogar manchmal geweigert hatte, aufzustehen und mit den anderen im Gemeinschaftsraum zu essen. Stattdessen wollte sie alleine in ihrem Zimmer essen, was Hajo und Johannes Sorgen bereitete.

Wie alle Bewohner im Haus Moselruh war sie dement und hatte sich zu Hause nicht mehr behelfen können. Die Pflegerinnen sagten immer, es ginge Adele ein paar Tage lang besser, wenn sie Besuch gehabt hatte, darum versuchte Johannes, die Zeit irgendwie in seinen Alltag einzubauen, auch wenn es manchmal schwerfiel. Aber er genoss es zugleich, bei diesen Besuchen Zeit mit seinem Vater zu verbringen. Johannes war vor einigen Monaten nach der Trennung von seiner Frau Lenny zu seinem Vater nach Hellersberg in den Hochwald gezogen, aber wegen seiner Arbeitszeiten in einer Luxemburger Bank und der langen Fahrt dorthin sahen sie sich fast nur am Wochenende. Hajo war auf Johannes als Fahrer angewiesen, denn er fuhr kein Auto mehr, seit seine Frau, Johannes' Mutter, vom Scheunenboden auf das Dach seines alten Opel Kapitän gefallen war und sich dabei tödlich verletzt hatte. Er hatte das als Zeichen gesehen, das demolierte Auto an einen Liebhaber verkauft und fuhr seitdem höchstens noch mit dem Traktor durchs Dorf.

Den Besichtigungstermin hatte Johannes erst um zehn Uhr, bis dahin wäre er auf jeden Fall von Mehring aus rechtzeitig in Trier. Er hatte sich in den letzten Wochen schon einige Wohnungen angesehen, weil er endlich wieder in einer eigenen Wohnung leben wollte, bevor sein siebzehnjähriger Sohn Jonas in zwei Monaten von seinem Schüleraufenthalt in Amerika zurückkäme. Aber es war nicht leicht, eine Bleibe für sich und seinen Sohn zu finden, die verkehrsgünstig sowohl nach Luxemburg als auch zur Schule gelegen und zugleich bezahlbar war. Viele Vermieter wollten nur an Paare vermieten, manche wollten keine Kinder, schon gar nicht, wenn sie sie nicht zuvor gesehen hatten. Erst gestern hatte Johannes eine Diskussion mit einer Vermieterin, die ihn jetzt noch ärgerte, wenn er daran dachte.

Johannes hatte am Randstreifen der Bundesstraße geparkt, die im Sommer und während der Weinlese viel befahren war, vor allem von holländischen Touristen mit Wohnwagen und Wohnmobilen, aber auch von Motorradfahrern und Kurzzeittouristen, die eine Fahrt entlang der Mittelmosel mit einem Besuch in der Römerstadt Trier verbanden. Sonntagmorgens war die

Straße leer, aber heute standen erstaunlich viele Autos am Rand.

Johannes hatte das große, schmiedeeiserne Tor in der Mauer erreicht, die den Park einschloss, und ging über den langen Kiesweg zum Eingang der Villa. Im Rosengarten sah er zwei Pflegerinnen aufgeregt zwischen kurz geschnittenen Rosensträuchern herumlaufen. Johannes grüßte laut und freundlich. Eine der Pflegerinnen kreuzte seinen Weg. Sie sah verfroren und genervt aus.

»Suchen Sie etwas, Schwester Veronika, kann ich helfen?«, bot Johannes an.

»Ewald ist schon wieder weg, wir suchen ihn schon den ganzen Morgen. Ich fürchte, wir müssen gleich die Polizei einschalten«, erzählte sie aufgeregt. Sie hatte sicherlich viel Routine in ihrem Beruf und war nicht so leicht aus der Bahn zu werfen, aber jetzt wirkte sie erschöpft und höchst angespannt.

Johannes erinnerte sich, dass sie gestern schon nach Ewald Braun gesucht hatten, einem körperlich rüstigen, aber geistig verfallenen Mann in den Neunzigern. Er schien häufig wegzulaufen, darauf war der Personalschlüssel des Heimes einfach nicht ausgelegt.

»Am liebsten würde ich seine Tür abschließen oder ihn fixieren, solange wir mit so wenigen Leuten hier arbeiten müssen«, murrte Jessica, eine junge Pflegeschülerin.

Schwester Veronika sah sie tadelnd an.

»Nein, natürlich nicht«, lenkte die Schülerin ein. »Aber es nervt schon mächtig, dass wir uns hier den Arsch aufreißen und nur noch zu fünft im ganzen Haus sind, weil alle anderen krankgeschrieben sind. In der Berufsschule hören wir immer, wie das richtige Zahlenverhältnis zwischen Pflegekräften und Bewohnern sein sollte, aber die Realität sieht völlig anders aus. Wenn ich weiter hier draußen rumlaufen muss, bin ich nächste Woche auch krank.«

Johannes sah auf die dünnen Chucks an ihren Füßen und ihre kurze Jacke, die die Nieren nicht bedeckte und einen Spalt zwischen Oberteil und Hüfthosen frei ließ, was ihren Fluch sehr bildhaft untermalte.

»Das können Sie mir nicht antun, Jessica, Sie sind doch schon für eine kranke Kollegin eingesprungen, noch mehr Personalmangel und wir können bald dichtmachen«, hörte Johannes im Weitergehen.

Die hochherrschaftliche Eingangshalle war leer. Gestern hatte noch die kleine Ordensschwester Engelberta an der Rezeption, wie die Ein- und vor allem Ausgangskontrolle im Haus Moselruh offiziell hieß, gesessen. Sie war heiser gewesen, Johannes hatte noch den dicken, schwarzen Schal um ihren Hals vor Augen, der auf der Ordenstracht sehr ungewohnt ausgesehen hatte. Rechter Hand hörte Johannes Stimmen aus dem Aufenthalts- und Speisesaal. Adele Kröbers Zimmer war ganz hinten im linken Gang mit Blick auf den Park.

Tante Adele schien es heute etwas besser zu gehen. Sie war wie immer anfangs leicht verwirrt und konnte sich nicht an Johannes' gestrigen Besuch erinnern, aber nach wenigen Minuten schien sie deutlich lebendiger zu werden. Wie meist verwechselte sie Johannes mit seinem Vater Hajo, aber das störte ihn nicht, er sah es eher positiv, dass sie sich wenigstens noch an Hajo erinnerte. Sie erzählte lebhaft, wie sie vor dem Krieg eine Fahrradtour mit Freunden gemacht hatte, und lächelte bei der Erinnerung zahnlos. Tante Adele nippte an dem Traubensaft, den Johannes ihr eingegossen hatte, steckte sich eine Traube nach der anderen in den Mund und plapperte vor sich hin. Sie fragte nach dem Hof, auf dem Johannes groß geworden war; nach seiner Arbeit in der Bank fragte sie nie.

»Tante Adele, die anderen warten sicher schon mit dem Frühstück auf dich«, unterbrach Johannes ihren Redefluss. »Kommst du mit der Haftcreme alleine zurecht oder soll ich dir eine Schwester rufen?«

Adele Kröber schüttelte ungeduldig den Kopf. »Wozu soll ich denn Haftcreme brauchen?«

Johannes atmete einmal tief durch. »Tante Adele, du hast gestern erzählt, dass deine Haftcreme verschwunden ist und du ohne sie nichts essen kannst. Darum bin ich extra heute so früh gekommen, weil ich mir Sorgen um dich mache. Es ist wichtig, dass du etwas isst und vor allem trinkst.«

Die alte Frau sah ihn aus jetzt traurigen Augen an, eine Träne glänzte in ihrem Augenwinkel. »Dann lauf ich mal schnell ins Bad«, sagte sie und wollte aufstehen. Johannes bot ihr einen Arm an, auf den sie sich stützen konnte. Im Gegensatz zu ihr wusste er, dass sie nicht mehr alleine laufen konnte. Adele lächelte ihren Großneffen dankbar an und ließ sich wieder in den Rollstuhl sinken. Johannes schob sie in das behindertengerechte, geräumige Bad und sah zu, wie Adele die Haftcreme auf ihre Zähne drückte und mit dem Kiefer mahlte, bis alles seinen richtigen Sitz hatte.

»Komm, Tante Adele, ich helfe dir noch beim Anziehen und fahre dich dann in den Speisesaal. War denn heute noch niemand bei dir, um dich zu holen?«, fragte Johannes mit einem Blick auf seine Uhr. Es war schon nach neun, ungewöhnlich spät zum Frühstücken. Er musste endlich fahren, eine knappe halbe Stunde wäre er bis Trier sicher unterwegs.

»Gib mir bitte die blaue Hose aus dem Schrank und einen warmen Pulli, vielleicht den hellblauen. Und dann lässt du mich einfach alleine zum Anziehen«, bat sich die alte Dame aus.

Johannes legte ihr die gewünschte Kleidung aufs Bett, öffnete die Terrassentür und trat hinaus in den kühlen Märzmorgen. Die Tür ließ er offen, um das Zimmer von den Gerüchen der Nacht zu lüften.

Adele brauchte fast zehn Minuten, bis sie fertig war, aber dann strahlte sie Johannes an und meinte, sie habe Hunger. Johannes lächelte zurück.

»Komm, ich bringe dich jetzt in den Speisesaal.« Als er die Zimmertür öffnete, hörte er Tumult aus dem Speisesaal. Johannes fuhr mit Adele durch die leeren Gänge und betrat den großen, hellen Raum. Er bat zwei Mitbewohner, die kurz hinter der Tür den Weg versperrten, ihn mit dem Rollstuhl durchzulassen. Als sie zur Seite wichen, sah Johannes den Pfleger Daniel in einer Blutlache auf dem Boden liegen, den Kopf in einem unnatürlichen Winkel zur Seite geneigt. Mit einem Blick erfasste Johannes die Situation, griff zu seinem Handy und wählte den Notruf. Dann rief er seinen Vater an.

Das Heim lag recht einsam vor dem Moselweinort Mehring, und Vanessa Müller-Laskowski wunderte sich, warum alle Parkplätze an der Straße belegt waren, bis sie ein Schild mit der Aufschrift *IVV* sah – eine Volkswanderung, ausgerechnet heute!

Vanessa quetschte sich etwas entfernt in eine Parklücke und nahm ihre Schultertasche vom Beifahrersitz. Es war empfindlich kühl, und sie bedauerte, keine Handschuhe eingepackt zu haben.

Das schmiedeeiserne Tor war offen, vor der Eingangstür standen ein Krankenwagen, ein Notarztwagen und ein Polizeifahrzeug. Vanessa ging durch die menschenleere Halle und wandte sich nach rechts dem Lärm zu. Sie betrat einen großen, lichtdurchfluteten Raum, den sie schon von außen durch die großflächigen Fenstertüren hatte sehen können. Die erste Fenstertür war weit offen, eine Pflegeschülerin saß bleich davor und krallte sich an die Sitzfläche ihres Stuhls. Vanessa verharrte einen Moment neben ihr und überblickte die Lage. Abgesehen von den Einsatzkräften sah sie sicherlich mehr als ein Dutzend Personen, die im Aufenthaltsraum saßen oder standen, und über ihre Köpfe hinweg dröhnte die Stimme einer Schwester, die routiniert alle bat, Ruhe zu bewahren, es käme gleich jemand, der sich um sie kümmere. Vanessa musste einem Rollstuhl ausweichen und wäre beinahe über ein

Paar Krücken gestolpert, die an einem Tisch lehnten. Sie ging zu dem Notarzt und einem Rettungssanitäter, die mitten im Raum im Gespräch miteinander standen. Zu ihren Füßen lag ein junger Mann mit einer weißen Pflegerhose und einer ehemals weißen Pflegerjacke, die jetzt blutrot verfärbt war. Aus dem hinteren Bereich des Raumes löste sich eine Gestalt und kam auf die Kommissarin zu. »Hallo Vanessa, schön, dass du so schnell kommen konntest«, sagte Johannes und küsste Vanessa flüchtig auf die Wange. Vanessa hatte Hajos Sohn bei ihren Ermittlungen im Hochwald im vergangenen Herbst kennengelernt und freute sich, ihn zu sehen, wenn auch nicht unter diesen Umständen.

»Ich habe meine Tante Adele besucht und dabei diesen toten Pfleger, Daniel, gefunden. Ich dachte mir, es ist das Beste, dich dazuzurufen, aber ich hatte deine Handynummer nicht. Mein Vater hat dich also angerufen? Oder haben deine Kollegen dich informiert?«

Ein eifriger, uniformierter Polizist drängte sich zwischen die beiden und räusperte sich. »Michael Lieser, Polizeikommissar, ich bin hier der zuständige Beamte. Und wer sind Sie?«

»Kriminalhauptkommissarin Vanessa Müller-Laskowski, Mordkommission Trier, freut mich, Sie kennenzulernen. Der Zeuge Johannes Nert hat mich informieren lassen, und ich habe mich mit Ihren Kollegen auf der Dienststelle abgesprochen, dass ich den Fall übernehmen werde.«

Michael Lieser war vermutlich Anfang bis Mitte dreißig und schien äußerst ambitioniert zu sein. Vanessa sah seinem bemüht beherrschten Gesichtsausdruck an, dass es ihm nicht passte, hier nicht die Oberhand zu haben. »Aber der Daniel ist in meinem Revier ...«, argumentierte er schwach.

»Ich bin froh, dass Sie sich hier auskennen, dann sind wir sicherlich ein gutes Team. Sie kennen den Toten?«, lenkte Vanessa ab.

»Na ja, wir fahren beide Motorrad, also, ich meine, Daniel ist auch Motorrad gefahren, genau wie ich. Wir schrauben beide in einer kleinen Werkstatt in Schweich an unseren Maschinen rum, da haben wir uns kennengelernt. Dann sind wir mal zusammen an den Nürburgring gefahren, aber gut kenne ich ihn nicht.«

»Herr Lieser, ich wüsste erst einmal gerne, was passiert ist. Haben Sie Wünsche, wie wir uns die Arbeit hier aufteilen sollen?«, fragte Vanessa.

»Ich würde am liebsten erst einmal die ganzen Zivilpersonen hier wegschaffen«, schlug Lieser vor, aber Johannes schüttelte energisch den Kopf. »Entschuldigen Sie, ich habe meine Tante Adele Kröber besucht, die dort hinten sitzt, und habe den Toten gefunden. Kurz nach mir kamen Schwester Veronika und Schwesternschülerin Jessica. Die ist erst mal ohnmächtig geworden, die Sanitäter haben sich bereits um sie gekümmert. Um den Pfleger Daniel konnten sie sich nicht mehr kümmern, da kam wohl jede Hilfe zu spät. Ich habe mit Schwester Veronika gesprochen, sie sagt, es ist unmöglich, die Leute jetzt in ihre Zimmer zu bringen. Die Menschen haben etwas Traumatisches erlebt, was vielleicht an verschütteten Erinnerungen rührt, außerdem können sie vermutlich nicht verarbeiten, was sie gesehen oder gehört haben. Es wäre fatal, sie jetzt alleine zu lassen. Die Schwester möchte gerne alle im Blick behalten, um gegebenenfalls eingreifen zu können, sobald sie eine Unregelmäßigkeit bemerkt.«

Der Polizist schien hin- und hergerissen zu sein. Vanessa sah sich im Raum um. Die Schwester, die Johannes als Veronika bezeichnet hatte, strich einer alten Frau über die zerzausten Haare und reichte ihr einen Becher mit Pfefferminztee, dessen Duft über dem Raum lag. Es roch außerdem nach Urin und Kot. Vanessa griff in ihre Jackentasche und zog automatisch Latexhandschuhe über ihre eiskalten, steifen Finger. Sie ließ die beiden Männer stehen und wandte sich an den Notarzt.

»Ich bin ja kein Gerichtsmediziner oder so, nur ein einfacher Landarzt, aber das da ist ein Genickbruch, daran habe ich keinen Zweifel. Der hat nicht lange gelitten. Dazu noch der Blutverlust. Kopfwunden bluten immer wie ...«

Vanessa kniete sich neben den Toten. Er dürfte Mitte zwanzig sein, ein hübscher junger Mann mit langen, mittelblonden Haaren, die ihm sonst sicher im Gesicht hingen. Vor Vanessas innerem Auge stellte sich das Bild eines jungen Mannes ein, der immer wieder den Kopf zur Seite werfen musste, um den Pony aus dem Gesicht zu bekommen. Jetzt lag er auf dem Rücken, die Haare in einer Blutlache auf dem Boden verklebt, die Augen schreckgeweitet, das Gesicht voller Angst. Der Blick war gebrochen, die Haut kalt, und die Totenstarre begann sich schon im Gesicht auszubreiten. Vanessa hätte so gerne die Augen des jungen Mannes geschlossen, aber der entsetzte Blick schien ihr wichtig zu sein.

Schwester Veronika hatte sich von der Frau an ihrer Seite gelöst, eilte zu Vanessa und stellte sich vor. »Danke, dass Sie so schnell gekommen sind. Ihr männlicher Kollege ist, wie soll ich sagen, wenig einfühlsam.« Dann fragte sie hilflos: »Was sollen wir denn machen?«

»Ich habe schon gehört, dass die Bewohner nicht in ihre Zimmer sollen«, sagte Vanessa. »Unsere Kriminaltechnik wird zwar im Dreieck springen, aber ich kann Ihre Argumente sehr gut verstehen.«

»Wir haben auch gar kein Personal dafür. Wir sind heute nur zu fünft, alle anderen sind krank. Selbst Schwester Engelberta, die sonst an der Rezeption sitzt, hat sich für heute krankgemeldet. Und jetzt sind wir nur noch zu viert!«, murmelte sie mit Blick auf den toten Kollegen.

»Wo sind die anderen?«, hakte Vanessa nach.

»Die suchen mal wieder einen unserer körperlich rüstigen Bewohner, Ewald Braun. Er ist schon wieder weg. Schwesternschülerin Jessica und ich haben ihn auch gesucht, während Daniel sich ganz alleine um das Frühstück gekümmert hat. Er ist«, sie stockte, »er war eine sehr zuverlässige Kraft, ich konnte ihm gut die ganze Abteilung alleine anvertrauen. Als Jessica und ich reinkamen, um die Polizei anzurufen, damit sie uns bei der Suche nach Ewald helfen, hörten wir schon vom Eingang her eine große Unruhe. Viele sprachen durcheinander, andere sangen laut vor sich hin wie kleine Kinder, die man alleine in den Keller schickt und die ihre Angst mit Gesang übertönen wollen. Andere wiegten sich hin und her, eine betete. Der Neffe von Frau

Kröber fühlte gerade Daniels Puls, aber da war nichts mehr. Während Herr Nert mich informierte, dass er bereits den Notarzt angefordert hatte, wurde Jessica ohnmächtig und ich musste mich erst einmal um sie kümmern. Die Kolleginnen draußen haben das Handy vergessen, es hängt hinten am Ladekabel«, sie wies mit dem Kopf hinter sich zum Büro der Schwestern. »Sie sind mit Herrn Nert verwandt?« In ihrer Stimme schwangen Unsicherheit und Verzweiflung mit.

»Nein, ich kenne den Vater gut, den Neffen einer Ihrer Bewohnerinnen. Er wusste, dass ich bei der Kriminalpolizei bin, darum hat er mich informiert. Das ging schneller, als den offiziellen Dienstweg einzuhalten. Aber der Kollege Lieser von der Polizeiinspektion Schweich ist ja auch schon da. Ich rufe jetzt meine Kollegen aus Trier an, die werden uns unterstützen. Brauchen Sie Hilfe?«

»Ich weiß nicht, ob sie in ihre Zimmer zurücksollen oder ob sie als Zeugen hierbleiben müssen. Ich müsste sie frisch machen, es ist Sonntag, da kommt oft jede Menge Besuch. Wobei durch die Grippewelle viele Angehörige nicht kommen. Einige sind selbst zu krank für einen Besuch, andere haben wir aufgefordert, die geschwächten, alten Leute nicht mit möglichen Bakterien und Viren noch weiter zu schwächen, es könnte also einigermaßen ruhig bleiben. Aber ich weiß gar nicht, ob Daniel das Frühstück an diejenigen, die bettlägerig sind, überhaupt schon verteilt hatte. Ich ...« Sie brach in Tränen aus und hielt sich an einem Tisch fest, weil sich offenbar alles um sie herum drehte. Vanessa packte sie beherzt und setzte sie auf den nächstbesten

Stuhl, bevor sie ihr Handy herauszog. »Gunter? Vanessa hier. Ich brauche dich für einen Todesfall im Altenheim Moselruh kurz vor Mehring. Bring bitte das ganze Aufgebot mit und versuche, ein paar Leute vom Roten Kreuz oder den Johannitern zu besorgen.« Sie lauschte in den Hörer. »Ja, Malteser geht natürlich auch. Hier sind mindestens ein Dutzend pflegebedürftige Menschen, die betreut werden müssen. Außerdem brauchen wir eine Staffel, die einen Heimbewohner suchen muss.« Wieder hörte sie zu. »Natürlich ist ein Todesfall im Altenheim nichts Ungewöhnliches. Aber wenn der Tote Mitte zwanzig ist und in einer Blutlache liegt, dürfte das ein Fall für uns sein. Ja, mein Sonntag sollte auch anders aussehen, es tut mir leid.«

Verärgert steckte Vanessa das Handy in ihre Hosentasche. Gunter war eigentlich ein sehr kooperativer Kollege, mit dem sie gerne zusammenarbeitete, aber sein Wochenende war ihm als Familienzeit heilig. Das nutzte jetzt nichts. Aber sie wusste genau, dass er seinen Ärger jetzt einmal am Telefon entladen hatte, wahrscheinlich auch, damit seine Frau hörte, dass er alles versucht hatte, aber sobald er in einer halben Stunde am Tatort wäre, wäre er konzentriert und kompetent wie immer.

»Schwester Veronika, können Sie mir sagen, was für Kleidung Ewald Braun trägt?«, wandte sich die Kommissarin an die ältere Pflegerin.

»Ich weiß es nicht, ich hatte ihn noch gar nicht gesehen heute. Grazyna und Schwester Clara haben die Bewohner zum Frühstück geholt und dabei festgestellt, dass Ewalds Bett leer war. Im Bad roch es nach Rasierwasser, und seine Schuhe fehlen. Im Haus war er nirgendwo zu finden.«

»Gestern trug er einen langen, dunklen Mantel«, erinnerte sich Johannes.

»Natürlich hat der Ewald seinen Mantel getragen«, meldete sich ein alter Mann im Trainingsanzug zu Wort. Vanessa ging zu ihm und stellte sich vor.

»Ich bin der Jupp«, antwortete dieser. »Der Ewald hat das Zimmer neben mir. Natürlich hat er seinen Mantel getragen. Und die dunklen Schuhe. Was soll er auch sonst unter dem Mantel tragen? Ich glaube, er hatte auch einen Hut.«

»Der Ewald trägt doch nie einen Hut«, mischte sich ein anderer Mann ein und stellte sich als Werner Baltes vor.

»Warum trägt der Ewald denn keinen Hut mehr, es ist doch kalt draußen. Der muss aufpassen, dass er sich nicht erkältet«, schaltete sich eine Frau ein. Als Vanessa nach ihrem Namen fragte, sah die alte Dame sie ganz erschrocken an und blickte wieder auf den Rosenkranz in ihrer Hand, den sie lautstark weiterbetete.

»Das ist Erika«, half der Mann aus, der sich als Jupp vorgestellt hatte.

»Das ist doch nicht Erika, das ist Hedwig. Erika sitzt da hinten unterm Tisch«, widersprach Werner Baltes.

Vanessa folgte ungläubig seinem Fingerzeig mit dem Blick und entdeckte eine Frau in einem fliederfarbenen Strickpullover, die tatsächlich unter einem Tisch kauerte und vor sich hinmurmelte.

»Was ist mit ihr?«, fragte sie Schwester Veronika verdutzt, die gerade einer Frau die Hände mit einem Waschlappen wusch. Der weiße Waschlappen färbte sich rot.

»Meinen Sie Henriette?« Schwester Veronika zeigte auf die Frau, deren beige Hose ebenfalls rote Striemen zeigte. »Unser Jettchen hat sich wohl um Daniel gekümmert, als er auf dem Boden lag. Sie kümmert sich immer um alle. Früher war sie Hebamme, sie kann nicht anders als helfen. Sie hat Blut an den Händen und hat versucht, es an ihrer Hose abzuwischen.«

Vanessa notierte sich im Kopf, dass sie unbedingt Henriettes Fingerabdrücke nehmen mussten. Wer weiß, ob sie wirklich nur geholfen hatte oder ob sie schuld war am Tod des Pflegers. »Eigentlich hatte ich die Dame unter dem Tisch gemeint, was ist mit ihr?«

In dem Moment durchschnitt ein lautes »Psssst« den Raum. Die alte Dame quälte sich unter dem Tisch hervor, kam mühsam auf die Beine und lief wackelig zum Fenster. Drei bodentiefe, doppelte Fenstertüren ließen Licht in den Raum.

»Psst, wir müssen leise sein. Wer hilft mir denn endlich mal? Wir müssen verdunkeln, der Feind kommt. Wenn es Tote gibt, kommt immer der Feind. Wir müssen die Fensterläden schließen, damit kein Licht nach draußen dringt. Und ihr müsst ganz leise sein. Lösch doch mal einer das Licht, wir müssen uns vor dem Feind schützen«, wies sie mit gezischten, fast geflüsterten Anweisungen alle Anwesenden an.

»Lieselotte, alles ist gut. Wir sind nicht in Gefahr«, versuchte die Pflegerin die Frau zu beruhigen.

»Aber der Feind kommt, wir müssen alle Fensterläden schließen. Packt mit an«, rief die verwirrte Frau aufgeregt. »Mein Albert ist da draußen, den müssen wir reinlassen, wenn er kommt.«

»Lieselotte, Albert ist im Krieg gefallen, das ist viele Jahre her. Wir haben keinen Krieg mehr, es geht uns gut, alles ist in Ordnung. Setzen Sie sich wieder an den Tisch und trinken Sie ein bisschen Tee.«

»Die Bomben, wir müssen uns schützen. Sicher kommen gleich die Flieger. Setzt euch alle unter die Tische. Weg von den Fenstern!« Sie schob einen leeren Stuhl zur Seite und kletterte wieder mühsam unter den Tisch.

»Unter dem Tisch wird sie gleich ruhiger, wir können sie erst einmal sich selbst überlassen«, klärte die erfahrene Pflegerin die verwunderte Kommissarin auf.

Vanessa beobachtete aus dem Augenwinkel, wie Kommissar Michael Lieser unruhig ein paar Schritte auf die alte Dame zuging, sich dann aber wieder zu dem Arzt umwandte, der ihn von hinten angesprochen hatte.

»Der Michael ist mit der Enkelin von Lieselotte, also von Frau Jostock, liiert«, raunte Schwester Veronika und nickte zu dem Polizisten hin. »Seine künftigen Schwiegereltern würden erwarten, dass er seinen Dienst vernachlässigt und sich stattdessen erst mal um die Oma kümmert. Aber das kann ich besser als er, er soll mal seinen Job machen.«

Von der Eingangstür zum Speisesaal klangen Adventslieder, schräg mit brüchiger Stimme, aber sehr textsicher gesungen von der Dame im Rollstuhl, um die Vanessa zu Beginn hatte herumgehen müssen.

»Sie singen aber sehr schön heute, Hedwig«, sagte Jessica gerade zu ihr und tätschelte ihr die Hand. Jessicas Gesicht hatte wieder etwas Farbe bekommen, und sie konnte ohne zu zittern stehen. Vorsichtig ging sie zu

Schwester Veronika und fragte sie, was sie als Nächstes tun solle.

»Sehen Sie bitte nach, ob die Patienten, die im Zimmer geblieben sind, ihr Frühstück bekommen haben, füttern Sie bitte, wo es nötig ist. Und versuchen Sie, die alten Leute nicht aufzuregen, sonst bricht hier die Hölle los.«

Jessica sprach kurz mit den beiden Sanitätern, von denen einer nicht viel älter war als Jessica selbst. Die beiden jungen Männer schlossen sich Jessica an und gingen mit ihr in den Wohntrakt. Vanessa sah, wie sich der Arzt von Kommissar Lieser verabschiedete.

Unterdessen hatte Lieser die örtliche Polizei um Hilfe bei der Suche nach Ewald Braun gebeten. Die Personenbeschreibung fiel ihm nicht schwer, da er ihn als Mitbewohner seiner Schwiegeroma gut kannte. Wichtig war, dass die Polizisten nicht nach einem offenkundig hilfsbedürftigen Mann suchten, sondern nach einem Mann, der durchaus sicher und selbstbewusst wirkte, dessen Antworten glaubhaft schienen, aber in sich nicht schlüssig waren. Wie viel leichter war es doch, ein umherirrendes Kind zu suchen, dem man schon von Weitem ansah, wenn es irgendwo nicht alleine hingehörte.

Vanessa suchte Johannes' Nähe, als dieser sein Handy ungehalten in die Hosentasche steckte. »Probleme?«

»Ich hätte um zehn Uhr einen Besichtigungstermin für eine Wohnung in Heiligkreuz«, erklärte Johannes. »Ich habe der Vermieterin gerade geschildert, warum ich nicht kommen kann, und sie um einen neuen Termin gebeten. Aber sie sagte mir, das sei ein Sammeltermin, dafür sei sie extra nach Trier gekommen. Wer nicht da sei, hätte eben Pech.«

Vanessa sah auf die Uhr, es war kurz vor zehn. »Willst du fahren und wir treffen uns später für deine Zeugenaussage?«

Johannes schüttelte den Kopf. »Bei der möchte ich gar nicht mehr wohnen. Tante Adele geht vor.«

Zum ersten Mal sah sich Vanessa in Ruhe im Raum um und stellte fest, dass es einige Blutspuren gab, weit mehr, als sie erwartet hatte. Aus der Blutlache, die sich rund um den Kopf des Pflegers ausgebreitet hatte, führten feine, blutige Streifen heraus. Vanessa verfolgte sie mit dem Blick und landete bei einem Rollator, dessen Räder rot verfärbt waren. Auch blutige Fußspuren führten zu dem Tisch, an dem ein Mann saß und sich eine Tageszeitung vors Gesicht hielt. Es war die Zeitung von Donnerstag, und der Mann hielt sie falsch herum. Schwester Veronika war ihrem Blick gefolgt und trat neben Vanessa. »Das ist Heinrich, Heinrich Ruppenthal. Er kann schon seit Jahren nicht mehr lesen, aber er sieht sich gerne die Bilder an. Früher war er Studienrat für Kunst und Geschichte, er hat eigene Ausstellungen gehabt. Jetzt malt er Malbücher für Kleinkinder aus und freut sich, wenn er neue Buntstifte bekommt. Er hat wohl eine Ahnung davon, dass er gebildeter ist als die anderen Bewohner und dass sie ihn dafür bewundern, wie belesen er ist, darum umgibt er sich gerne mit Papier, aber seine Fähigkeiten sind völlig verloren gegangen.«

Vanessa setzte sich zu Herrn Ruppenthal, der mit dem Rücken zu Daniel saß und so tat, als sei er in seine

Zeitung vertieft. »Ich bin Vanessa Müller-Laskowski, ich bin von der Polizei«, stellte sie sich vor, aber der alte Lehrer reagierte nicht. »Sie sind Herr Ruppenthal?«

»Stören Sie mich bitte nicht, ich möchte das hier gerne fertig lesen. Sehr interessant, sehr interessant. Kennen wir uns?«, murmelte er mit monotoner Stimme vor sich hin.

»Sie haben Ihre Schuhe und Ihren Rollator schmutzig gemacht, wie ist das denn passiert?«, versuchte Vanessa einen Einstieg.

»Stören Sie mich nicht, ich muss lesen! Ich war noch nie schmutzig. Ich bin immer sauber. Das kann gar nicht sein. Lassen Sie mich jetzt, ich muss lesen.«

Vanessa merkte, dass sie nicht weiterkommen würde. Hinter sich hörte sie einen Stuhl scharren und fühlte eine kalte Hand in ihrem Nacken, was sie erschrocken zusammenfahren ließ. Sie spürte, wie ihr jemand die Haarspange löste und ihre roten Haare ihr über die Schultern fielen.

»Der Herr sei gepriesen, du bist endlich wieder da«, nuschelte eine zusammengesunkene Frau hinter Vanessa und fuhr mit den Fingern durch die langen Haare. »So lange warst du nicht mehr hier. So lange. Aber jetzt bist du da. Der Herr sei gepriesen.«

Vanessa drehte sich um und sah in das faltige, entrückte Gesicht einer alten Frau. Es war die mit dem Rosenkranz, die sich jetzt in ihrem Stuhl aufgerichtet hatte. Sie fiel Vanessa um den Hals und schluchzte tränenlos.

»Das ist Erika, Erika Lorenz«, erläuterte Veronika, die neben Vanessa getreten war. »Werner, was machen Sie denn da?«, sagte sie dann entsetzt, als sich Werner Baltes neben den toten Daniel kniete und ihm die Augen schließen wollte.

»Bitte nicht!«, rief Vanessa und sprang auf, aber es war schon zu spät.

»Ich muss doch einem toten Kameraden die Augen schließen, das haben wir im Krieg immer so gemacht. Sie sollen nicht mehr sehen müssen, was um sie herum geschieht«, erläuterte er bestimmt. »Schließlich habe ich alles mit angesehen, das reicht. Er muss nicht mehr alles ansehen!«

Vanessa reichte dem alten Mann eine Hand, um ihm beim Aufstehen zu helfen. »Was haben Sie denn gesehen?«

Bevor er etwas antworten konnte, hörte man in der Halle die Türe schlagen, und alle blickten zum Eingang, woher das Trappeln zahlreicher Füße kam. Vanessa ging in die Eingangshalle und sah sich Gunter mit einigen Kollegen von der Spurensicherung gegenüber.

»Rotes Kreuz und Malteser schicken uns Leute. Bis Bernadette von Saarburg herkommt, wird es noch eine Weile dauern. Dr. Breuer ist unterwegs. Was steht an?«, erkundigte er sich wohl strukturiert wie immer.

Vanessa setzte alle kurz ins Bild und erklärte, dass die alten Leute noch im Speisesaal bleiben müssten, bis Pflegekräfte kamen, die sich um sie kümmern konnten. Gemeinsam gingen sie in den Speisesaal, und Vanessa stellte Hauptkommissar Gunter Hermesdorf vor.

Ein Kollege von der Spurensicherung fluchte laut, als er die vielen Menschen sah. »Ich brauche Platz und Ruhe, um zu arbeiten. Keine Schaulustigen, die mir erklären, wie ich meine Arbeit machen soll. Schafft doch mal einer die ganzen Leute hier raus!«

»Menschlichkeit geht vor. Gehen Sie mal davon aus, dass die meisten in dieser Generation schon mehr Tote gesehen haben als Sie. Für die ist Tod etwas Selbstverständliches, das ist etwas anderes als in unserer Generation. Sie können also warten oder mit Ihrer Arbeit anfangen. Aber lassen Sie die Leute in Frieden«, wies Gunter ihn zurecht.

»Aber die ganzen Insassen sind mir im Weg, ich muss die Kamera aufbauen ...«, versuchte der Mann sich zu verteidigen.

»Sprechen Sie nicht noch einmal von Insassen, sonst bekommen Sie von mir eine Dienstaufsichtsbeschwerde an den Hals«, raunte Vanessa dicht neben seinem Ohr. »Machen Sie Ihre Arbeit, und schweigen Sie am besten dabei!«

Der Kriminaltechniker knallte seinen Alukoffer auf den Boden, sagte aber nichts mehr.

»Hat er einen wunden Punkt getroffen?«, flüsterte Gunter neben ihr.

»Sprich mal mit diesen Menschen, lass dir von den Schwestern aus ihrem Leben erzählen. Das sind weder Gefangene noch Verrückte, nichts könnte den Begriff Insassen rechtfertigen. Der soll sich mal überlegen, wie sein eigenes Leben in vierzig Jahren aussehen könnte«, knurrte Vanessa.

In der Halle schlug die Haustür gegen die Wand, und schwere Schritte von vielen Menschen näherten sich.

»Fürchte dich nicht, Hilfe ist nah«, murmelte Erika und schnippte eine Perle in ihrer Hand weiter.

»Ich mochte noch nie Pfefferminztee, schon als Kind nicht!« Gunter Hermesdorf schob die Tasse von sich und schüttelte sich angewidert.

»Das kann ich gut verstehen, aber er ist wenigstens warm. Mir wäre ein Latte macchiato zu Hause auf der Kaminbank auch lieber als dieses Zeug im Altenheim, aber wir können froh sein, dass wir wenigstens ein Mittagessen bekommen haben«, rügte ihn Vanessa.

»Rouladen mit Rotkohl und Kartoffeln war sogar mehr, als ich erwartet hätte, du hast ja recht. Und jetzt sitzen wir hier in diesem Zimmerchen und müssen die ersten Fakten sortieren. Wie praktisch, dass vorgestern ein Bewohner gestorben ist und das Zimmer noch nicht neu vergeben wurde, da haben wir ja einen richtigen Rückzugsraum«, lästerte Gunter. »Hier muss doch sowieso frisch gestrichen werden, meint ihr, wir könnten die Wände einfach als Notizpapier nehmen?«

Michael Lieser, der junge, ortsansässige Kollege räusperte sich verlegen, schwieg aber.

»Lasst uns vielleicht mit normalen Zetteln anfangen, der Nachmieter steht bestimmt schon morgen mit seinem Rollator vor der Tür. Also, was habt ihr bislang gesammelt?«, drängte Vanessa.

»Fangen wir mit den zuverlässigen Aussagen an: Der Gerichtsmediziner hat sich die Verletzungen angesehen. Dr. Breuer meint, es gäbe da einige Ungereimtheiten, aber du weißt ja ...«, ließ Gunter Hermesdorf den Satz unvollendet.

»Alles Weitere im Obduktionsbericht in ein paar Tagen. Daran hatte ich keinen Zweifel. Hat er etwas über die Ungereimtheiten gesagt?«

»Todesursache war vermutlich ein Genickbruch«, schaltete sich Michael Lieser ein. »Die Angst in seinem Gesicht deutet auf einen Kampf hin, das würde auch zu den Gewebespuren unter den Fingernägeln passen, die selbst ein Laie sehen konnte. Alles in allem können wir einen geplanten Mord mitten im Speisesaal doch mit ziemlicher Sicherheit ausschließen, es dürfte also ein Unfall mit Todesfolge, bestenfalls Totschlag, gewesen sein. Aber das entbindet uns selbstverständlich nicht davon, die Sache aufzuklären. Es gab eine heftig blutende Wunde am Hinterkopf, wie wir ja alle gesehen haben, aber auch Hämatome und eine Beule durch stumpfe Gewalteinwirkung.«

»Hat Bernadette von der Spurensicherung schon etwas gesagt?«, hakte die Kommissarin an Hermesdorf gewandt nach.

»Sie hat zahlreiche Fingerabdrücke und Reifenspuren sichergestellt.«

»Reifenspuren? Da gab es bei der Volkswanderung sicher jede Menge, aber gibt es denn einen flüchtigen Verdächtigen?«, wunderte sich Vanessa.

»Ich meine Reifenspuren von Rollstühlen und Rollatoren. Du hast doch selbst die Spur von diesem Heinrich gesehen, der entweder als Täter, als Zeuge oder einfach völlig unbeteiligt in das Blut seines toten Pflegers getreten ist. Wie lief es mit den Befragungen der Bewohner?«, wollte Gunter wissen.

»Oh, du hast doch schon miterlebt, wie kompetent unsere Zeugen sind. Matthias Erbes ist stocktaub. Er saß zwar dem Opfer am nächsten, aber mit dem Rücken zu ihm. Ich brauchte die geduldige Schwester Clara, um ihm klar zu machen, was vorgefallen ist. Selbst als er den toten Daniel sah, schien er kaum zu reagieren. Ich werde sie noch einmal danach fragen.«

»Kannst du mir erklären, warum man ins Kloster geht, wenn man so jung und so hübsch ist wie diese Schwester Clara?«, fragte Gunter.

»Wenn ich es richtig verstanden habe, war sie als Missionsschwester in Afrika und ist vorübergehend nach Deutschland zurückgekommen, um sich von einer Erkrankung zu erholen«, erklärte Lieser.

»Während diese polnische Schwester zunächst Zeter und Mordio geschrien hat, war Schwester Clara sehr besonnen«, schilderte Vanessa ihren Eindruck. »Ihr Glaube scheint ihr viel Halt zu geben.«

An der Tür klopfte es.

»Darf ich kurz stören?«, stieß die Schülerin Jessica aufgeregt hervor, ohne auf eine Aufforderung zum Eintreten zu warten. »Wir haben schon überall nachgesehen, uns fehlt ein weiterer Bewohner.«

»Wie bitte?«, riefen die Polizisten gleichzeitig und sprangen auf.

»Alwis, also Alois Schlöder, ist verschwunden. Herr Lieser, Sie kennen ihn doch. Wir waren so froh, dass Ihre Kollegen Ewald Braun wiedergefunden haben, aber in der Aufregung haben wir ganz übersehen, dass wir Alwis schon seit dem Frühstück nicht mehr gesehen haben.«

»Was heißt, seit dem Frühstück?«, hakte Gunter nach.

»Also, um es genau zu sagen, seit wir bemerkt haben, dass Ewald weg ist und wir vier uns auf die Suche gemacht haben, um Ewald zu finden. Wir hatten ja gehofft, er stünde wieder an der Bushaltestelle wie so oft. Aber heute ist Ewald runter an die Mosel gelaufen und war schon fast in Longen, als Ihre Kollegen ihn aufgegriffen haben.«

»Können Sie näher eingrenzen, wann Herr Schlöder verschwunden ist? Also, wann wurde er zuverlässig zuletzt gesehen?«, wollte Vanessa wissen.

»Schwester Grazyna hat ihn heute Morgen geweckt. Sie hat kurz mit ihm darüber gesprochen, dass es heute sehr kalt draußen ist, aber immerhin trocken. Danach hat sie ihn nicht mehr gesehen. Und wir auch nicht«, gestand Schwester Jessica.

»Also können wir direkt die Kollegen zurückrufen, sie sollen ihn auch noch suchen. Ich habe gesehen, dass an jeder Zimmertür ein Foto des jeweiligen Bewohners hängt, können wir das abnehmen und unseren Kollegen geben? Wie war Herr Schlöder denn heute Morgen bekleidet? Gibt es Auffälligkeiten an ihm?«, löcherte Gunter die Schülerin.

»Ich weiß nicht, ich frage Schwester Grazyna«, stotterte Jessica und verschwand wieder.

Lieser fingerte sein Handy aus der Hosentasche und forderte zwei Streifenwagen an. Es war jetzt kurz nach Mittag, aber gegen sieben Uhr wäre es schon stockfinster. Und da es den ganzen Tag bedeckt war, würde es wohl noch früher dunkel werden. Also entschied er sich doch lieber für mindestens drei Streifenwagen. Das Foto und eine nähere Beschreibung könnten sie im Haus Moselruh abholen, erklärte Lieser dem Streifenbeamten.

Wieder klopfte es an der Tür, die polnische Altenpflegerin erschien mit dem Mann, der sich vorhin als Jupp vorgestellt hatte. »Herr Herres hat Herrn Schlöder heute Morgen gesehen«, erklärte die Schwester mit einem harten, osteuropäischen Akzent.

»Herr Herres, können Sie uns erzählen, welche Kleidung der Herr Schlöder heute getragen hat?«, fragte Vanessa.

»Ich bin der Jupp«, sagte dieser und verfiel wieder in Schweigen.

»Darf ich Jupp zu Ihnen sagen? Was hatte denn der Herr Schlöder heute an?«, versuchte die Kommissarin es erneut.

»Sie meinen den Alwis?« Wieder Schweigen.

»Heißt er eigentlich Alwis oder Alois?«, fragte Vanessa, da sie die Suchmeldung korrekt herausgeben musste.

»Also, wir sagen hier Alwis. Aber ich glaube, er schreibt sich Alois«, erklärte Jupp und schwieg wieder.

Gunter hielt es nicht länger aus und drückte sich an den beiden vorbei durch den Türrahmen. »Welches Zimmer gehört Herrn Schlöder? Ich brauche das Foto«, fragte er über die Schulter.

»Vierzehn, aber machen Bild nicht kaputt!«, rief die Schwester ihm hinterher. Lieser folgte ihm, um die ortsansässigen Kollegen zu instruieren.

»Also, Jupp, was trug der Alwis?«

»Er hatte einen Schlafanzug an. So einen blauen mit Streifen. Dunkelblau oder schwarz. Die Schlafanzugjacke ist geknöpft mit Kragen.«

»Trug er Schuhe und eine Jacke oder einen Mantel?« Vanessa überlegte, dass Alwis Schlöder bei der Kälte draußen nur im Schlafanzug völlig unterkühlt sein musste. Es war wichtig, ihn möglichst rasch zu finden.

»Er hatte Schlappen an. Auch blau. Vielleicht auch schwarz, das sehe ich nicht so genau. Jacke? Einen Bademantel vielleicht, aber da bin ich nicht sicher.«

Gerade kam der Streifenpolizist den Gang entlang. Lieser reichte ihm das Foto und erläuterte, Herr Schlöder sei nicht sehr groß für einen Mann, vielleicht etwas mehr als einen Meter siebzig.

»Kennt sich hier nicht aus, kommt von Sauer, ist noch nicht lange hier«, erklärte Schwester Grazyna.

»Er hat zwar dünne, aber noch dunkle Haare und eine sehr aufrechte Haltung, darum sieht man ihm seine fast achtzig Jahre nicht direkt an«, ergänzte Lieser.

Der Polizist notierte die wichtigsten Informationen und verließ dann eilig das Heim. Vor der Tür hörten sie mehrere Autos auf dem Kies wenden und wegfahren.

Schwester Grazyna führte Jupp zurück in sein Zimmer und machte sein Bett. Seinen Schlafanzug faltete sie und legte ihn wie immer auf sein Kopfkissen.

Vanessa ging zu Gunter, der sich gerade in Alois Schlöders Zimmer umsah. Auf dem ungemachten Bett lag ein brauner Schlafanzug, am Haken hinter der Tür hing keine Jacke. Braune Hausschuhe standen vor dem Bett.

»Welche Personenbeschreibung hast du rausgegeben?« Gunter wies auf die Kleidungsstücke.

»Ich hake besser noch einmal bei Jupp nach«, erwiderte Vanessa und machte sich auf die Suche nach seinem Zimmer. Als sie klopfte und Jupp sie hereinbat, saß er auf seinem Bett, seine Hand streichelte über einen blauen Schlafanzug mit Streifen, der auf seinem Kopfkissen lag. Die Jacke vorne geknöpft, mit Kragen. An den Füßen hatte Jupp dunkelblaue Hausschuhe.

»Tut mir leid, falsche Tür«, entschuldigte sich Vanessa und zog die Tür wieder zu.

»Macht nichts, das passiert mir ständig«, hörte sie von drinnen.

Die Kommissarin eilte zu ihrem Kollegen und teilte ihm mit, dass die Personenbeschreibung vermutlich völlig falsch sei. Jupp hatte sich wohl an seinen eigenen Aufzug erinnert, aber nicht daran, was sein Mitbewohner trug. Sofort machte sich Gunter auf die Suche nach Schwester Clara, die er für die zuverlässigste Augenzeugin hielt. Während er mit ihr den Kleiderschrank von Alois Schlöder durchsah, um festzustellen, welche Kleidungsstücke fehlten, telefonierte Vanessa mit der Streife, um sie darauf aufmerksam zu machen, dass sie sich nicht an den genannten Kleidungsstücken orientieren durften.

Dann ging sie durch den Gang zur letzten Tür. Die Wände waren halbhoch mit Fayence-Kacheln gefliest, zuoberst wölbte sich eine runde Abschlussfliese, darüber waren die Wände weiß verputzt. Den Wandabschluss machte eine Stuckkante. Der Stuck setzte sich auch um die Wand- und Deckenlampen herum fort. Die Villa musste einmal einem wohlhabenden Winzer oder so gehört haben, der seinen Reichtum zur Schau stellen wollte. Es war begrüßenswert, dass alles weitestgehend erhalten geblieben war, vielleicht unterlag es sogar dem Denkmalschutz. Dennoch waren die Zimmer der Bewohner mit modernen Bädern ausgestattet, alle mit ebenerdiger Dusche ohne Einstiegskante, alles rollstuhlgeeignet. Vanessa hatte ein gutes Gefühl bei diesem Heim, auch wenn sie nicht viele Vergleichsmöglichkeiten hatte.

Als sie an die hinterste Tür klopfte, an der ein Bild von Adele Kröber an ihrem neunzigsten Geburtstag hing, hörte sie drinnen leises Summen und Johannes' »Herein«. Sie öffnete, und Johannes machte sie mit seiner Tante bekannt. Die alte Dame schien von der Aufregung auf der Station nichts mitbekommen zu haben, sie wirkte ruhig und zufrieden. Sie summte ein Lied aus ihrer Kindheit vor sich hin und strahlte. Zwar kannte sie Vanessa nicht, aber sie spürte wohl, dass sie ihr vertrauen konnte. Vanessa nahm eine große Tube mit Handcreme vom Tisch, drückte etwas davon heraus und cremte damit die pergamentenen Hände der alten Frau ein.

»Heute Morgen ist niemand mit dem Frühstück gekommen«, beklagte sich die alte Frau enttäuscht.

Johannes sah Vanessa kopfschüttelnd an. »Tante Adele hat von alldem, was im Speisesaal passiert ist, nichts mitbekommen. Ich selbst habe nichts gehört, weil ich draußen auf der Terrasse stand, während sie sich angezogen hat. Habt ihr denn schon erste Spuren?«

Vanessa schüttelte den Kopf. Johannes hielt ihr einen Zettel entgegen, den er aus seinem Kalender herausgetrennt hatte. »Ich habe dir alles notiert, was ich weiß:

wer im Speisesaal anwesend war, wann ich gekommen bin, wann das Unglück etwa passiert sein muss, wer meines Wissens nicht anwesend war. Aber ich kenne auch nicht alle Leute so genau, zumal das in einem Altersheim ja auch immer wieder wechselt.«

Vanessa lächelte ihn an. »Ich bin froh, dass wir überhaupt einen kompetenten Zeugen haben. Wir haben zwar viele Menschen, die dabei waren, aber niemand erinnert sich richtig. Das macht es nicht leichter, weil alle irgendetwas erzählen, wir aber nur schwer einschätzen können, was davon realistisch ist und was zwar möglicherweise wirklich passiert ist, aber nicht im Zusammenhang mit Daniels Tod steht. Ich denke, das wird eine Aufgabe für unsere Polizeipsychologin werden. Wenn du möchtest, kannst du jetzt aber gehen. Notierst du mir bitte noch deine Telefonnummer und deine Adresse?« Sie schob Johannes den Zettel wieder zu.

Auch Johannes lächelte. »Das ist eine sehr gute Idee, Frau Hauptkommissarin, nur habe ich leider noch immer keine andere als den Hof meines Vaters in Hellersberg. Darum hätte ich ja heute Morgen den Besichtigungstermin in Heiligkreuz haben sollen. Und du?« Neulich hatten sie darüber gesprochen, dass Vanessa nach der Trennung von ihrem Freund und Vorgesetzten im vergangenen Herbst eine neue Wohnung suchen wollte.

»Darum war ich so schnell hier, ich hatte gerade einen Besichtigungstermin in Schweich«, antwortete Vanessa. »Aber die Wohnung kann ich jetzt auch vergessen. War aber auch nicht so schön.«

Adele Kröber hüstelte, es schien ihr zu missfallen, dass sie aus dem Gespräch ausgeschlossen war. Johannes begann ihr von seiner ersten Begegnung mit Vanessa zu erzählen, und Vanessa verabschiedete sich.

Im Gang saß die Patientin mit dem Rosenkranz. Wenn die alte Frau noch verschiedene Gebete auswendig wusste, so könnte sie sich, wie Vanessa hoffte, vielleicht auch an andere Dinge erinnern. Vanessa verglich das Gesicht mit dem Foto auf der Tür neben ihr. Das Türschild verriet ihr, dass die alte Dame Erika Lorenz hieß. So hatte auch Jupp sie genannt, doch da ihn seine Erinnerung bei Alwis' Kleidung getrogen hatte, konnte man sich auf seine Zeugenaussagen wohl eher nicht verlassen. Werner wiederum hatte behauptet, dass die Frau Hedwig hieß. Vermutlich würde also auch er sich als Zeuge so wenig eignen wie die anderen, mit denen Vanessa bisher gesprochen hatte.

»Frau Lorenz, wissen Sie, was mit dem Daniel passiert ist?«

»Welcher Daniel?«, fragte sie zurück, starrte aber weiter auf die Perlenschnur zwischen ihren Fingern.

»Frau Lorenz, der Pfleger Daniel ist gestürzt, er hat sich schwer verletzt. Gab es vorher einen Streit?«

»Es war sehr laut im Raum. Da kamen fremde Männer, die habe ich noch nie gesehen. Sind Sie hier zu Besuch?« Und ohne Wehmut stellt sie fest: »Ich bekomme fast nie Besuch.«

»Ich bin dienstlich hier, Frau Lorenz, ich bin Polizistin. Die Schwestern haben uns angerufen, weil der Pfleger Daniel verletzt ist. Was war denn mit den fremden Männern?« Sollten sie den möglichen Täterkreis erweitern müssen auf jemanden außerhalb des Heims? Hatte Daniel vielleicht Feinde? Er kam aus Westfalen, seine

Eltern waren von der örtlichen Polizei informiert worden und waren auf dem Weg nach Trier, wo Daniel in der Gerichtsmedizin lag, hatte Lieser erklärt. Schwester Clara hatte erzählt, er habe bis vor einigen Wochen in einer Beziehung gelebt, habe sich aber getrennt. Warum, wusste sie nicht. Es schien allerdings noch ein Geheimnis um Daniel zu geben, das sie nicht preisgeben wollte.

»Die Männer hatten alle rote Jacken an. Sie haben uns genommen und in unsere Zimmer gebracht. Ein paar Frauen waren auch dabei. Ich hatte sie noch nie gesehen, das hat mir Angst gemacht.«

Vanessa vermutete, dass sie die Sanitäter vom Roten Kreuz und den Maltesern meinte und den Kollegen Lieser. Das war jetzt etwa zwei Stunden her, und die alte Frau konnte sich schon jetzt nur noch ungewiss daran erinnern. Der Kriminalistin wurde bewusst, wie schnell sie ihre Ermittlungen vorantreiben mussten, wenn sie noch etwas in Erfahrung bringen wollten. Wenn die Leute erst eine Nacht darüber geschlafen hätten, wären die Erinnerungen vielleicht vollends gelöscht. Die Zeit drängte, es würde nicht reichen, dass nur Gunter, Lieser und sie die Bewohner befragten, sie mussten unbedingt weitere Kollegen hinzuziehen.

»Erinnern Sie sich an einen Streit?«

»Es gibt immer wieder Streit. Wo so viele Menschen zusammenleben, ist das wohl unumgänglich. Da ist einer, der weiß immer alles besser. Ich habe vergessen, wie er heißt. Er streitet mit jedem, weil immer alles nach seiner Meinung gehen soll«, plauderte Erika Lorenz.

»War der Mann heute Morgen auch im Speisesaal?«

»Ja sicher, ich glaube, Sie haben sogar mit ihm gesprochen.«

Vanessa Müller-Laskowski blätterte in ihren Aufzeichnungen. »Heinrich Ruppenthal, der Mann mit dem Rollator, der früher Lehrer war?« Vanessas persönliche Erfahrung hatte gezeigt, dass Lehrer oft streitbare Menschen waren. Viele hatten auch wirklich recht gegenüber anderen, aber ihre Art, das durchsetzen zu wollen, war nicht immer feinfühlig.

»Lehrer? Nein, ich weiß nicht. Daran kann ich mich nicht erinnern. Und Rollator? Sie meinen so einen Gehwagen? Nein, ich glaube, der, den ich meine, hat keine Gehhilfe. Fragen Sie doch einmal diese russische Schwester. Die weiß auch immer alles besser. Oder vielleicht wenden Sie sich eher an die Ordensschwestern, denen können Sie vertrauen. Die eine ist zwar noch sehr jung, aber sie ist sehr gut zu uns. Die andere sitzt ja immer nur in der Halle.«

Vanessa nahm sich vor, eng mit Schwester Clara zusammenzuarbeiten, sie könnte wirklich hilfreich für ihre Arbeit sein.

»Die Schwestern sagten, ein Mann fehlte heute Morgen im Speisesaal, ein Alois oder Alwis Schlöder. Ist Ihnen der heute Morgen aufgefallen?«

»Ist das der Mann, der noch nicht so lange bei uns wohnt?«

Vanessa nickte.

»Den kenne ich gar nicht richtig. Ich sitze weit von ihm entfernt, wir haben ja alle unsere festen Plätze an den Tischen. Ich weiß nicht, ob er heute gefehlt hat.

Vielleicht war er da, vielleicht auch nicht.« Die Augen, die noch bemerkenswert klar für ihr Alter waren, blickten wieder auf den Rosenkranz in ihrer Hand, als erwarte sie, dass sie eine Erlaubnis zum Weiterbeten bekäme. Fast tat sie Vanessa leid, aber sie musste unbedingt nutzen, dass die Frau eine lichte Phase zu haben schien.

»Haben Sie denn sonst etwas bemerkt? War der Pfleger Daniel heute anders als sonst?«

»Der Daniel? Das ist doch der junge, nette Pfleger, oder? Der riecht immer so gut, so frisch. Ich gehe ja nicht gerne duschen. Früher bin ich gerne in die Badewanne gegangen, aber duschen mag ich nicht. Der duscht bestimmt jeden Morgen.«

Vanessa unterbrach den Redefluss und erinnerte noch einmal an ihre Frage.

»Mir ist nichts an ihm aufgefallen. Er hat uns alleine das Frühstück gemacht, das war ungewöhnlich. Sonst machen das immer mehrere Schwestern oder Pfleger zusammen, aber heute war der Daniel alleine. Ich weiß nicht, warum.«

»Der Herr Braun war weggelaufen, der Ewald Braun. Die anderen mussten ihn suchen«, klärte Vanessa sie auf.

»Der Herr Braun war weggelaufen? Nein, der war doch gestern weggelaufen, dachte ich. War das heute? Ich bringe solche Sachen mittlerweile immer durcheinander. Ich hätte gedacht, das wäre gestern gewesen.«

»Nein, nein, da erinnern Sie sich richtig«, beschwichtigte Vanessa. »Gestern war er auch weg, habe ich gehört, aber heute ist er wieder weggelaufen. Und der

Herr Schlöder auch. Aber sie sind leider nicht zusammen weg.« Vanessa sah auf die Uhr. Inzwischen war es fast drei Uhr, nur noch drei Stunden, bis es zu dämmern begann. Möglicherweise war Schlöder der Täter, daher war es wichtig, ihn zügig zu finden. Wer wusste schon, ob er wirklich so dement war, wie es den Anschein erweckte. Vielleicht wusste er sehr gut, was er getan hatte, und wollte sich mit seinem Verschwinden seiner Festnahme entziehen. Aber der Ablauf seiner Suche fiel nicht in ihre Zuständigkeit, da mussten andere entscheiden, ob sie einen Hubschrauber und ein Suchteam einsetzen würden, sie würde mit den Ermittlungen vor Ort erst einmal genug zu tun haben.

»Aber ist nicht der Gisbert auch weg? Der ist doch zusammen mit dem neuen Mann weg«, erinnerte sich Erika Lorenz.

Den Namen hörte Vanessa zum ersten Mal. Sie fragte nach.

»Na, der Gisbert, so ein Dicker, der so gerne Bier trinkt. Mit der Glatze und den buschigen Augenbrauen. Der ist doch zusammen mit dem neuen Mann rausgegangen.«

Vanessa machte sich eine Notiz, um Schwester Clara auch danach zu fragen.

»Könnten Sie mir vielleicht ein Taschentuch aus meinem Zimmer bringen?«, bat die alte Frau.

Das Zimmer roch nach abgestandener Luft, aber grundsätzlich sauber. An der Wand über dem Bett hing eine große Madonnenfigur, über der Tür ein Kreuz aus Kupfer. Auf dem Nachtschrank lagen drei säuberlich gebügelte Spitzentaschentücher, von denen Vanessa eines an sich nahm. Daneben stand ein Foto des früheren Papstes, Johannes Paul II.

»Was haben Sie denn beruflich gemacht?«, erkundigte sich Vanessa, als sie Erika Lorenz auf dem Gang das Taschentuch reichte.

»Ich habe ein Leben lang für die Kirche gearbeitet. Darum wird Gott sich meiner erbarmen und mich zu sich nehmen, wenn mein Gedächtnis noch mehr nachlässt«, ließ die fromme Frau Vanessa voller Überzeugung wissen.

»Na, im Moment sind Sie doch noch ganz schön fit«, lobte die Kommissarin. »Wenn hier alle noch so gut drauf wären wie Sie, könnten wir unseren Fall ganz schnell erledigen, da bin ich mir sicher.«

»Welchen Fall eigentlich? Was ist denn passiert?«

Vanessa seufzte desillusioniert. »Der Pfleger Daniel ist tot, und wir müssen ermitteln, wie es passiert ist. Vielleicht hat er sich verletzt und ist daran gestorben, vielleicht hat ihn aber auch jemand tödlich verletzen wollen, das wissen wir noch nicht.«

»Ich werde für ihn beten«, versprach die Frau, wandte den Blick wieder ihrem Rosenkranz zu und das nächste Gebet hob an.

Kaum hatten sich Vanessa und Gunter an den klapprigen Tisch gesetzt, der neben den beiden Stühlen aus dem Speisesaal sowie einem Bett und einem Rollstuhl das einzige Möbelstück in dem kleinen Zimmer war, als es an der Tür klopfte.

Bernadette Schubert von der Kriminaltechnik steckte den Kopf zur Tür herein, in der Hand eine Kanne duftenden Kaffees und vier Tassen. »Freut euch nicht zu früh, es gibt hier im Haus nur entkoffeinierten Kaffee, aber er macht wenigstens einen anderen Eindruck als lauwarmer Tee, auch wenn er nicht anders wirkt.« Sie zog den Rollstuhl an den Tisch und goss die Tassen voll. Aus einer Tasche ihrer Weste fischte sie einige Döschen Portionsmilch und eine Handvoll Würfelzucker. »Hattet ihr nicht gesagt, dass ein hiesiger Polizist euch unterstützt? Ich hätte gedacht, er sei an der Lagebesprechung beteiligt«, fragte sie mit einem leisen Vorwurf in der Stimme.

»Du klingst fast so, als wolltest du uns unterstellen, wir wollten ihn nicht dabeihaben. Der junge Mann wirkt sehr ambitioniert, aber es wäre sein erster Mord. Sofern wir es überhaupt mit Mord zu tun haben. Also haben wir ihm freigestellt, ob er mit einem von uns im Team arbeiten möchte und einer von uns kümmert sich um die Koordination der Suche nach dem vermissten Bewohner, oder ob er lieber eigenständig den Großeinsatz leiten möchte«, erklärte Gunter.

»Ich hatte den Eindruck, er hat sich für das entschieden, was ihm einen schnelleren Erfolg zu versprechen scheint«, ergänzte Vanessa.

»Na gut. Jetzt ihr zuerst, was habt ihr bisher herausgefunden?«, fragte die junge Kollegin voller Schwung und nippte an ihrem Kaffee.

Vanessa berichtete von den Gesprächen, die sie bislang geführt hatte, und machte die Notwendigkeit deutlich, die Polizeipsychologin Charlotte Baumgart einzuschalten.

Gunter stimmte ihr zu und verständigte die Kollegin sofort per Handy. Und bat sie dringend, eine Kanne richtigen Kaffees mitzubringen. »Soll ich mit meiner Schilderung dessen, was ich bislang herausgefunden habe, auf Charlotte warten?«, fragte er dann.

»Das spart uns Zeit, die uns sonst davonläuft, vor allem, was Alois Schlöder betrifft. Es ist rund halb vier, noch höchstens drei Stunden, bis es dunkel wird. Wir müssen uns wirklich beeilen. Was tun die Kollegen, um ihn zu finden?«, fragte Vanessa nach.

»Alle Streifen, Taxen und Busfahrer der Region sind verständigt, wobei das hier auf dem Land nicht so viele sind. Wir wissen nicht, welchen Grund Schlöder hatte wegzulaufen, ob er sich damit vielleicht einer Vernehmung entziehen wollte. Aber ich denke, wir müssen uns erst einmal um unsere Zeugen vor Ort kümmern.«

»Zeugen? So würde ich die Menschen kaum bezeichnen, auch wenn sie hautnah dabei waren«, entgegnete Vanessa.

»Mehr als nur hautnah. Ich habe so viele Spuren, das reicht für einen Gemeinschaftsmord«, warf Bernadette ein.

»Ich bin zwar neugierig, aber das muss jetzt warten. Ich schätze, es dauert eine halbe Stunde, bis Charlotte hier sein kann, wir treffen uns dann wieder hier zur Lagebesprechung. Ich werde dann jetzt mit Gisbert Scholtes sprechen, solange wir auf Charlotte warten, dann ist die Wartezeit wenigstens nicht umsonst«, erklärte Vanessa. »Und ihr?«

»Ich werde versuchen, allen Bewohnern Fingerabdrücke abzunehmen. Also allen, die imstande sind, sich aus ihrem Zimmer zu bewegen. Und, was ich noch nie gemacht habe, ich muss Krückenabdrücke von allen nehmen«, erklärte die Kriminaltechnikerin.

»Krückenabdrücke?«, wiederholte Vanessa erstaunt.

»Reifenabdrücke habe ich ja schon nehmen müssen, von allen Rollstühlen und Rollatoren. Aber wir haben auch einige Krückenabdrücke, genau genommen einen blutigen Gummiabdruck, der vermutlich zu einer Krücke gehört. Den haben wir zweimal in der Nähe der Leiche, dann haben wir ihn nicht mehr gefunden. Wer auf die Krücke angewiesen wäre, müsste noch weitere sehr blasse Abdrücke hinterlassen haben. Ich mache mich mal auf die Suche.«

»Ich verspreche mir am meisten von einem Gespräch mit Schwester Clara oder Schwester Veronika, aber deren Erinnerung reicht auch noch bis zum nächsten Morgen. Bisher konnte ich sie nur zwischen Tür und Angel befragen. Ich konnte noch nicht einmal klären, ob sie Alwis Schlöder für einen potenziellen Täter halten, sie scheinen ihn noch kaum zu kennen. Also befrage ich erst einmal Henriette Klemens. Vielleicht kann sie sich erinnern, wie das Blut an ihre Hände kam«, meinte Gunter. »Dann haben wir die Wartezeit auf Charlotte wenigstens sinnvoll genutzt.«

Im Flur begegneten sie Schwester Grazyna, die aufgeregt in ein Handy sprach, dem Klang nach zu urteilen schien es Polnisch zu sein, eindringliche Worte, die sie in ihr Handy zischte.

Alwis war noch nicht lange unterwegs, jedenfalls fühlte er sich nicht erschöpft; das Ziehen in seinem linken Bein hatte er auch sonst immer, das lag einfach an seinem Alter. Also folgte er einfach den Menschen, mit denen er unterwegs war. Die gingen ein angenehmes Tempo, er konnte gut mit ihnen Schritt halten. Schließlich war er auch noch ganz schön fit für seine siebzig Jahre oder waren es inzwischen schon achtzig, er war sich da nicht mehr ganz sicher. Wie schnell die Zeit doch verging.

Früher, als er noch jung und gelenkig gewesen war, da war er oft wandern gewesen, hatte im Alleingang Strecken von über vierzig Kilometern am Tag zurückgelegt. Ihm machte die Entfernung nichts aus, er genoss vielmehr, endlich wieder an der frischen Luft zu sein. Auf seinen Wanderstock gelehnt, den er mit der rechten Hand umklammerte, hielt er einen Moment inne, um den Vögeln zu lauschen. Zwar konnte er keine einzelnen Vögel mehr heraushören wie früher, aber das machte ihm nichts aus. Vielleicht ging es ja, wenn er die Augen schloss?

Alois Schlöder sah sich um. Er stand im Wald, es roch nach feuchtem Waldboden. Ein paar Menschen gingen an ihm vorbei, mehr oder weniger mit sich selbst beschäftigt. Konnten die nicht vorsichtiger sein? Wenn die so weitermachten, dann würden sie ihm noch alle Pilze zertreten, und wie sollte er dann genug für seine Suppe zusammenbekommen? Eilig folgte er der kleinen Menschentraube, um sie um etwas Respekt vor der Natur und seinem Abendessen zu bitten.

Die Gruppe lief fröhlich schnatternd vor ihm her. Es waren etwa fünf Leute, allesamt in seinem Alter, also noch gar nicht so alt, fand er. Warum waren die dann so langsam? Denen würde er zeigen, wie fit man mit neunundsiebzig Jahren sein konnte. Zügigen Schrittes näherte er sich den Wanderern, die ihm den Weg blockierten. Schnell hatte er sie eingeholt. Er grüßte freundlich, dann zog er an ihnen vorbei und hatte endlich freie Bahn. Jetzt konnte ihn niemand mehr aufhalten.

Alwis dachte nach. Das hatte er schon immer gerne gemacht, wenn er unterwegs war. Er dachte über alles Mögliche nach, über seine Rückenschmerzen, über den Krieg, darüber, ob es dieses Jahr wohl guten Wein geben würde, über die Kirche und über sein Leben und seine Familie. Die musste er gerade überholt haben, jedenfalls waren ihm die Leute bekannt vorgekommen. Aber er müsste doch wissen, wenn er mit seiner Familie unterwegs war, somit schieden die aus. Ein Bekannter von ihm also? Alwis blieb stehen und wartete, bis die Gruppe ihn eingeholt hatte. Freudig ging er auf die Frau zu, die er von irgendwo kannte. Sonst hatte sie doch immer längere Haare gehabt, dachte er. Die neue Frisur gefiel ihm ausgesprochen gut.

»Du hast heute aber schöne Haare«, stellte er fest.

»Danke«, sagte sie und lächelte ihn an.

Ein warmes Gefühl der Sicherheit breitete sich in Alwis aus. Zwar wusste er nicht mehr so recht, wer die Frau war, aber bei ihr fühlte er sich geborgen.

»Ich bin Josette, und du?«, fragte sie.

»Na, ich bin doch der Alwis«, antwortete er erstaunt. Warum wusste sie nicht mehr, wer er war? Ihm war Josette doch direkt wieder vertraut gewesen. Sie hatte den Garten neben seinem gehabt, damals hatten sie viele Stunden dort

verbracht und gemeinsam gejätet, gepflanzt und geerntet. Das war zwar schon eine Weile her, aber er hatte sich seitdem doch kaum verändert, oder?

Schweigend gingen sie nebeneinander her und hingen ihren Gedanken nach.

Auf dem Foto an der Zimmertür war wie beschrieben ein glatzköpfiger, stämmiger Mann mit buschigen, weißen Augenbrauen zu sehen. ›Gisbert Scholtes‹, verriet das Namensschild neben der Tür. Vanessa klopfte, aber im Zimmer blieb es still. Sie klopfte abermals. Der Speisesaal war geschlossen, weil die KTU noch darin arbeitete, im Gang war niemand zu sehen, es war unwahrscheinlich, dass niemand im Zimmer war.

»Gehen Sie ruhig hinein, Gisbert hört nicht gut«, sagte Schwester Grazyna von hinten, riss die Tür auf und betrat energisch das Zimmer. Im Bett lag der Mann von dem Foto, er wirkte aber viel kleiner und unscheinbarer, als Vanessa erwartet hatte. Er lag mit dem Rücken zu ihnen, die polnische Schwester ging jedoch zu ihm und rüttelte ihn gnadenlos an der Schulter. »Sie sollen jetzt nicht schlafen, dann schlafen nicht gut in Nacht!«, schrie sie ihn an. »Er braucht Hörgerät, liegt sicher in Bad!«

Der alte Mann war zusammengezuckt und drehte sich nun um. Als er Vanessa Müller-Laskowski sah, wirkte sein Gesicht ängstlich.

»Hallo Herr Scholtes, ich komme von der Polizei, darf ich Sie etwas fragen?«

Er zeigte auf seine Ohren und schrie: »Sie müssen lauter sprechen, ich höre Sie sonst nicht.«

Grazyna reichte ihm die Hörgeräte, die er sich gekonnt einstöpselte. Dann nahm sie ihr Telefon wieder ans Ohr und sprach im Hinausgehen auf Polnisch weiter.

»Ich bin Vanessa Müller-Laskowski von der Polizei«, stellte sich Vanessa abermals vor.

»Verdammt«, fluchte der Mann und fummelte an seinen Hörgeräten. »Ich war gestern im Fernsehraum, da musste ich die Dinger ganz laut stellen, aber jetzt müsste es gehen.«

»Waren Sie denn seit gestern nicht mehr vor der Tür?« Vanessa war froh, dass er sich erinnern konnte, was er gestern gemacht hatte. Das war mehr, als sie zu hoffen gewagt hatte.

»Nein, Sie sehen doch, dass ich im Bett gelegen habe. Warum fragen Sie?« Für einen Demenzpatienten wirkte er erstaunlich klar.

»Heißt das, Sie haben von der Aufregung heute noch gar nichts mitbekommen?«

»Ohne meine Lauscher bekomme ich gar nichts mit. Könnten Sie mir bitte mal meine Krücken reichen, ich muss mal austreten.«

Neben dem Bett lehnte ein Paar Krücken an der Wand. Mit einem schnellen Blick überprüfte Vanessa das Rohr und die Gummifüße. Augenscheinlich kein Blut, keine Auffälligkeiten. Das würde mit der Aussage von Gisbert Scholtes übereinstimmen. Er stand relativ behände auf, musste sich aber dennoch auf beide Gehhilfen stützen.

»Ich habe immer Schmerzen in der Hüfte, darum brauche ich die Dinger. Ich gehe dann mal austreten.«

»Danke, ich brauche Sie dann gar nicht mehr, Herr Scholtes, das war schon alles«, bedankte sich Vanessa und ging zur Tür.

»Warum sind Sie eigentlich da, geht es um den Rollstuhl, den ich bekommen soll?«

»Ich bin Polizistin, aber wenn Sie heute noch nicht aus dem Zimmer gekommen sind, habe ich keine Fragen an Sie, danke«, stellte Vanessa richtig. »Ich schicke Ihnen gleich trotzdem noch die Kollegin vorbei, die nimmt zur Sicherheit noch Ihre Fingerabdrücke.«

»Polizistin? Ist etwas passiert?«

»Nichts, was Sie beunruhigen müsste. Auf Wiedersehen!« Vanessa zog die Tür hinter sich zu. Ihr anfänglicher Eindruck und damit ihre Hoffnung, einen weniger dementen und noch einigermaßen klar denkenden Patienten vor sich zu haben, war schon wieder zunichte gemacht worden. Und als Zeuge kam er auch nicht infrage. Schade, verlorene Zeit.

Gunter saß bei Henriette Klemens auf dem Besuchersofa und fühlte sich wie in einem Kinderzimmer. Überall an den Wänden hingen Babyfotos, in einem großen, blumenvasenartigen Glas auf dem Tisch türmten sich Dutzende von Schnullern. Rechts und links von Gunter Hermesdorf saßen Babypuppen auf dem Sofa.

»Was haben Sie denn früher gearbeitet, Frau Klemens?«, fragte Gunter, um den Wahrheitsgehalt von

Frau Klemens' Beobachtungen im Vorfeld einschätzen zu können.

»Ich war Hebamme. Ich habe vielen Kindern auf die Welt geholfen. Das war nicht immer einfach, manchmal gab es Schwierigkeiten ...«, begann die alte Dame zu erzählen. Sie trug inzwischen nicht mehr die blutverschmierte Kleidung vom Vormittag. Gunter hörte dem Redefluss der alten Dame nur bedingt zu, sie schilderte ihr Leben als Hebamme, sonst nichts. Es wurde Zeit, sie aus den Erinnerungen zurückzuholen in den heutigen Tag. »Frau Klemens, erinnern Sie sich, was heute Morgen im Speisesaal vorgefallen ist?«

»Ich saß mit ein paar Leuten am Tisch zum Frühstück, wie immer. Es gab Brot und Tee. Warum fragen Sie?«

»War heute alles wie immer oder gab es etwas Besonderes?« Hoffnung keimte in dem Kriminalisten auf.

»Ich glaube, es gab Erdbeermarmelade, die gab es schon lange nicht mehr. In letzter Zeit hatten wir immer Kirschmarmelade.«

»Ich meine, ist etwas Besonderes vorgefallen? Gab es einen Streit?«

»Streit ist doch nichts Besonderes. Den gibt es ständig. Der eine Mann, der nichts mehr hört, der streitet immer mit den Leuten an seinem Tisch. Sie sagen ihm, er soll nicht so schlürfen, aber er tut es natürlich trotzdem, er selbst hört es ja nicht. Und dann schubsen sie ihn, damit er aufhört. Aber er hört nicht auf, er ärgert sich nur, weil die anderen ihn schubsen. Und dann gibt es Streit«, gab sie bereitwillig Auskunft.

»Wer hat Ihnen denn heute das Frühstück gemacht?«

»Mein Brot schmiere ich mir noch ganz alleine«, verkündete sie stolz. »Und manchmal helfe ich sogar den anderen.«

»Haben Sie heute Morgen auch geholfen? Der Pfleger Daniel war verletzt«, versuchte der Kommissar erneut.

»Da war Blut, oder? Überall Blut. Ich habe meine Serviette genommen und Daniel damit abgewischt, aber es kam immer wieder Blut. Mir macht das ja nichts aus, ich habe schon so viel Blut in meinem Leben gesehen. Mir macht das ja nichts aus. Ich wollte doch nur helfen«, beteuerte sie mit einer Mischung aus Selbstverständlichkeit und Stolz in der Stimme.

»Wo war denn der Daniel, als Sie das Blut abwischen wollten?«

»Der lag auf dem Boden. Ich weiß nicht, wie er dahin gekommen ist. Ich habe mein Brot geschmiert. Heute gab es seit Langem mal wieder Erdbeermarmelade, die esse ich doch so gerne. Und dann war da Blut. Das sah aus wie die Erdbeermarmelade. Ich dachte erst, Daniel hat sich bekleckert, darum wollte ich das abwischen, aber es wurde immer mehr. Und es roch metallisch, wie Blut eben riecht. Aber mir macht das ja nichts. Wir waren ganz alleine, keine Schwester war mehr da, die dem Daniel aufhelfen konnte. Und die meisten von den Leuten im Speisesaal sind ja nicht mehr so tüchtig auf den Beinen. Ich brauche aber noch keine Gehhilfe. Manche da draußen laufen an Stöcken. Das habe ich ja nicht nötig. Wollen Sie sehen, wie ich noch auf einem Bein stehen kann?«

Gunter glaubte es ihr auch so. Sie wirkte in der Tat noch kräftig und einigermaßen gut beieinander. Konnte sie auch die Kraft aufbringen, einen jungen Burschen Mitte zwanzig zu töten?

An der Tür klopfte es. Bernadette Schubert steckte den Kopf zur Tür herein. »Ich brauche die Abdrücke, ist das okay?«, wandte sie sich an ihren Kollegen.

»Sie sagt, Krücken habe sie keine.«

»Aber Finger hat sie. Alle zehn, wenn ich das richtig sehe. Dieser Jupp hatte nur noch acht Finger, die anderen hat er irgendwann verloren. Darf ich? Charlotte ist auch gerade gekommen, ich komme gleich zu euch. Nur noch dieses Zimmer, dann bin ich fertig.«

»Ist Herr Schlöder wieder aufgetaucht?«

Bernadette schüttelte den Kopf.

An die alte Dame gewandt, sagte Gunter: »Frau Klemens, ich geh dann noch mal. Danke für die Auskunft. Und noch einen schönen Nachmittag«, und ging zur vorläufigen Einsatzzentrale, wie sie scherzhaft das fast leere Zimmer nannten, das sie vorübergehend nutzen durften.

Die Wandergruppe mit Alwis Schlöder und Josette schob sich um eine Kurve und fand sich vor einem kleinen Parkplatz wieder, auf dem ein Reisebus wartete. Ein paar der schnelleren Wanderer saßen bereits darin, ein älterer Mann döste sogar. Die Sitze sahen echt bequem aus, fand Alwis. Dort könnte er jetzt auch gut ein Nickerchen machen.

Josette wandte sich ihm zu. »Auf Wiedersehen, Alwis«, sagte sie lächelnd. »Vielleicht sehen wir uns ja bald mal wieder.«

Alwis nickte zum Abschied, dann bückte er sich, um seine Schuhe zu binden.

Kaum hatte er sich gebückt, fiel ihm auf, dass er seine Schuhe gar nicht binden konnte. Sie hatten keine Schnürsenkel. Sonst zog er zum Wandern doch immer richtige Wanderschuhe an? Vermutlich hatte er die in dem Reisebus vergessen, der neben ihm stand. Hastig stieg er in der Mitte des Busses ein und setzte sich auf einen freien Platz, direkt neben einem schlafenden Rentner. Er hatte es sich gerade gemütlich gemacht, als die Stimme des Busfahrers über Lautsprecher ertönte.

»Ich hoffe, Sie hatten alle eine schöne Wanderung. Da Sie jetzt vermutlich alle ein wenig erschöpft sind und nach Hause wollen, oder genauer gesagt ins Lokal was essen, machen wir uns mal direkt auf den Weg. In vierzig Minuten sind wir dann etwa da, dann gibt es ...«

Diese endlosen Ansagen hatte er noch nie gemocht. Sein Sitznachbar machte das richtig, der schlief einfach. Vielleicht sollte er das auch probieren? Immerhin hatte er vierzig Minuten Zeit.

Im Flur begegnete Gunter Hermesdorf Schwester Veronika, die schlecht aussah. Ihre Augen wirkten verweint, sie schnäuzte sich die Nase und steckte schnell ihr Taschentuch in die Jackentasche. Als sie den Kommissar sah, versuchte sie ein Lächeln. Gunter legte der deutlich älteren Pflegekraft den Arm um die Schulter und sah sie ermunternd an. »Sie arbeiten jetzt schon den ganzen Tag unter diesen harten Bedingungen, das geht an die Substanz, nicht wahr?« Draußen dämmerte es, es musste bald sechs Uhr sein, und Schwester Veronika war seit dem Frühstück im Haus.

»Ach, es kommt heute so vieles zusammen. Unsere Schülerin ist völlig überfordert. Sonst kommen am Wochenende viele Angehörige, aber wir haben das Tor geschlossen, und einige Angehörige haben wir angerufen. Wir haben ihnen vorgelogen, die Ärzte hätten uns gebeten, wegen der akuten Grippewelle keine Besucher ins Haus zu lassen. Da kamen natürlich auch einige besorgte Rückrufe. Die meisten unserer Bewohner verstehen nicht, was heute passiert ist, aber alle sind unruhig. Zu viele fremde Menschen im Haus, zu viele Dinge, die ihnen nicht vertraut sind. Heute haben sich viel mehr Leute eingenässt, bekleckert, weigern sich zu essen oder sonstige Anweisungen, na ja, sagen wir Aufforderungen, zu befolgen als sonst. Und das dann mit so wenig Personal. Und als Krönung kommt gerade Schwestern Grazyna zu mir und erklärt mir, jetzt, wo Daniel tot ist, könnten wir doch den Sohn ihrer Schwester einstellen.« Schwester Veronika schniefte. »Sie versucht schon seit Wochen, uns ihren Verwandten irgendwie unterzuschieben. Ich habe mit der Pflegedienstleiterin gesprochen, sie hat sich die Bewerbung angesehen. Der Lebenslauf ist eine Katastrophe, die Zeugnisse sind auf Polnisch, er hat ständig die Arbeitgeber gewechselt, was nicht unbedingt für ihn spricht. Und Grazyna steht jetzt auf dem Standpunkt, wenn wir ihren Neffen nicht einstellen, macht sie nur noch Dienst nach Vorschrift. Wir werden uns also wohl nach zwei neuen Kräften umsehen müssen.«

Eine rote Lampe neben einer Zimmertür blinkte auf, und ein Summton erklang im Flur. »Entschuldigung, ich habe Hedwig Stülb vor einigen Minuten auf den Pott gesetzt, ich muss ihr den Hintern abwischen und sie vor den Fernseher setzen. Eigentlich ist es schon längst Zeit, sich um das Abendessen zu kümmern. Mit wie vielen Kollegen essen Sie mit?« Veronika hatte sich wieder im Griff.

»Ich kläre das mit den Kolleginnen und sage Ihnen Bescheid«, versicherte Gunter und ging zum Besprechungszimmer.

»Halb sieben gibt es Abendessen«, rief die Schwester ihm hinterher.

Alwis wachte auf, als der Bus hielt. Glücklich darüber, endlich angekommen zu sein, packte er seinen Stock und verließ den Bus kurz nach einem grauhaarigen Mann. Dieser ging zielstrebig nach links weg. Dafür, dass er doch eigentlich nach Hause gefahren war, kam Alwis die Gegend merkwürdig unbekannt vor. Vermutlich hatte er seine Haltestelle verpasst, dachte er sich. Also machte er sich in die Richtung auf, aus der der Bus gekommen war.

Er war kaum zehn Meter weit gekommen, als ein Mann mittleren Alters ihn antippte. »Halt, wo wollen Sie denn hin? Wir sind doch noch nicht da! Da ist nur einer schnell pinkeln gegangen.«

Erstaunt sah Alwis Schlöder den Busfahrer an.

»Ich weiß doch wohl, wo ich wohne«, entgegnete er. »Und ich gehe jetzt nach Hause.« Gerade wollte er seinen Weg fortsetzen, als Josette vorne aus dem Bus stieg. »Alwis? Dann hab ich das doch richtig gesehen! Du hättest ja auch sagen können, dass du mit uns zurückfährst. Bei mir ist noch ein Platz frei, setz dich doch dazu«, schlug sie vor.

Widerwillig folgte er ihr zurück in den Bus und nahm neben ihr Platz.

»Gehst du oft wandern?«, fragte sie. »Ich selbst gehe ja ziemlich oft wandern, besonders seit mein Mann tot ist. Dich habe ich aber hier noch nie gesehen, bist du neu? Die bieten ja immer so tolle Strecken an, letzte Woche erst, das war eine der schönsten Wanderungen, die ich je gemacht habe. Da war das Wetter auch so klasse, zumindest für die Jahreszeit. Ich glaube, die hätte dir gefallen, du siehst ja auch noch ganz schön fit aus.«

Alwis brummte zustimmend. Fit war er, daran gab es keinen Zweifel.

»Und nächste Woche soll es wieder so schön werden, kommst du da dann auch mit?«, setzte Josette ihren Redeschwall fort.

Beim Öffnen der Tür strömte Gunter Hermesdorf Kaffeeduft entgegen, aber er wagte es kaum sich zu freuen.

»Hey, ich dachte mir, ich bringe mal die Kaffeepadmaschine mit, eine einzige Thermoskanne hätte euch ja doch nicht gereicht. Außerdem hätte es zu lange gedauert. Heute Abend kommt der *Tatort* aus Münster, bis dahin wäre ich gerne wieder zu Hause«, begrüßte Charlotte Baumgart ihren Kollegen herzlich. Die Polizeipsychologin war Mitte vierzig, sah aber sehr jung aus und hatte eine ungeheure Strahlkraft. Ihre Energie zog einen einfach mit, was nach diesem langen Tag sehr vorteilhaft war. »Milch und Zucker?« Sie hielt dem jüngeren Kollegen eine volle Tasse mit schäumendem Kaffee hin.

»Danke, ich bediene mich selbst«, antwortete dieser und griff nach der Tasse.

»Hier gibt es in fast jedem Patientenzimmer und im Gemeinschaftsraum einen Fernseher, du kannst dir aussuchen, wo du den Krimi sehen möchtest. Aber ich glaube, im Altenheim sieht man sich eher seichte Spielfilme und Musikantenstadl oder so an«, neckte Vanessa die Psychologin. »Im Ernst, ich wollte auch den Abend auf der Couch verbringen, aber das müssen wir uns heute bitter erarbeiten. So wie die armen Mitarbeiter hier auch.«

»Apropos Mitarbeiter«, fiel Gunter ihr ins Wort. »Wir sollen Bescheid sagen, ob wir zu Abend essen möchten. Außerdem müssen die armen Schwestern, die seit dem Frühstück Dienst machen, endlich mal nach Hause. Die sind morgen auch wieder da, ich glaube, unsere Befragungen müssen ein wenig warten. Aber morgen früh müssen wir uns direkt wieder hier treffen, wir brauchen gar nicht erst ins Präsidium.«

»Es ist eine sehr gute Idee, wenn wir zum Frühstück hier sind. Vielleicht fällt den alten Menschen etwas ein, wenn sie sozusagen wieder in die gleiche Situation versetzt werden«, griff die Psychologin auf.

»Hey, ich bin hier der einzige Mann, muss ich mich morgen früh erschlagen lassen?«, wandte der Kollege ein.

»Nur, wenn du vorher allen das Frühstück servierst. Wer weiß, vielleicht ist es ja so schlecht, dass Daniel es verdient hatte«, sagte Bernadette, die gerade zur Tür hereinkam und Gunters letzten Satz gehört hatte. »Entschuldigung, das war nicht komisch. Aber der Job hier kostet mich Nerven. Da erzählt mir doch ein Patient im Brustton der Überzeugung, er hätte keine Krücken, er könnte noch prima laufen. Und dabei sitzt er im Rollstuhl. Diese armen Menschen erzählen einem genau das, was sie selbst glauben möchten. Langsam macht Demenz mir Angst«, gestand die junge Frau, die noch nicht einmal ihren dreißigsten Geburtstag gefeiert hatte.

»Bevor Charlotte uns die Krankheit noch einmal kurz erläutert, Pfefferminztee für alle?«, fragte Gunter.

»Ja, mit Graubrot, Halbfettmargarine, Gürkchen und billiger Fleischwurst bitte«, ergänzte die Psychologin spöttisch. »Es ist vielleicht von Vorteil, wenn wir gemeinsam mit den Leuten im Speisesaal sitzen und uns ein wenig an die Tische verteilen. In mehr oder weniger vertrauter Atmosphäre fällt ihnen vielleicht wieder etwas ein.«

Gunter verschwand kurz im Schwesternzimmer. Dort war Schwester Clara und nahm lächelnd seine Bitte entgegen. Auch die Tatsache, dass sie nicht an einem gemeinsamen Tisch sitzen, sondern sich ein wenig verteilen wollten, fand sie sehr gut. Sie hatte noch immer ein ermunterndes Lächeln auf den Lippen, auch wenn man ihr ansah, dass der Tag sie erschüttert hatte.

»Was sagen Sie den Menschen aus dem Umfeld des Toten, die wissen wollen, warum es einen so jungen Menschen so grausam aus dem Leben reißt?«, fragte Gunter, der mit der Kirche schon vor Jahren gebrochen hatte.

»Gottes Wege sind unergründlich. Wir Irdischen wissen nicht, welche Pläne der Herr verfolgt. Daniel war ein sehr tüchtiger, gewissenhafter, strebsamer Mensch. Vielleicht braucht Gott ihn für höhere Aufgaben an seiner Seite.« Sie spielte den Ball zurück: »Was glauben Sie denn?«

»Würde ich glauben, wäre ich Pastor geworden und nicht Polizist. Ich lese aus Fingerabdrücken, Aussagen und vor allem aus Falschaussagen. Ich brauche Fakten, um meine Arbeit zu machen. Glaube ist da eher hinderlich. Wenn sich in unsere Arbeit Glaube und Vermutung einmischen, wenn das Bauchgefühl uns lenkt, dann entzieht man uns den Fall. Aber, Schwester Clara, verstehen Sie mich bitte nicht falsch. Ich habe Respekt vor Ihrer Arbeit und Ihrer Berufung.«

»Danke für die Idee, die Hilfsorganisationen in die Betreuung mit einzubeziehen. Es haben sich einige bereit erklärt, heute Abend noch einmal ins Haus zu kommen und die alten Leute ins Bett zu bringen. Ich möchte Sie und Ihre Kollegen bitten, die Befragungen bald einzustellen. Die Leute brauchen Ruhe und Gewohnheit«, bat die junge Ordensschwester.

»Das verstehe ich gut, aber morgen ist die Erinnerung vielleicht gelöscht, und wir haben nichts mehr, worauf wir aufbauen können.«

»Konnten Sie die heutigen Aussagen nutzen? Ich werde für Daniel beten. Und auch für Sie, Herr Hermesdorf. Daniel hat verdient, dass sein Tod aufgeklärt wird. Daniel und seine Familie.«

Gunter runzelte die Stirn. Sie hatte durchaus recht, was nutzten die Aussagen wirklich? Dennoch mussten sie weiterfragen. »Können Sie mir etwas über Daniels Familie erzählen?«

»Wenig, aber ...« In dem Moment rief Schwester Grazyna aus der Küche, dass Schwester Clara dringend zum Vorbereiten des Abendessens gebraucht wurde.

»Wir sehen uns dann beim Abendessen und morgen früh. Wann gibt es Frühstück?«

»Acht Uhr ist eine gute Zeit, da haben wir die nötigsten Arbeiten erledigt. Bis gleich.« Mit wehender Schwesterntracht eilte sie zu ihrer Kollegin.

»Respekt«, raunte Gunter ihr hinterher und ging zurück zum Besprechungszimmer.

Der Bus hielt vor einem kleinen Lokal. Josette, die gerade die Ausführungen über ihren letzten Arztbesuch beendet hatte, deutete auf die Gaststätte.

»Wir gehen jetzt noch was essen, du kommst doch bestimmt mit, oder?«, fragte sie.

»Klar«, entgegnete Alwis. Hunger hatte er tatsächlich, und so folgte er der Gruppe in das Lokal.

Alwis Schlöder studierte ausgiebig die Speisekarte. Er war sich sicher, eben genau das gesehen zu haben, worauf er Lust hatte, konnte sich aber nicht mehr erinnern, was das gewesen war. Umso dankbarer war er, als Josette, die links neben ihm saß, ihm zur Hilfe kam.

»Alwis, die Bedienung wartet schon, magst du nicht auch was trinken? Wie wäre es mit einem Bier?«, schlug sie vor.

»Hm, ja«, entgegnete er und bestellte ein Bier.

»0,33 oder 0,5?«, fragte die Bedienung zurück.

»Klein, ich muss noch fahren«, entschied er, dann wandte er sich wieder der Speisekarte zu.

Sofort fing Josette wieder zu reden an. »Wieso fahren? Fährst du nicht mit dem Bus? Also ich fahre ja seit Jahren kein Auto mehr, seit das mit meinen Augen schlechter geworden ist. Ich habe mir gesagt, bevor ich eine Brille anziehen muss, lasse ich das Auto lieber ganz stehen. Und mit der Seniorekaart komme ich ja überall hin. Die ist ja auch viel günstiger als ein Auto.«

»Kartoffelsalat und Würstchen«, unterbrach Alwis. Dann stand er auf, um sich die Hände zu waschen.

Als Alwis zurück an seinen Platz kam, wurde gerade das Essen serviert. Das traf sich äußerst gut, er hatte riesigen Hunger. Zwar konnte er sich nicht erklären, woher der Hunger kam, aber das war auch egal. Freudig machte er sich über seinen Kartoffelsalat her. Der schmeckte aber auch wirklich gut.

Josette zu seiner Linken aß anscheinend nicht ganz so enthusiastisch, jedenfalls fand sie zwischen jedem Bissen Zeit, ihm eine Anekdote aus ihrem Leben oder dem Leben eines ihm völlig Unbekannten zu erzählen. Er nickte freundlich, brummte zustimmend, wenn sie eine Pause machte, und lachte, wenn die anderen Leute um ihn herum lachten. Seine Gedanken waren jedoch bei seinem Kartoffelsalat und, nach-

dem dieser aufgegessen war, bei seinem Garten. Vielleicht sollte er auch Kartoffeln anpflanzen, dann könnte er selbst Salat daraus machen.

Die Polizistinnen saßen über einen Block gebeugt, auf dem Vanessa mit ordentlicher Handschrift einige Fragen notiert hatte.

»Machst du dir neuerdings Gesprächsprotokolle in Großschrift?«, lästerte Gunter.

»Beim nächsten Mal überlasse ich dir gerne das Verhör eines Gehörlosen. Aber wenn das alles wäre. Seine Sprache ist nur schwer zu verstehen, seine Schrift kaum zu entziffern. Aber unser erster Eindruck war ja schon, dass er vom Geschehen gar nichts mitbekommen hat. Das hat sich auch bestätigt. Er wusste nur, dass noch drei Männer mit ihm am Tisch gesessen haben. Wer das war, konnte er mir aber nicht sagen. Ich habe mir von Schwester Grazyna Fotos von allen Bewohnern geben lassen, die sie in ihren Akten haben, damit wir nicht die Bilder von allen Türen pflücken müssen. Ich habe ihm alle Fotos derer, die nicht völlig bettlägerig sind, vorgelegt. Er hat auf alle Männer gezeigt. Einschließlich sich selbst. Das sind aber deutlich mehr als drei, es kann also nicht stimmen.« Vanessa zuckte enttäuscht mit den Schultern. »Sisyphus mit seinem Stein hatte es richtig leicht gegen uns, habe ich das Gefühl. Charlotte, erzähl uns bitte mehr von der Krankheit.«

Charlotte Baumgart nippte noch einmal an ihrem Kaffee und atmete tief durch. »Nur die Dinge, die für uns hier wichtig sind. Das Hirn degeneriert langsam, aber stetig. Die Betroffenen verlieren ihr Gedächtnis. Früher oder später kommt es zu schwerwiegenden Störungen der Sprache, des Denkens, der räumlichen Orientierung und des praktischen Handelns«, dozierte sie. »Hier in der Etage sind die Menschen, von denen für sich und andere keine Gefahr ausgeht. Na ja, für gewöhnlich«, schränkte sie ein. »Wer körperlich noch so fit ist, dass er weglaufen möchte und könnte, kann hier nicht ausreichend betreut oder sagen wir ruhig beaufsichtigt werden. Die Eingangstür ist zwar immer bewacht ...«

»Sofern Schwester Engelberta gesund ist«, warf Vanessa ein.

»Genau. Also wird sie meistens bewacht, aber wir haben alle gesehen, dass es Fenstertüren im Speisesaal gibt. Die Fenstergriffe sind zwar abgeschlossen, und die Schlüssel hat nur das Pflegepersonal, aber manchmal werden die Türen auch geöffnet. Wenn ich euch richtig verstanden habe, ist dieser Mann, der heute weggelaufen ist ...«

»Alois Schlöder, genannt Alwis«, ergänzte Gunter.

»... ist Herr Schlöder wohl noch nicht lange hier im Haus. Bislang war er noch nie weggelaufen, die Gefahr war hier nicht bekannt oder wurde falsch eingeschätzt. Vielleicht hatte er zuvor in seiner vertrauten Umgebung einfach mehr Bewegung, mehr Ausgang, sodass die Situation noch nie eingetreten ist. Nur dass er selbst leider kein Bewusstsein dafür hat, dass er den Heimweg nicht mehr findet. Er ist orientierungslos, also orientierungsunfähig. Vielleicht kann er sich an seinen Namen erinnern, aber vermutlich höchstens an seine frühere Heimatanschrift, keinesfalls aber an die Anschrift des Hauses Moselruh.«

»So, wie die Pflegerinnen Herrn Schlöder schildern, ahnt man bei seinem Anblick nicht, dass der Mann Hilfe braucht. Er ist still, in sich gekehrt, aber freundlich. Auf Fragen nickt oder lacht er, er wirkt nicht hilflos oder irgendwie verloren«, ergänzte Vanessa.

»Vermutlich kann er sogar eine im ersten Moment glaubhafte Geschichte erzählen, wenn er etwas gefragt wird«, erläuterte die Psychologin weiter. »Würde man ihm wenige Minuten später die gleiche Frage stellen, würde er zwar eine andere Geschichte erzählen, aber dazu würde der Beobachter keine Notwendigkeit sehen. Also bleibt seine Hilfsbedürftigkeit unerkannt. Der demente Patient gleicht einem kleinen Kind, das durch die Gegend irrt und sich Geschichten ausdenkt, nur dass man ein kleines Kind an die Hand nehmen und zurückbringen würde. Ein dementer Erwachsener fällt nicht auf, wenn er alleine am Straßenrand spazieren geht, bei einem Kind werden Passanten aufmerksam.«

»Das gilt also auch für unsere anderen Patienten, die erzählen uns das Blaue vom Himmel und glauben selbst an ihre Story?«, hakte Gunter nach.

»Stimmt, genau das kann uns passieren«, bestätigte die Spezialistin. »Außerdem haben Demenzpatienten keinen Bezug mehr zur Zeit. Das ist schon bei vielen alten, aber grundsätzlich gesunden Menschen ein Problem. Viele denken sich, nach jedem Schlaf beginnt ein neuer Tag. Da die Menschen aber manchmal mehrmals täglich kurz einnicken, verlieren sie jeglichen Zeitbezug. Das abstrakte Denken geht verloren, aber die Beobachtung funktioniert zunächst möglicherweise noch. Früher oder später gehen aber auch die Worte verloren, die Menschen können die Dinge nicht mehr benennen. Meist werden anfängliche Schwierigkeiten noch überspielt.«

»Wie reagieren die Kranken selbst darauf?«, fragte Gunter.

»Meist zunächst mit Scham, aber auch mit Verärgerung, mit Wut, mit Aggression und Autoaggression, die Kranken sind reizbar, traurig, ängstlich. Sie spüren, dass sie ihre Selbstständigkeit einbüßen.«

»Was ist für uns noch von Bedeutung?«, drängte Vanessa.

»Irgendwann setzen Wahn und Halluzinationen ein. Das macht es sehr schwer für uns, brauchbare Zeugenaussagen zu bekommen. Ich fürchte«, wandte sich die Psychologin an die Kriminaltechnikerin, »es wird trotz zehn oder mehr Zeugen im Wesentlichen auf die Arbeit der Spurensicherung ankommen.«

»Zeit für Gürkchen auf Selleriesalat«, schloss Gunter die Zusammenfassung und hielt seinen Kolleginnen die Tür auf.

Die allgemeine Aufbruchstimmung riss Alwis aus seinen Gedanken. Er sah sich am Tisch um, scheinbar war die Bedienung gerade am Kassieren. Ein Blick auf seinen Teller

erinnerte ihn daran, was er offensichtlich eben gegessen haben musste. Das konnte nicht allzu teuer sein. Sein Portemonnaie fand er am angestammten Platz in der Hosentasche, zog es heraus und begann nach Geld zu suchen. Irgendetwas stimmte nicht, er konnte nur seltsame bunte Papierstreifen finden. Die Bedienung stand bereits neben ihm und wartete. Den Betrag, den sie forderte, hatte er schon wieder vergessen, aber das war egal, solange er kein Geld auftreiben konnte.

»Oh, ich hab gar kein Frangen dabei«, stellte er schließlich fest.

»Was hattest du, Kartoffelsalat und ein Bier, oder? Komm, ich bezahl gerade für dich«, bot Josette an.

Dankend nahm Alwis das Angebot an. Wie konnte er nur sein Geld vergessen haben?

»Dann trinken wir aber auch noch einen Absacker bei mir, oder?«, fuhr Josette fort.

Warum eigentlich nicht? Einen Absacker konnte man nach dem Essen immer gebrauchen, fand er und folgte der netten Dame aus dem Lokal.

Schwester Clara hatte alle Ermittler an verschiedene Tische verteilt. Der Platz von Alwis Schlöder war noch immer leer.

Die Polizei setzte eine Hundertschaft der Bereitschaftspolizei aus Wittlich-Wengerohr, zum Teil mit Spürhunden, ein, das Technische Hilfswerk war mit Dutzenden von Freiwilligen unterwegs. Zahlreiche

Polizisten unter dem Kommando von Michael Lieser hatten die öffentlichen Einrichtungen in Mehring abgeklappert und nach Alwis Schlöder gefragt. In den Restaurants und Kneipen war er nicht gesehen worden. Über die Moselbrücke hätte er auf die andere Seite des Flusses gelangen können. Da hatte die A-Jugend nachmittags ein Fußballspiel auf dem Sportplatz gehabt, aber Alwis Schlöder schien nicht unter den Zuschauern gewesen zu sein. Den Berg hoch konnte der Mann zur Autobahn gelangt sein, auch wenn das ein beschwerlicher, weiter Weg gewesen wäre. Aber er war nun auch schon viele Stunden unterwegs. Die Autobahnpolizei war alarmiert und suchte auf Parkplätzen und am Straßenrand. Aber bislang vergebens.

Relevant schienen nur die drei Tische rund um die Stelle zu sein, an welcher der Pfleger gelegen hatte. Bernadette hatte zuletzt noch erklärt, dass der Fundort der Tatort zu sein schien, sodass sie sich nicht in einem größeren Radius bewegen mussten. Von weiter hinten hatten schon gesunde Menschen keinen guten Blick auf die Stelle, weil der Raum dort einen kleinen Knick machte und auch noch eine Säule die Sicht versperrte. Wer also dahinter saß, hatte ganz sicher nichts mitbekommen, wobei durch die Grippewelle sowieso nur sehr vereinzelt Plätze besetzt waren. Alle Bettlägerigen hatten zwar theoretisch einen Sitzplatz im Speisesaal, praktisch wurden diese aber nie gebraucht, und man setzte die mehr oder weniger fitten Patienten zusammen. Bernadette hatte sich inzwischen verabschiedet, sie würde morgen früh erst einmal ins Labor gehen und Spuren auswerten, sie würden sich dann telefonisch absprechen, ob und mit welcher technischen Ausstattung sie noch einmal im Pflegeheim gebraucht würde.

Gunter saß zusammen mit Gisbert Scholtes, dem körperlich agilen Ewald Braun und dem gehörlosen Matthias Erbes am Tisch auf dem Stuhl des verschwundenen Alwis Schlöder. Gunter versuchte, mehr über den fehlenden Patienten in Erfahrung zu bringen, vielleicht hatte er ja seine Gründe, warum er verschwunden war. Aus dem tauben Matthias war nur herauszubringen, dass ihn selbst alle Theis nannten, wie es an der Mosel so üblich sei, mehr Verwertbares kam nicht. Gisbert schien eine gewisse Sympathie für den Neuen zu empfinden, auch wenn die Psychologin auf dem Weg zum Speisesaal noch erklärt hatte, dass die soziale Empfindungs- und Bindungsfähigkeit immer weiter eingeschränkt würde.

Ewald Braun erzählte die gleiche Geschichte, die er Kommissar Lieser schon geschildert hatte: Sein Sohn habe Geburtstag, der Bus sei nicht gekommen, da habe er sich zu Fuß auf den Weg gemacht. Er hatte einen riesigen Hunger und äußerte sich, er habe den ganzen Tag noch nichts gegessen. Auch wenn man sonst nie wusste, was an den Aussagen wahr war, in diesem Fall konnte es stimmen. Die Schwestern hatten ja erzählt, Ewald Braun sei schon vor dem Frühstück verschwunden, sodass er von dem Mord nichts wissen konnte.

Schwester Veronika stellte Vanessa Müller-Laskowski die Bewohner vor, die sich um ihren Tisch gruppierten. Im Rollstuhl saß Hedwig Stülb und rührte in ihrem Joghurt. Statt den Löffel dann in den Mund zu stecken, versenkte sie ihn in der Tasse mit warmem Früchtetee, sodass die geronnene Milchspeise unansehnlich auf dem Tee schwamm. Schwester Veronika sagte nichts, holte nur eine frische Tasse, goss Tee ein und führte Hedwigs Löffel zum Mund. Im Hintergrund hörte Vanessa ein Telefon in dem angrenzenden Raum klingeln, den Schwester Veronika am Morgen als Büro bezeichnet hatte. Alle Schwestern kümmerten sich um ihre Patienten, das Telefon blieb unbeachtet.

»Die Menschen vor Ort gehen immer vor. Die Angehörigen kennen die Zeiten, zu denen wir unabkömmlich sind«, erläuterte die leitende Schwester.

»Als ich heute Morgen kam, saß Hedwig an der Eingangstür und nicht hier am Tisch. Kann sie etwas gesehen haben?«

»Jeder hier kann alles gesehen haben, aber es wird Ihnen nicht viel nutzen. Fragen Sie sie. Hedwig hat manchmal noch klare Momente. Von ihrer Demenz her hätte sie vielleicht noch nicht zwingend in ein Seniorenheim gemusst, aber ihre Angehörigen, bei denen sie bislang wohnte, sahen wegen des Rollstuhls keine Alternative. Sie ist zudem etwas schwerhörig.« An die Patientin gewandt, sagte sie: »Hedwig, Sie haben heute Morgen schon so schöne Adventslieder gesungen. Erinnern Sie sich?«

Die alte Frau sah sie müde und irgendwie durch und durch farblos an. Ihre Augen waren grau, ihre Haare fast weiß, ihre Haut war bleich. »Ich habe Adventslieder gesungen? Das kann schon sein. Habe ich auch Kirchenlieder gesungen?«, fragte sie mit zittriger Stimme.

»Ich glaube, ich habe ein Lied erkannt, was häufig bei Beerdigungen gesungen wird. Wie kamen Sie denn darauf?«, flunkerte die Pflegerin.

»Ist nicht neulich jemand gestorben?«, kam die zögernde Gegenfrage. Vanessa erklärte ihr, sie sei wegen des toten Pflegers hier.

»Der junge Pfleger, ist der tot?« In ihrem Blick war eine Mischung aus Bestürzung und Gleichmut zu lesen.

»Haben Sie heute Morgen gesehen, was passiert ist?«

»Schalte doch mal einer das Telefon ab«, murmelte Schwester Veronika sichtlich genervt, stellte Hedwigs Joghurtbecher ab, ging um den Tisch und hinderte Lieselotte Jostock daran, unter den Tisch zu kriechen.

»Ich bin mit dem Rollstuhl an dem Tisch der Männer vorbeigefahren, ich wollte raus, aber Jessica hat mich zurückgehalten. Mir war es hier zu laut. Immer nur Streit. Da hat einer gebrüllt, dann ein anderer. Ich weiß nicht, wer das war, aber es war nicht schön. Ich sitze ja mit dem Rücken zur Tür, und hören kann ich auch nicht gut. Später von der Tür aus konnte ich sehen, wie der Daniel dalag. Der hat sich nicht mehr bewegt. Und am Tisch saß nur noch der Mann, mit dem man sich nie unterhalten kann. Ich wollte so gerne in mein Zimmer, aber ich durfte ja nicht«, schilderte Hedwig stockend.

Lieselotte wurde ungehalten. Sie schlug um sich und schimpfte laut. Vom Nachbartisch kam Schwester Grazyna. Resolut hakte sie die Patientin unter und ging mit ihr zu einem leeren Tisch im hinteren Bereich des Raums, setzte sie dort ab und holte ihr Tasse und Teller.

»Danke, Grazyna. Könnten Sie bitte auch endlich mal ans Telefon gehen? Ich schreie sonst auch gleich wie unsere arme Lieselotte«, bat Veronika die Kollegin.

Einen Moment später rief diese von der Bürotür aus: »Das war Sohn von Waltraud, stehen vorne an Tor und möchten endlich rein.«

»Um Gottes willen, Waltraud hatte ich ganz vergessen«, entfuhr es Schwester Veronika. Sie erklärte, dass Waltrauds Sohn seine Mutter heute schon vor dem Frühstück abgeholt hatte, weil sie einen Ausflug zusammen machen wollten. Sie hatte sie in der heutigen Hektik noch nicht vermisst. »Wer soll die denn jetzt noch am Tor abholen?«

»Wird die Frau mir vertrauen, kann ich sie holen?«, bot Vanessa an.

»Ihr Sohn ist ja dabei, vielleicht auch die Schwiegertochter, dann ist das alles kein Problem. Das heißt, Waltraud ist kein Problem, der Sohn wahrscheinlich schon. Arme Waltraud, sie hat sich mit Daniel so gut verstanden. Von allen Bewohnern hier wird es sie am härtesten treffen. Sie müssen nur aufpassen, es ist ja stockdunkel draußen und Waltraud sieht fast nichts mehr. Makula-Degeneration, aber wenn Sie sie führen, oder der Sohn, dann ist das in Ordnung. Geistig ist sie eigentlich noch ganz fit.« Veronika sah sich um. »Vielleicht können Sie Ihren Kollegen schicken? Der kommt mit Herrn von Beutz vielleicht besser zurecht, und Hedwig hat Vertrauen zu Ihnen, vielleicht können Sie hier am Tisch bleiben?«

Vanessa erklärte Gunter schnell die Situation, Veronika händigte ihm den Schlüssel zum Tor aus, und Vanessa setzte sich wieder an den Tisch.

»Kann ich irgendwie helfen?«, erkundigte sich die Hebamme Henriette, die mit am Tisch saß. Das Handy der Kommissarin klingelte, der Rufton kündigte aber nur eine Textnachricht an. *Seid ihr schon weitergekommen? Sind Ewald und Alwis zurück? Würde dich gerne zum Essen einladen für die schnelle Hilfe. Johannes*, stand auf ihrem Display.

Der ganz normale Wahnsinn, die Leute müssen bald ins Bett, hoffe, ich kann dann nach Hause. Alwis fehlt noch, möchte nur noch ins Bett, sogar ohne Tatort. V, schrieb sie zurück.

»Kann ich irgendwie helfen?«, beharrte Henriette noch einmal. »Möchten Sie gerne noch einen Tee?«

»Nein, vielen Dank, Frau ...« Ihr fiel der Nachname nicht mehr ein, aber niemandem schien das aufzufallen. Zu lange schon konnte sich keiner mehr an die Namen seines Gegenübers und nur selten an den eigenen Namen erinnern.

»Heinrich, möchten Sie noch einen Tee?«, wandte sich die hilfsbereite Hebamme an den pensionierten Lehrer. Der hatte ein Buch neben sich liegen und umklammerte es mit der linken Hand, als fürchte er, jemand könne es ihm wegnehmen. Unter seinem Arm, der schützend um das Buch gelegt war, konnte die Kommissarin erkennen, dass es ein Bildband von Vincent van Gogh war.

»Ich möchte keinen Tee, ich muss noch arbeiten«, gab er gehetzt zurück.

»Herr Ruppenthal, haben Sie heute Morgen beim Frühstück auch gearbeitet oder können Sie mir beschreiben, was heute Morgen passiert ist?«, bohrte Vanessa. »Sie haben sicherlich ein wunderbares fotografisches Gedächtnis, vielleicht können Sie mir beschreiben, was Sie gesehen haben.« Falsche Wortwahl, dachte sie sich im gleichen Moment. Von Gedächtnis konnte man nicht mehr wirklich sprechen, aber der alte Kunstlehrer würde es nicht merken.

»Ich weiß nicht, was Sie meinen. Ich muss arbeiten. Hier sind wichtige Bilder drin, die ich begutachten muss. Davon hängt ab, welche Note Sie bekommen. Sie sollten auch mehr in die Bücher sehen.« Der Tisch schien eine Niete zu sein, kein Fortschritt in Sicht.

Der dritte Tisch, an dem die Polizeipsychologin saß, war derjenige, der von der Tür am weitesten entfernt stand. Der Pfleger hatte zwischen der Tür und diesem Tisch gelegen. Den besten Blick auf das Geschehen hätte Waltraud von Beutz gehabt, die aber beim Frühstück nicht dabei war. Auf ihrem Platz saß jetzt Charlotte Baumgart und versuchte, verwertbare Informationen von Werner Baltes und Jupp Herres zu bekommen. Jupp saß mit dem Rücken zur Tür und somit auch zu dem Toten, er würde vermutlich nicht viel beitragen können. Als Vierte saß die fromme Erika mit am Tisch.

»Ich bin Charlotte Baumgart und arbeite für die Polizei. Der Pfleger Daniel ist heute Morgen verunglückt, und wir würden gerne aufklären, was passiert ist. Können Sie mir erzählen, ob Sie etwas gesehen haben?«, fragte die Psychologin in die Runde.

»Der Daniel, das war so ein ganz windiger Typ. Kein Wunder, dass dem was zugestoßen ist«, rief Jupp Herres aus und pochte mit den verbliebenen drei Fingern der linken Hand auf den Tisch.

Charlotte wurde hellhörig. »Das ist ja schön, dass Sie den Daniel ein wenig näher kannten. Was ist Ihnen denn an ihm aufgefallen?«

»Das war so ein ganz wilder Frauenaufreißer. Wie der immer gerochen hat«, fiel ihm Werner Baltes ins Wort. »Der hat bestimmt nichts anbrennen lassen. Jaja, so war ich früher auch.«

»Haben Sie denn einmal seine Freundin kennengelernt?«, hakte die Psychologin nach.

»Eine? Ich glaube nicht, dass der nur eine hatte. Der hatte bestimmt für jeden Wochentag eine«, behauptete der alte Mann und schien sich dabei an seine eigene wilde Zeit zu erinnern.

»Gelobt sei Jesus Christus«, flüsterte die fromme Erika.

»Ich glaube ja nicht, dass der so schlimm war. Hatte der nicht mal was mit unserer Schwester Clara?«, überlegte Jupp Herres laut.

»Vor dem war bestimmt kein Rock sicher«, pflichtete Werner sofort bei, und Erika wisperte: »Der Herr möge ihm verzeihen, er kann doch nicht mit einer Schwester ...«

»Ach, das ist seine Schwester?«, wollte Jupp jetzt wissen.

»Sie trägt doch eine Ordenstracht, sie ist eine Tochter Gottes«, belehrte ihn die langjährige Kirchenangestellte.

»Na ja, was die Pastoren können, das können die Schwestern sicher auch«, polterte Werner ohne Rücksicht auf die Gefühle der tiefgläubigen Tischnachbarin.

»Ich habe gehört, Sie haben ihm die Augen geschlossen, Herr Baltes. Das kostet die meisten Leute viel Überwindung, einen Toten anzufassen, was hat Sie denn dazu bewogen?«

Werner Baltes blickte Charlotte mit einem undurchsichtigen Blick an. »Ich? Ich soll dem die Augen geschlossen haben? Wer hat Ihnen denn so einen Quatsch erzählt!«

»Die Augen waren doch die ganze Zeit zu«, beteuerte jetzt Jupp Herres. Hätte ihr das nicht ihre eigene Kollegin erzählt, die in dem Moment dabei gewesen war, hätte Charlotte Baumgart Zweifel an der Aussage bekommen, aber so wusste sie, dass die Erinnerungen der beiden Heimbewohner auch in diesem Punkt nicht sehr hilfreich waren.

»Herr Herres, Sie sitzen ja mit dem Rücken zur Tür, wo Daniel lag, haben Sie denn überhaupt mitbekommen, was da passiert ist?«

»Heilige Maria, Mutter Gottes, bitte für uns Sünder, jetzt und in der Stunde unseres Todes«, murmelte Erika vor sich hin.

»Natürlich weiß ich, was passiert ist«, versicherte Jupp. »Schließlich war Geschrei, ich hab mich umgedreht, und da lag er. Der Pfleger, meine ich. David heißt der, oder?«

»War jemand unmittelbar in seiner Nähe?«

»Das weiß ich doch nicht. Ich glaube, der eine Mann vom ersten Tisch war bei ihm.«

Die Psychologin schöpfte Hoffnung. »Wen meinen Sie?«

»Ich glaube, er heißt Egon, oder? Der da vorne am Tisch sitzt, mit dem Rücken zur Wand. Das ist doch Egon, gell?«

»Wir haben keinen Egon«, fiel ihm Werner Baltes ins Wort. »Du meinst den Erwin. Das kann schon sein, dass der bei ihm war. Oder war es dieser alte Lehrer?«

Charlotte drohte den Überblick zu verlieren. Es gab weder Egon noch Erwin. »Können Sie mir zeigen, wen Sie meinen?«

Beide riefen gleichzeitig »Egon« und »Erwin«, worauf natürlich niemand reagierte. Jupp Herres stand auf, ging an den ersten Tisch und stupste Ewald Braun gegen die Schulter.

»Du warst doch heute Morgen als Erster bei dem Toten, gell?«

Ewald Braun sah ihn konsterniert an. Da er schon vor dem Frühstück unterwegs gewesen war, verwirrten ihn diese Gespräche noch mehr als die anderen, weil er keinen Zusammenhang zu dem Geschehen am Morgen herstellen konnte.

»Er denkt, Sie haben den toten Daniel heute Morgen noch gesehen«, half die Psychologin nach, die den beiden Männern an den Tisch gefolgt war.

»Daniel ist tot? Nein, ich habe niemanden gesehen, ich war doch heute zum Geburtstag meines Sohnes. Der ist fünfundzwanzig geworden, da muss ein Vater doch hin. Den Daniel habe ich heute noch gar nicht gesehen. Hat der frei? Der hat sich sicherlich einen freien Tag verdient. Tüchtiger Junge, der Daniel.«

»Aber ich habe doch deinen Stock gesehen«, rief jetzt auch Werner Baltes, der drohend hinter dem sitzenden Ewald Braun aufragte.

»Hat Herr Braun einen Stock?«, fragte Charlotte Baumgart die Pflegeschülerin, die gerade Streichkäse aus der Küche brachte, weil Gisbert keine Lust auf Scheibenkäse hatte.

»Herr Braun braucht keinen Stock, er ist noch ganz

schön fit. Leider, sonst müssten wir ihn nicht ständig suchen«, bedauerte die Pflegeschülerin.

»Ich kann mich sogar noch selbst rasieren«, beteuerte dieser nun, und Schwester Jessica fuhr ihm liebevoll über das inzwischen wieder stoppelige Kinn.

»Heute Morgen warst du aber nicht rasiert«, fuhr Werner Baltes dazwischen.

»Herr Baltes, Sie können den Ewald gar nicht meinen, Ewald war heute Morgen nicht hier«, beharrte Jessica.

»Ich hab' ihn ganz sicher gesehen, das schwöre ich bei meinem linken Ringfinger«, hielt Jupp Herres dagegen und hob seine linke Hand, an der der Ringfinger und der kleine Finger fehlten.

Im Gang waren laute Stimmen zu hören, Gunter Hermesdorf kam zurück zum Speisesaal und hatte eine kleine, vornehme Dame bei sich, die sich bei einem Mann im Anzug mit aristokratischen Gesichtszügen etwas unsicher eingehakt hatte. Die Psychologin musterte die Neuankömmlinge rasch. Er war für einen Mann relativ klein, kaum größer als einen Meter siebzig. Sein Hemd sah selbst am Abend noch tadellos gebügelt aus, seine Krawatte war nicht gelockert worden, die Manschetten sahen formvollendet knapp unter dem Anzugjackett hervor. Er wirkte kompromisslos und selbstsicher, ein Mann, der gewohnt zu sein schien, Anweisungen zu erteilen und keinerlei Widerrede zuzulassen.

»Warum musste meine Mutter so lange in der Kälte warten, das ist eine Unverschämtheit«, ging er sofort auf Schwester Veronika los. Hedwig drehte sich mit ihrem Rollstuhl um, um nichts zu verpassen.

Werner Baltes stand noch immer an dem Tisch, der der Tür am nächsten war, und konnte sein Mitteilungsbedürfnis nicht zügeln: »Haben Sie schon gehört, der Daniel ist tot!«

Waltraud von Beutz konnte zwar nicht mehr gut sehen, aber hören konnte sie noch sehr genau. Sie klammerte sich am Stuhl von Gisbert Scholtes fest, der ihr am nächsten war, und drohte in sich zusammenzusacken, hätte Gunter Hermesdorf sie nicht geistesgegenwärtig aufgefangen und auf den freien Stuhl von Alwis Schlöder gesetzt. Schwester Clara goss ein Glas Orangensaft ein und stellte es vor die alte Dame, die offensichtlich von der Neuigkeit völlig niedergeschmettert war; dann packte sie Jupp und Werner jeweils am Arm und führte sie resolut zu ihren Plätzen.

»Der Daniel, der junge Pfleger? Mit dem Motorrad?«, hauchte die alte Frau und versuchte mit beiden Händen, das Saftglas zu halten, verschüttete aber ein wenig auf ihren dunkelblauen Rock.

»Mutter, kannst du nicht aufpassen«, fuhr ihr Sohn sie ungehalten an.

»Nein, Herr von Beutz, das kann sie nicht. Könnte sie es noch, würde sie nicht hier wohnen. Also hören Sie auf, Ihrer Mutter Vorwürfe zu machen, und holen Sie lieber mal ein Tuch aus der Küche«, herrschte Schwester Veronika, die sich vor ihm aufgebaut hatte, ihn an. Der kleine Mann Anfang fünfzig schien niemals Befehle zu erhalten – oder wenigstens keine zu befolgen. Er blieb stehen und stemmte die Hände in die Seiten, wodurch er zwar mehr Fläche bot, aber nicht an Größe gewann. Er war dunkelrot angelaufen und holte gerade tief Luft, als Charlotte Baumgart ihm die Hand hinstreckte und sich vorstellte. »Herr von Beutz, darf ich Sie und Ihre Mutter einladen, sich mit mir an einen der hinteren Tische zu setzen? Da ist es bedeutend ruhiger, und Ihre Mutter kann in Ruhe etwas essen und trinken«, schlug sie vor. Von Beutz drängte es noch immer, sich den Ton von Schwester Veronika zu verbitten, aber diese hatte sich inzwischen umgedreht und war wieder zu ihren anderen Patienten zurückgekehrt. Jessica hatte einen Lappen aus der Küche gebracht und beugte sich über Waltraud von Beutz, um ihr den Schoß abzuwischen, als sich der Zorn des Sohnes über ihr entladen wollte. Er wollte ihr den Lappen aus der Hand reißen, als die Psychologin sagte: »Danke, Jessica, das ist ganz lieb von ihnen, dass Sie sich um Frau von Beutz kümmern. Herr von Beutz, ich bin Psychologin, möchten wir uns jetzt nach hinten setzen?«

Er wich merklich zurück, während Jessica Frau von Beutz das Saftglas an die Lippen setzte und diese gierig trank. Als sie genug getrunken hatte, sagte sie: »Ich kann das gar nicht begreifen. Mein zuverlässiger, gewissenhafter Daniel. Er war so ein sanfter Mensch und ein guter Zuhörer. Wir haben gestern Abend noch so nett geplaudert. Ich hatte ihm erzählt, dass mein Sohn heute kommt.« Sie verfiel in Schweigen, ihr verschwommener Blick schien in sich hinein gerichtet zu sein auf eine Erinnerung, die vor ihrem inneren Auge aufflackerte. »Walter, hilf mir bitte beim Aufstehen, ich möchte mich zurückziehen«, wies sie schließlich ihren Sohn an. Die zierliche, zerbrechlich wirkende Frau schien die Einzige zu sein, der Walter von Beutz gehorchte.

»Ja, natürlich, Mutter, möchtest du auf dein Zimmer oder in den hinteren Bereich des Speisesaals?«, erkundigte er sich, wobei seine Stimme die Fürsorge seiner Worte Lügen strafte.

»Ich kann das gar nicht glauben. Als ich heute Morgen auf dich gewartet habe, war Daniel doch noch da. Er war so fürsorglich und hat mich gefragt, ob mir denn auch warm genug sei. Er hatte also keinen Unfall unterwegs? Was ist denn mit ihm passiert?« Sie nestelte ein Taschentuch aus ihrer Umhängetasche und wischte sich die feuchte Nase. »Er hat mir doch noch einen schönen Sonntag gewünscht. Und da war noch dieser Mann, erinnerst du dich, Walter, der mit uns zusammen hinausgegangen ist?« Sie tippte ihrem Sohn auf den Arm.

Die Psychologin wurde hellhörig. »Darf ich Sie in Ihr Zimmer begleiten, Frau von Beutz?«

»Sie sehen doch, dass meine Mutter ganz verwirrt ist, sie sollte jetzt zur Ruhe kommen«, herrschte der Sohn die Psychologin an.

»Bitte entschuldigen Sie, ich bin vom Fach, ich werde Ihrer Mutter nichts zumuten, was ihr schaden könnte. Aber sie könnte helfen, einen Mord aufzuklären«, machte Charlotte Baumgart deutlich.

»Mord?«, hauchte Waltraud von Beutz. »Walter, bring uns in mein Zimmer!«

Charlotte Baumgart saß auf dem schicken, aber durchgesessenen zweisitzigen Chippendale-Sofa neben Waltraud von Beutz und hatte ihr eine Hand auf die faltige, gepflegte Hand gelegt. Gegenüber hatte sich Walter von Beutz in das zu schmale Chippendale-Sesselchen gequetscht, und Charlotte ertappte sich bei dem Gedanken, ob er wohl ohne das Möbelstück wieder würde aufstehen können, oder ob es wie eine Windel an ihm hängen bliebe. Er hatte zuerst Platz genommen, Charlotte hätte erwartet, dass er sich neben seine Mutter setzen würde, aber er ließ keinen Zweifel daran, wer hier das Sagen hätte. Charlotte konnte sich gut vorstellen, wie er sich in einer Kanzlei oder einem mittelständischen Unternehmen hinter einem breiten Schreibtisch auf dem Chefsessel verschanzte.

»Ich möchte mir wirklich verbitten, dass Sie meine Mutter nach diesem Schock noch verhören«, polterte Walter von Beutz, und Charlotte nahm wahr, wie schwer es ihm fiel, nicht aufzuspringen und durch das kleine Zimmer zu laufen. Sie ließ kurz den Blick schweifen. An der Wand stand das obligatorische Krankenbett, auf dem Boden lagen zwei alte, sicher wertvolle Teppiche, die Wände waren viel zu voll gestellt mit einer Chippendale-Vitrine und einem Sideboard, auf dem gerahmte Familienfotos auf Spitzendeckchen standen. Walter von Beutz mit einer verschreckt blickenden, farblosen Frau an seiner Seite und einem etwa zwölfjährigen Sohn mit Hemd, Fliege und Jacke mit Goldknöpfen, der sich sichtlich unwohl in seiner Haut fühlte. Auf einem anderen Foto ein ebenfalls kleiner, aber wesentlich schlankerer Mann mit einer blonden, attraktiven Frau und zwei fast erwachsenen Töchtern. Im Hintergrund eine Schwarz-weiß-Aufnahme von Waltraud von Beutz mit einem kleinen, listig blickenden Ehemann an ihrer Seite und den beiden damals halbwüchsigen Söhnen auf der einladenden Treppe vor einer kleinen Privatbrauerei.

Waltraud von Beutz folgte ihrem Blick. »Das Foto von Daniel und mir im Theater ist noch nicht dabei, oder? Ich habe ihn neulich ins Stadttheater nach Trier eingeladen. Neujahr muss das gewesen sein, Walter, nicht wahr?«

Der Sohn knurrte nur etwas Unverständliches.

»Früher war ich gerne im Theater, aber seit ich fast nichts mehr sehe, ist das wenig ergiebig. Aber der Daniel hatte mir vom Neujahrskonzert im Theater erzählt. Und da habe ich ihn gefragt, ob er Lust hätte, mich in seiner Freizeit zu begleiten. Der Junge hat sich so gefreut, als ich ihn eingeladen habe. Und dann hatte er sich richtig chic gemacht, wir haben einen Wermut im Foyer getrunken, und er hat uns hin und her gefahren. Es war so ein unbeschwerter Abend. Mein angeschlagener Geist kann das gar nicht erfassen.« Wieder schwieg sie, und Charlotte drängte sie nicht. Ihrem Sohn dagegen war deutlich anzusehen, wie sehr er sich beherrschen musste.

»Ich glaube, ich bin hier die jüngste Bewohnerin im Haus. Im kommenden Herbst werde ich meinen fünfundsiebzigsten Geburtstag feiern. Ich hätte nicht herkommen müssen, hätte mich nicht diese scheußliche Augenkrankheit überrascht, wegen der meine Sehkraft außerordentlich eingeschränkt ist. Meine Schwiegertöchter konnten oder wollten sich nicht um mich kümmern. Die eine fliegt von einer Modenschau zur anderen, mal hier eine Vernissage, mal dort ein privates, kleines Konzert. Und seine Frau«, sie nickte eher geringschätzig zu ihrem Sohn, »hat ein Alkoholproblem und ist genug mit sich selbst beschäftigt, als dass sie sich um mich kümmern könnte. Meine Söhne haben dann dieses Heim ausgesucht, das weit genug von Koblenz weg ist, um sich nicht viel um mich kümmern zu müssen, aber dennoch nah genug dran, dass sie in ihrem Freundeskreis erzählen können, sie würden ihre Mutter pflegen.« Sie hob eine Hand, als Walter von Beutz sich räusperte und etwas erwidern wollte.

»Walter, ich vergesse manches, und ich sehe nicht mehr viel, aber in meinen lichten Momenten kann ich noch messerscharf denken. Also spare dir die Widerworte. Du musst auch nicht versuchen, mich zu schonen, nur weil dir etwas unangenehm ist. Du darfst dich aber gerne zurückziehen und nach Koblenz zurückfahren, bevor deine Gattin die Zeit allzu gut genutzt und die letzte Flasche geleert hat. Schließlich ist es nicht das erste Mal für diese Woche, dass du sie alleine gelassen hast.«

Klare Worte einer Dame, die ihr Umfeld sehr genau wahrnahm. Charlotte freute sich auf das Gespräch. Schade nur, dass ausgerechnet sie den Tag außer Haus verbracht hatte.

»Woher weißt du ...«

Seine Mutter unterbrach ihn mit einem traurigen Lächeln. »Mütter sind immer viel besser informiert, als ihre Kinder glauben. Das lässt auch im Alter nicht nach. Und je schlechter ich sehe, desto schärfer scheine ich an manchen Tagen hören zu können. Und sei sicher, ich kenne deine Stimme.«

Walter von Beutz schien ihr widersprechen zu wollen, besann sich aber und lächelte stattdessen mitleidig, als würde seine Mutter wirres Zeug reden und er wolle sie vor einer Blamage bewahren.

»Wissen Sie«, erklärte die ältere Dame, »dement sein ist ein bisschen wie tot sein. Alle um einen herum trauern und leiden, nur man selbst spürt es gar nicht.«

Charlotte schmunzelte, während Walter von Beutz verzweifelt versuchte, seine immer wieder entgleisenden Gesichtszüge zu kontrollieren.

»Mein Sohn kam heute Morgen wie immer zu spät«, klärte Frau von Beutz die Psychologin auf. »Ich wollte noch ein wenig mit Schwester Engelberta am Empfang plaudern, aber sie scheint jetzt auch krank zu sein, sie war jedenfalls nicht an ihrem Platz. Es lohnte sich nicht, mich noch einmal in mein Zimmer zurückzuziehen, darum setzte ich mich auf die Récamiere im Eingangsbereich und wartete. Zwei Männer standen unweit von mir und unterhielten sich. Morgens sehe ich noch schlechter als im Laufe des Tages, darum kann ich Ihnen leider nicht sagen, wer es war. Keiner der Männer von meinem Tisch, die hätte ich an der Stimme erkannt. Der eine ging dann zum Speisesaal, ich habe Krücken gehört. Und er sprach recht laut, darum weiß ich, dass sie sich über Belanglosigkeiten wie das Wetter unterhalten haben. Der andere sagte, er wolle das Wetter heute nutzen und wandern gehen. Er habe vom Fenster aus gesehen, dass ganz viele Wanderer unterwegs seien, da wolle er sich anschließen. Ihn könne man nicht davon abhalten. Er ging dann mit uns zur Tür, erinnerst du dich nicht, Walter?«

Der Sohn wirkte nach wie vor unkooperativ, aber er konnte seiner Mutter die Unterstützung nicht verwehren. »Wir standen quasi noch in der Tür, als dieser Pfleger von hinten rief, der Mann solle jetzt zum Frühstück kommen. Der Mann wandte ein, meine Mutter würde doch auch jetzt gehen, aber der Pfleger erklärte ihm, sie sei abgemeldet und er solle jetzt mit ihm in den Speisesaal kommen. Er trippelte ein wenig hin und her, aber der Pfleger nahm ihn am Arm und führte ihn in den Speisesaal.«

»Haben Sie das gesehen?«

»Nein, aber das war ja logisch, wohin sonst sollten sie gehen?«

»Wie wirkte die Situation auf Sie? War es ein Disput, kann man es als Streit bezeichnen?«

»Ich hatte schon den Eindruck, dass es meinem Mitbewohner sehr unrecht war, in seiner Freiheit eingeschränkt zu sein, aber er fügte sich. Wie sich ja letztlich alle fügen. Es bleibt uns ja nichts anderes übrig, wir brauchen die Mitarbeiter für kleinere Gefälligkeiten, da können wir uns ihnen nicht widersetzen. Bedauerlich, aber so ist das Leben in dieser Form von Gefängnis nun einmal. Aber Daniel hat doch letztlich nur seine Pflicht getan, man darf es dem jungen Mann nicht verdenken.

Schließlich ist er dafür da, auf uns aufzupassen wie in einem Kindergarten.«

»Mutter, du ...«, wollte der Sohn entgegnen, aber wieder schnitt sie ihm das Wort ab. »Sie sprachen von Mord, glauben Sie, dieser Mann hat ...« Sie hielt sich das Spitzentaschentuch vor den Mund, als könne sie das Undenkbare nicht aussprechen. Charlotte hatte die Vision eines kleinen Mädchens vor sich, dem man noch beigebracht hatte, sich den Mund mit Seife auszuwaschen, wenn man etwas Ungehöriges gesagt hatte.

»Frau von Beutz, im Moment wissen wir leider noch sehr wenig. Können Sie mir näher beschreiben, welcher Mann das war, den Sie mir geschildert haben? Würde es helfen, wenn ich die Fotos Ihrer Mitbewohner hole?«

Die alte Frau schüttelte bedauernd den Kopf. »Walter, kannst du ihn denn nicht beschreiben?«

»Ich habe mir den Mann nicht angesehen, das ging mich ja nichts an. Es kann nicht mein Problem sein, wenn das Personal mit den Bewohnern nicht zurechtkommt.«

»Kleinigkeiten vielleicht?«, versuchte es Charlotte vorsichtig.

»Mutter, ich muss jetzt wirklich fahren, es ist noch eine weite Strecke bis Koblenz. Ich horche dann nach, wie es dir geht«, wollte sich von Beutz aus der Affäre ziehen.

»Du bleibst und beschreibst diesen Mann!«

»Was weiß denn ich! Vielleicht so groß wie ich, vielleicht minimal größer. Männlich, weiß. Ich sehe keine Fernsehkrimis, ich weiß nicht, welche Angaben Sie von mir wollen«, blaffte er.

»Herr von Beutz, Sie waren eben mit im Speisesaal, könnten Sie mir sagen, ob der Herr anwesend war?«

»Da müsste ich noch einmal nachschauen, ich sehe mir die Insassen nicht so genau an. Aber ich muss jetzt wirklich fort, bitte entschuldigen Sie mich.«

»Ich habe immer schon Kriminalromane gelesen, Zeit meines Lebens, bis meine Augen mich im Stich ließen. Ich finde es sehr spannend, in einen echten Kriminalfall verwickelt zu sein. Ich möchte, dass du die Frau Kommissarin unterstützt.«

»Ich bin Polizeipsychologin«, stellte Charlotte richtig.

»Wozu werden Sie denn in diesem Fall benötigt? Weil wir alle nicht mehr ganz richtig im Kopf sind?« In der Stimme der alten Dame schwang eine Mischung aus Neugierde und Missbilligung.

»Es ist Sonntag, das Personal ist an einem solchen Tag knapp, ich arbeite seit Jahren sehr gerne mit dem Ermittlerteam zusammen, und man bat mich in der Tat um Unterstützung wegen der Besonderheit dieses Falls.«

»Besonderheit?«, fragte der Sohn und versuchte, sich auf dem Sesselchen zu bewegen.

»Na ja, wir haben zahlreiche Zeugen, aber keine verwertbaren Aussagen. Da sind wir dankbar für alles, was wir zwischen den Zeilen hören können.«

»Zahlreiche Zeugen?«, fragte Frau von Beutz nach. »Wo und was ist denn genau geschehen?«

Charlotte Baumgart erklärte in kurzen Zügen, was sie wussten.

»Walter, wie war das denn mit den Motorrädern vor dem Tor, wollten die Männer nicht auch ins Heim?«

Charlotte hielt inne, von außenstehenden Dritten war bislang keine Rede gewesen.

»Mutter, was weiß denn ich! Ich musste darauf achten, dass du nicht stürzt und dass wir an diesen Kerlen vorbeikamen, ohne dass dich einer anrempelte. Ja, vermutlich wollten sie ins Haus.«

»Erzählen Sie mir bitte mehr«, forderte ihn die Psychologin nachdrücklich auf.

»Drei oder vier junge Männer in Motorradkluft, die Helme noch auf dem Kopf, ich kann Ihnen nicht einmal sagen, ob sie die Visiere hochgeklappt hatten.«

»Wenn Sie wissen, dass es junge Männer waren, nehme ich an, dass Sie die Gesichter gesehen haben, wäre die Aussage sonst nicht ein wenig vage?«

»Sie haben freundlich gegrüßt und uns noch einen schönen Sonntag gewünscht. Ich hatte nicht den Eindruck, dass sie Böses wollten«, warf Waltraud ein. »Und das waren Männerstimmen, ganz klar.«

»Wie viele Männer?«

»Darauf habe ich nicht geachtet«, sagte sie bedauernd. »Ich habe zu Boden gesehen, um auf den Weg zu achten, auch wenn ich nicht mehr viel davon sehen kann.«

»Ich sage Ihnen doch, drei oder vier. Ja, ich erinnere mich, zwei hatten auf jeden Fall ihr Visier hochgeklappt, das waren die, die gegrüßt haben. Eine oder einer hatte das Visier noch unten. An der Straße stand noch ein vierter Motorradfahrer, aber ich kann nicht mit Sicherheit sagen, ob die Person dazu gehörte.«

»Na, das ist doch schon mal was. Hatten Sie den Eindruck, die Motorradfahrer seien in irgendeiner feindseligen Stimmung gewesen? Wie wirkten sie auf Sie, Motorradrocker, junge Männer beim Sonntagsausflug? Irgendetwas, an das Sie sich erinnern?«

»Diese Leute waren mir völlig gleichgültig. Ich wollte einfach nur meine Mutter unversehrt zum Auto bringen.«

»Hatten Sie denn Zweifel daran, ob Sie Ihre Mutter unbeschadet an diesen Menschen vorbeibringen könnten?«

»Hat dich der eine nicht beschimpft, weil du mitten vor dem Tor geparkt hattest, obwohl da ein Parkverbotsschild sei? Sagte er nicht, sie hätten ihre Maschinen extra an der Straße abgestellt und du würdest am liebsten bis ans Bett fahren, dabei sei ich doch noch ganz schön rüstig?«

Er druckste ein wenig herum. »Ich hatte es eilig, und ich wollte ja nicht, dass du so weit laufen musst. So früh am Morgen kommt ja sonst niemand ...«

»Wie lange haben Sie denn etwa dort gestanden?«

»Vielleicht eine halbe Stunde.«

Waltraud von Beutz runzelte die Stirn. »So lange kam es mir gar nicht vor, was hast du denn die ganze Zeit gemacht?«

Ihr Sohn quälte sich jetzt aus dem lästigen Stuhl hoch, ging zu den gerahmten Fotografien und arrangierte sie um.

Charlotte Baumgart wurde hellhörig. »Hatten Sie sich schon im Heim aufgehalten, bevor Sie zu Ihrer Mutter gegangen sind? Ist Ihnen irgendetwas aufgefallen?«

»Vielleicht war es auch gar nicht so lange«, versuchte von Beutz abzulenken, aber seine Mutter schüttelte den

Kopf. »Ich kenne dich doch, du hättest das nicht gesagt, wenn es nicht stimmen würde. Was hast du also vorher gemacht?«

Von Beutz stieß ein Foto um, und wie im Domino kippten drei weitere Rahmen. Er versuchte sie wieder hinzustellen, scheiterte aber bei dem dritten Bild, ließ die beiden letzten einfach auf der Bildseite liegen und plumpste wieder in das Sesselchen. »Ich habe diesen Polen oder seine Tante gesucht, konnte beide aber nicht finden. Wahrscheinlich habe ich weniger als eine halbe Stunde dort gestanden.«

»Herr von Beutz, ich verteile keine Strafzettel wegen Falschparkens, das ist mir völlig egal. Mir sind die Menschen wichtig, mit denen Sie da zu tun hatten. Haben Sie Fahrzeugkennzeichen gesehen? Können Sie die Motorradtypen oder irgendetwas näher beschreiben? Welche Art von Zweirad, Geländemaschinen, Chopper, Straßenmaschinen, Roller? Irgendwelche Angaben zu den Marken oder Farben? Vielleicht sind diese Männer vollkommen unschuldig, aber sie könnten vielleicht etwas zur Aufklärung des Geschehens beitragen.«

»Dann finden Sie sie doch!«, gab er patzig zurück.

»Ich bitte Sie um etwas mehr Kooperation. Ich bin hier nur die Psychologin, es könnte sein, dass die Ermittler Ihre Aussagen noch benötigen, dann müssten Sie in den nächsten Tagen zur Zeugenaussage nach Trier kommen«, drohte sie.

»Für so etwas habe ich keine Zeit!«, bellte er, wie Charlotte schon erwartet hatte.

»Walter, du solltest deiner Bürgerpflicht nachkommen. Ich erwarte von dir, dass du in dich gehst und dir

Gedanken machst, ob du der netten Dame hier irgendwie helfen kannst. Aber ich sehe schon, heute Abend ist von dir keinerlei Hilfe mehr zu erwarten. Das war schon als kleines Kind so, wenn du bockig bist, geht nichts mehr. Frau ...«

»Baumgart«, half diese aus.

»Frau Baumgart, von meinem Sohn haben Sie heute nichts mehr zu erwarten, lassen Sie ihn bitte nach Hause fahren, ich überlege einmal in Ruhe, ob mir noch etwas einfällt.« Und zu ihrem Sohn gewandt, sagte sie: »Es würde mich ja schon interessieren, was du mit diesem unangenehmen Marek zu tun hast.«

Die Psychologin hielt einen Moment inne, aber es war eindeutig, dass Walter von Beutz nicht kooperieren wollte. »Herzlichen Dank, Frau von Beutz. Haben Sie gegebenenfalls etwas zum Schreiben hier, falls Ihnen noch etwas einfällt? Sonst bringe ich Ihnen gerne Stift und Papier«, bot sie an. Sie hatte ebenfalls den Eindruck, dass heute von den beiden nichts Hilfreiches mehr käme.

»Danke, ich sehe ja sowieso nichts mehr, ich kann nichts aufschreiben. Aber notfalls rufe ich heute Nacht eine Schwester und erzähle es ihr. Ich weiß ja selbst, dass ich es sonst bis morgen wahrscheinlich vergessen haben werde.«

Charlotte Baumgart strahlte die sympathische Hobbyermittlerin an und drückte ihre feine Hand. »Wir sehen uns sicher morgen wieder. Und seien Sie bitte nicht beunruhigt, weil heute so viele fremde Menschen durchs Haus laufen. Das sind die Mitarbeiter der Polizei, aber auch des Roten Kreuzes und des Malteser Hilfsdienstes, die für heute ein wenig einspringen und bei der Pflege helfen.« Sie verabschiedete sich und bat Herrn von Beutz, noch einmal mit ihr zum Speisesaal zu kommen, um die beiden Männer vom Morgen zu identifizieren.

»Den einen habe ich ja gar nicht gesehen«, schmollte er, kam aber schwerfällig aus dem filigranen Sesselchen hoch und gab seiner Mutter einen flüchtigen Wangenkuss. »Reg dich nicht auf, Mutter«, gab er ihr noch einen wohlmeinenden Rat.

»Der Einzige, der mich hier aufregt, bist du. So leid es mir für Daniel tut, es ist auch spannend, dass hier endlich mal etwas los ist«, erwiderte sie, und Lachfalten schlichen sich um ihre trüben Augen.

Inzwischen war es fast acht Uhr am Abend, Charlotte Baumgart hatte ihren Kollegen Vanessa Müller-Laskowski und Gunter Hermesdorf gerade von ihrem Gespräch mit Mutter und Sohn von Beutz erzählt und die wichtigsten Informationen notiert. Walter von Beutz hatte niemanden identifizieren können, was die Psychologin nicht anders erwartet hatte. Er würde vermutlich erst kooperieren, wenn seine wertvolle Arbeitszeit durch Vorladungen beeinträchtigt würde; sie würden ihn im Laufe der Woche wohl nach Trier bestellen müssen. Das wären pro Weg knapp eineinhalb Stunden, die er verlieren würde, vielleicht würde er sich dann endlich ein wenig bemühen.

»Haben wir eigentlich seine Fingerabdrücke?«, fragte Gunter.

Charlotte Baumgart wischte sich mit der Hand über das Gesicht. »Mea culpa. Ich bin halt doch keine Polizistin, sondern nur Psychologin. Ich hab es echt verpennt.«

»Ist schon okay, wir sind ja froh, dass du uns die Arbeit abnimmst. Und niemand hatte dich darauf hingewiesen, dass er verdächtig sein könnte«, beschwichtigte Gunter.

»Ist er das denn wirklich? Aber wir bräuchten die Fingerabdrücke auf jeden Fall, um ihn ausschließen zu können, oder?«

»Sag mal, habe ich dich richtig verstanden, dass von Beutz diese Woche schon einmal hier war? Das passt doch gar nicht zu der Aussage seiner Mutter, dass er sich nicht um sie kümmern würde. Ist sie vielleicht doch dementer, als es den ersten Anschein hat?«, überlegte Vanessa.

Die Psychologin zog ihren Kalender hervor und versuchte, sich einen Reim auf diesen angedeuteten Besuch zu machen. »Du hast vielleicht recht, er ist gar nicht darauf eingegangen, hat aber auch nichts abgestritten. Wir müssen Schwester Grazyna oder ihren Neffen fragen, was das zu bedeuten hat.«

»Die Mitarbeiter vom Roten Kreuz und den Maltesern sind gekommen, als wir noch am Abendessenstisch saßen. Sie waren so zahlreich, dass jeder von ihnen nur drei Patienten bettfertig machen musste. Schwester Veronika hatte zwar mit der Heimleitung telefoniert, konnte aber heute niemanden persönlich hierherbekommen, irgendeine Familienfeier und ein Klassentreffen ... Morgen müssen die sich darum kümmern, wie es weitergeht«, erklärte Gunter die aktuelle Lage.

»Wir haben dann beschlossen, die Mitarbeiter wirklich nicht weiter zu befragen. Die haben heute ein unglaubliches Pensum arbeiten müssen, sie haben einen Kollegen verloren und stehen eigentlich unter Schock, hatten aber gar keine Gelegenheit dazu, sich damit auseinanderzusetzen. Bei Jessica würde es mich nicht wundern, wenn sie sich morgen krankmelden würde, sie ist völlig durch den Wind, hat sich aber mühsam durch den Tag geschleppt. Ich habe alle angewiesen, sich Notizen zu machen, falls ihnen im Gespräch mit ihren Angehörigen oder so etwas einfällt«, erzählte Vanessa.

»Das ist ja vielfach so, dass man sich im Gespräch an Dinge erinnert, die einem sonst nicht eingefallen wären, das ist gar keine schlechte Idee. Vielleicht wäre es ihnen im Gespräch mit uns auch eingefallen, aber ihr habt völlig recht, der Tag war lang und ereignisreich genug für alle«, bestätigte die Psychologin.

»Okay, die wichtigsten Punkte für morgen stehen fest: Wir müssen herausfinden, wer die Motorradfahrer waren und ob sie etwas mit Daniels Tod zu tun haben. Außerdem ist noch immer nicht klar, welche Personen wirklich zum Todeszeitpunkt im Raum waren. Da wird uns die Spurensicherung hoffentlich Aufschluss geben können. Gibt es Neuigkeiten von Alwis Schlöder?«, wandte sich Vanessa an Gunter Hermesdorf.

»Ich habe mit Lieser telefoniert. Bislang keinerlei Lebenszeichen. Seine Verwandten an der Sauer haben nichts von ihm gehört. Niemand scheint ihn gesehen zu haben, die Kollegen von der Bereitschaftspolizei sind auf der Suche nach ihm. Er gilt noch als einigermaßen fit im Vergleich zu vielen anderen Bewohnern hier, trotzdem habt ihr sicherlich schon den Hubschrauber draußen gehört. Es hätte sein können, dass der erst morgen zum Einsatz gekommen wäre, weil Herr Schlöder keinerlei Medikamente braucht, die einen sofortigen Einsatz nötig machen würden. Problematisch könnten aber die Temperaturen nachts werden, auch wenn es heute bewölkt und windstill werden soll. Bei Patienten mit Demenz und der damit üblicherweise verbundenen Orientierungslosigkeit sind die Kollegen aber binnen zwei Stunden mit dem vollen Programm im Einsatz, also Hubschrauber aus Koblenz und eine Hundertschaft der Wittlicher Bereitschaftspolizei am Boden. Ob die Feuerwehr heute Nacht weitersucht, weiß ich nicht genau, morgen geht die Suche auf jeden Fall intensiv weiter.«

»Morgen werden wir auch persönlich mit den Eltern von Daniel sprechen müssen. Wir brauchen Einblick in seine Wohnung und in sein Privatleben. Diese Motorradfahrer machen mich ein wenig nervös. Was ist, wenn er Opfer dieser Leute geworden ist und wir suchen am falschen Ende? Einige haben ja angedeutet, er könne ein reges Liebesleben gehabt haben, vielleicht gibt es da Grund genug für eine Eifersuchtstat. Wir dürfen nichts übersehen«, zählte Vanessa auf.

»Ich habe den Eindruck, ihr braucht mich morgen hier, sehe ich das richtig?«, fragte die Psychologin.

»Unbedingt«, pflichtete Gunter ihr bei. »Ich fühle mich normalerweise in meinem Job relativ sicher, aber eine Ordensschwester, ein gehörloser Alzheimerpatient, eine Dame, die sofort unter den Tisch klettert, eine fast Blinde ... Ohne psychologische Hilfe wäre ich völlig aufgeschmissen!«

»Okay, morgen um acht Uhr ist eine gute Zeit für das Frühstück, haben wir ja gehört«, sagte Vanessa.

»Wer hat denn mit den Eltern von Daniel gesprochen? Ich schätze mal, sie möchten den Ort des Geschehens sehen, denkt ihr, sie kommen morgen hierher?«, erkundigte sich der Kommissar.

»Ich habe mit Dr. Breuer telefoniert, die Eltern waren bei ihm in der Gerichtsmedizin. Sie wollten heute Abend gerne in Ruhe gelassen werden. Dr. Breuer hat ihnen unsere Telefonnummern gegeben, sie werden sich bei uns melden. Er hat mir auch eine SMS geschickt mit der Nummer der Eltern, aber vor morgen früh möchte ich sie nicht mehr behelligen. Sie schlafen vermutlich in Schweich im Hotel. Daniel hat eine kleine Wohnung in Schweich, aber die Mutter sagte, sie könne da heute nicht hingehen«, erläuterte Vanessa.

»Gut, dann machen wir jetzt endlich Feierabend. Sind die Schwestern noch da?«, wollte Gunter wissen.

»Die Nachtschwester kam vor einer halben Stunde. Jessica habe ich angeboten, sie mitzunehmen, sie wohnt in einem Weinort in Richtung Trier. Die anderen warten nur darauf, dass wir sie endlich nach Hause lassen. Schwester Grazyna klingt zunehmend gereizter, Schwester Clara bewahrt noch immer die Ruhe, aber Schwester Veronika ist nervlich am Ende. Das scheint aber weniger an ihrer eigenen Situation zu liegen als daran, dass sie weiß, wie viel Unruhe und Aufregung dieser Todesfall in das Heim bringt. Und sie macht sich Sorgen, ob der Bewohner, der für dieses Zimmer angemeldet ist, überhaupt noch kommen möchte«, sagte Charlotte.

»Das sollte doch nicht ihr Problem sein, sondern ein Problem der Heimleitung, oder? Die lernen wir ja morgen auch kennen. Lasst uns Feierabend machen, uns steht eine anstrengende Woche bevor«, schlug Vanessa vor.

Gunter blickte auf die Uhr. »Vanessa, wenn du die Geschwindigkeitsbeschränkung auf der Moselautobahn von Schweich nach Trier ignorierst und am Moselufer auch, dann kannst du noch fast pünktlich zum *Tatort* zu Hause sein.«

»Ich habe den Eindruck, heute hatte ich Krimi genug, aber ich glaube, Couch und Rotwein hatte ich schon lange nicht mehr so nötig.«

Josettes Wohnung war sehr geschmackvoll eingerichtet. Die Möbel im Wohnzimmer erinnerten Alwis an seine eigenen. Eine Schrankwand aus Eiche mit einer Vitrine aus Butzenscheiben, wie er sie auch hatte. Ein Sofa mit Holzarmlehnen, die unter Spitzendeckchen hervorlugten. An den Wänden hingen Bilder, kleine Fotorahmen zierten die Kaminbank. Auf den Fensterbänken standen blühende Usambaraveilchen, und Seidenblumen schmückten das ganze Wohnzimmer.

Alwis ließ sich in den gemütlichen Fernsehsessel fallen und betrachtete seine Umgebung. In der Tat eine hübsche

Bleibe. Gerade wollte er aufstehen, um sich auf den Weg nach Hause zu machen, als Josette mit zwei Gläsern und einer Flasche Aufgesetztem das Wohnzimmer betrat und sich auf das Sofa zu seiner Linken setzte.

»Ich hoffe, du magst Aufgesetzten. Cassis«, erklärte sie.

»Klar mag ich den!« Alwis wurde hellhörig. Er hatte ewig keinen Aufgesetzten mehr getrunken, zumindest soweit er sich erinnern konnte.

»Den hab ich vor drei Jahren selbst gemacht. Aus eigenem Anbau also.« Josette strahlte stolz, während sie die beiden Gläser großzügig eingoss. Sie reichte Alwis eines davon. »Ich habe extra den alten genommen, wenn ich doch schon mal so nette Gesellschaft habe.«

»Nette Gesellschaft ist immer gut«, antwortete Alwis und prostete ihr zu.

Das Getränk schmeckte ausgezeichnet. Es war fast so gut wie das, das er selbst immer gemacht hatte, aber er hatte ja auch wirklich ausgezeichnete Johannisbeeren. Gerade wollte er Josette von seinem Garten erzählen, als ihm auffiel, dass sie noch immer redete. Aber das war nicht schlimm, dann würde er eben die nächste Redepause nutzen. Also nickte er immer wieder, lächelte sie an, nippte an seinem Absacker und wartete auf eine kurze Unterbrechung. Das schien allerdings noch eine Weile dauern zu können. Außerdem breitete sich inzwischen eine angenehme Müdigkeit in ihm aus. Sie würde es sicher nicht bemerken, wenn er nur für ein paar Sekunden die Augen schloss, oder?

Montag

Elvira Mütherthies saß völlig zusammengesunken im Frühstücksraum des kleinen Hotels und rührte gedankenverloren in ihrer Tasse mit Milchkaffee, der inzwischen kalt sein musste. Vanessa Müller-Laskowski wartete geduldig darauf, dass sie weitersprach.

»Mein Mann konnte die ganze Nacht nicht schlafen, er ist in Daniels Wohnung gegangen. Das ist ja nur die Straße hoch und dann links. Wir haben schon einmal hier übernachtet, zu Daniels Geburtstag. Da ist er fünfundzwanzig geworden. Und jetzt ist er tot. Wer konnte ihm das antun?«

»Genau das möchten wir herausfinden, Frau Mütherthies. Erzählen Sie mir etwas von Daniel. Hatte er eine Freundin? Wer waren seine Freunde? Wissen Sie etwas von einer Motorradclique?«

Frau Mütherthies rutschte verlegen auf ihrem Stuhl hin und her. »Der Daniel war ein so lieber Junge. Aber er war eben anders. Mein Mann hat ihn dann gebeten, sich nicht in unserem kleinen Ort in Ostwestfalen einen Arbeitsplatz zu suchen. Er ist dann hierhergezogen, und wir hatten nicht mehr viel Kontakt zu ihm. Daniel hat das meinem Mann nicht verziehen, dass er ihn nicht mehr in der Nähe haben wollte. Dabei hat mein Mann ihn so geliebt. Er konnte es ihm nur nie so richtig zeigen. Und jetzt hat er keine Gelegenheit mehr dazu. Ich habe meinen Jungen immer vermisst, aber es war nicht leicht, den Kontakt zu ihm zu halten, ohne meinen Mann zu verärgern.« Sie hatte das Innere ihres Brötchens vollständig herausgezupft und drückte es zu klebrigen Kügelchen.

Die Kommissarin sah die verstörte Mutter irritiert an. »Was war der Grund dafür, dass Ihr Mann Daniel nicht mehr in der Nähe haben wollte?«

Frau Mütherthies war eine einfache, aber vermutlich sehr rechtschaffene Frau. Irgendetwas schien ihr Weltbild durcheinandergebracht zu haben, und sie druckste nur herum. Endlich brachte sie das Problem auf den Punkt: »Na ja, der Daniel hatte als Junge, so mit fünfzehn oder so, mal eine Freundin. Das ging nicht lange. Danach hat er nie wieder ein Mädchen mitgebracht. Später hing er viel mit den Motorradjungs herum. Feine Kerls, also keine Motorradrocker oder so. Alle sehr gepflegt. Aus gutem Haus, wie man so sagt. Und eines Abends ist mein Mann zu Daniel ins Zimmer, weil die Musik zu laut war und er den Fernseher nicht richtig verstanden hat. Da lag Daniel mit einem dieser Kerle auf seinem Bett und ... Na ja, sie haben wohl geknutscht. Für meinen Mann ist eine Welt zusammengebrochen. Diesen Kerl hat er sofort rausgeworfen. Dann hat er Daniel richtig verdroschen und hat gesagt, er soll sich eine Bleibe suchen. Wenn möglich so weit von uns weg, dass er uns keine Schande mehr machen kann. Ich hatte damals Angst, der Daniel würde ihn anzeigen wegen Körperverletzung oder so. Schließlich war Daniel ein erwachsener Mann. Aber er hat nur seine Tasche gepackt, hat mich gefragt, ob er sich einen Koffer von mir leihen kann, und ist weg.«

Tränen liefen Frau Mütherthies über die eingefallenen Wangen. Vanessa wusste nicht, was sie sagen sollte. Trier war wirklich keine Großstadt, in der Homosexualität selbstverständlich war, anders als in Berlin oder Köln, wo sich niemand verstecken musste. Aber diese Form von Ausgrenzung durch den eigenen Vater erschütterte sie.

»Elvira, ich sehe schon, du erzählst wieder, was für ein schlechter Mensch ich bin«, durchschnitt eine scharfe Stimme die Luft im Frühstücksraum, die plötzlich kälter geworden zu sein schien.

Vanessa sah einen rundlichen, unauffälligen Mann mit einer typischen Säufernase auf den Tisch zukommen. Alles an ihm schien durchschnittlich zu sein, nur die Nase und seine großen Hände passten nicht recht zu ihm.

»Mütherthies«, stellte er sich knapp vor. Es entstand eine peinliche Stille. Vanessas Blick huschte zu Frau Mütherthies, die noch mehr in sich zusammengesunken war. Sie schien einen Kopf kleiner geworden zu sein, seit ihr Mann den Raum betreten hatte. Andere Gäste waren nicht im Hotel, die Fahrradsaison hatte noch nicht begonnen, erst ab Ostern würde das Geschäft so richtig anlaufen. Es war niemand da, vor dem sie sich hätte schämen müssen, aber sie schien sich förmlich aufzulösen.

Die Kommissarin stellte sich vor und bat Daniels Vater, sich zu setzen. Die Wirtin kam neugierig herein und fragte, ob sie noch eine Kaffeetasse bringen sollte oder ob sie sonst noch etwas benötigten. Sie baten um mehr Kaffee und darum, noch ein wenig in Ruhe gelassen zu werden. Die Wirtin tat so, als müsse sie dringend die anderen Tische eindecken, ließ sich aber mit einem strengen Blick hinauskomplimentieren.

»Ihre Frau hat mir nur geschildert, wie es zu dem Zerwürfnis zwischen Ihnen und Ihrem Sohn kam. Er hatte Sie trotzdem zu seinem Geburtstag eingeladen?«

»Er hatte sich wohl gerade von seinem Betthupferl getrennt. Oder der sich von Daniel, ist ja auch egal. Ist das in diesen Kreisen nicht sowieso ein ewiges Hin und Her? Na ja, die haben ja auch nicht so viel Auswahl, die müssen ja immer wieder zu den Gleichen zurückkehren. Jedenfalls dachte er wohl, solange er keine Schwuchtel bei sich rumhängen hat, kann er uns einladen. Ich wäre ja nicht gekommen, aber meine Frau hat keinen Führerschein, und mit dem Zug wollte sie dann auch nicht fahren. Na ja, ich habe den Ausflug meiner Frau zum Geburtstag geschenkt. Das musste dann aber auch reichen.« Seine Worte kamen wie Maschinengewehrsalven, hart, unnachgiebig, kalt. Vanessa konnte sich vorstellen, dass Daniel, den alle als warmherzig und irgendwie weich und feinsinnig beschrieben hatten, keinen Kompromiss mit diesem Vater hatte finden können oder wollen. Fast war Vanessa froh, dass der Vater rund dreihundertfünfzig Kilometer weit weg wohnte, sonst hätte sie ihn als Täter in Betracht ziehen müssen.

»Sie waren in Daniels Wohnung?«

»Ich wollte doch mal sehen, wie der Junge jetzt haust. Hatte ja mit rotem Plüsch oder so gerechnet. Aber alles sehr ordentlich. Viel Glas und Chrom, also mein Geschmack ist das ja nicht. Scheint im Moment niemanden fürs Bett zu haben, nur eine Zahnbürste, nur ein Kopfkissen. Ob seine letzte Schwuchtel ihn ...?«

»Sprich bitte nicht so, Daniel wird gewusst haben, mit wem er zusammen war, das war bestimmt kein schlechter Mensch«, wagte es seine Frau ihn zu maßregeln.

»Alles Pack! Nur weil sie keine Frau abbekommen, probieren sie es dann mit Männern. Und dann bringen sie sich gegenseitig um.« Seine großen Hände hielten die Porzellantasse umschlossen, und Vanessa wartete förmlich darauf, dass er die Tasse in den Händen zermalmte.

»Haben Sie Grund zu dieser Vermutung?«

»Die Tatsache alleine reicht doch schon. Schwul, mein Sohn. Will wohlmöglich noch in einem rosa Sarg beerdigt werden. Oder weiß. Ich geh da nicht hin, ich nicht!«

»Wissen Sie etwas über Daniels letzten Partner?«

Die Mutter warf Vanessa verzweifelte Blicke zu, die zu sagen schienen, dass sie mehr wisse, ihr Mann das aber nicht erfahren durfte.

»Sie waren doch sicher schon in der Wohnung. Da hängen Fotos von allen möglichen Kerlen. Irgendeiner davon wird es gewesen sein. Oder alle, nacheinander oder gleichzeitig. Wie auch immer die das machen. Er hat nur Schande über uns gebracht. Und das ist das gerechte Ende!«

Frau Mütherthies zerfloss in stillem Schluchzen, aber ihr Mann wütete unaufhörlich weiter. Vanessa hatte einen Arm um die Mutter gelegt und deutete ihr an, dass sie später alleine miteinander sprechen würden. Vanessas Telefon klingelte, erleichtert nahm sie das Gespräch an und bat die Polizeipsychologin, die wissen wollte, wann und wo sie gebraucht würde, sofort ins Hotel nach Schweich zu kommen. Zu zweit würden sie das Ehepaar trennen können, vielleicht konnte Charlotte dem Vater sinnvolle Antworten entlocken, und die Mutter konnte ihre Geheimnisse offenbaren. Vanessa entschuldigte sich und rief Bernadette von der Spurensicherung an, damit sie ebenfalls nach Schweich kommen und sich Daniels Wohnung ansehen könnte. Außerdem müsste sie die Fingerabdrücke des Vaters nehmen, um diese von den sonstigen in der Wohnung unterscheiden zu können.

»Der Gerichtsmediziner hat noch kein endgültiges Ergebnis. Wir können den Todeszeitpunkt sehr genau bestimmen, außerdem können wir sicher sein, dass Daniel an der Stelle gestorben ist, an der wir ihn gefunden haben, also mitten im Speisesaal an seinem Arbeitsplatz. Nun ist nur noch zu klären, ob es ein Unfall war oder wer für seinen Tod verantwortlich ist«, erklärte sie den Eltern, die sich feindselig schweigend gegenübersaßen. Vanessas Telefon klingelte abermals und spielte die bekannte Titelmelodie des Fernsehtatorts. Sie entschuldigte sich erneut und sprach mit ihrem Kollegen Gunter Hermesdorf, der bereits seit dem frühen Morgen im Haus Moselruh war. Alwis Schlöder war noch immer nicht aufgetaucht, die Polizei setzte Spürhunde ein. Über Tag würden zwei Hubschrauber der deutschen und der luxemburgischen Polizei mit Wärmebildkameras eingesetzt werden. Pflegeschülerin Jessica hätte heute Berufsschule, hatte sich dort aber krankgemeldet. Bislang gab es noch keine neuen Erkenntnisse, aber noch lagen auch keine Ergebnisse der Spurensicherung vor. Vanessa versprach, in spätestens einer Stunde vor Ort zu sein, und wandte sich wieder den Eltern zu, die sich nach wie vor schweigend gegenübersaßen. Sie starrte auf ihren Teller, auf dem die unansehnlichen Brötchenkugeln lagen, er blickte aus dem Fenster ins Leere.

Sie tauschten noch eine Weile eher einsilbige Floskeln aus, bis Charlotte Baumgart endlich kam. Sie bat Vater Mütherthies, sie zu Fuß zu Daniels Wohnung zu begleiten, was Vanessa Müller-Laskowski die Möglichkeit gab, alleine mit der Mutter zu sprechen.

»Es war einer aus seiner Motorradclique. Also nicht sein Mörder, meine ich, sondern sein letzter Partner. Den Namen habe ich vergessen, vielleicht hat Daniel ihn auch nie erwähnt. Seit mein Mann in Frührente ist, habe ich selten Gelegenheit ungestört zu telefonieren, das war früher einfacher. Daniel sagte nur, der andere habe andere Interessen gehabt als er, darum hätten sie sich getrennt. Aber sie sind wohl nach wie vor zusammen Motorrad gefahren. An Daniels Geburtstag haben wir die Jungs ja kennengelernt, ganz nette Leute. So sauber und irgendwie stilvoll. Aber eben Männer.« Sie schwieg verlegen.

»Sie sagen, der Freund hatte andere Interessen. Andere sexuelle Interessen, oder was meinen Sie damit?«

Frau Mütherthies lief dunkelrot an. »Ich weiß nicht. Darüber haben wir nie gesprochen. Ging mich ja auch nichts an«, stotterte sie.

»Und Sie wissen wirklich keine Namen?«

»Es fällt mir im Moment keiner ein, aber mein Kopf ist sowieso völlig leer. Bei uns auf dem Land wüssten die Leute im Dorf Bescheid, wenn man nach so einer Clique fragen würde, ist das bei Ihnen anders?«

Wie auf Bestellung trat die Wirtin ein und legte einen Stapel gebügelte Servietten auf eine Anrichte. Sofort nutzte Vanessa die Gelegenheit. »Kannten Sie Daniel Mütherthies?«

Die Wirtin tat zunächst so, als fühle sie sich nicht angesprochen, bei der Wiederholung der Frage war sie jedoch sehr gesprächig. »Ich bin nicht sicher, ob ich ihn schon einmal gesehen habe, ich weiß nur, mit wem er so zusammen war. Die sind ja ständig durch die Gegend gefahren. Mein Neffe gehört auch dazu. Und noch drei weitere aus dem Dorf.« Sie zog einen Block aus ihrer Schürze und notierte vier Namen und Anschriften, drei davon sogar mit Telefonnummern. »Man kennt sich hier einfach«, erklärte sie schlicht. »Mein Neffe hat von diesem Daniel erzählt. Er hilft mir manchmal hier in der Gaststube am Wochenende, wenn Familienfeiern oder so sind, da hat er den Altenpfleger aus dem Norden mal erwähnt, der hier niemanden kennen würde. Mein Neffe ...«

Vanessa unterbrach den Redeschwall. »Waren die beiden zusammen, Ihr Neffe und Daniel? Also ich meine, waren sie ein Paar?«

Die Wirtin schnappte nach Luft. »Was ist das denn für eine Frage? So was kommt in unserer Familie nicht vor.«

»Ach nein? In wessen Familie kommt das denn vor? Einer der Jungs war bis vor Kurzem Daniels Partner. Wissen Sie Näheres dazu?«

Energisch schnappte sich die Wirtin die Butter und den Teller mit Wurst und Käse vom Tisch und wandte sich zum Gehen. »Ich habe Ihnen die Namen aufgeschrieben, machen Sie Ihre Ermittlungsarbeit selbst. Ich bin doch nicht der Handlanger der Polizei, der hier anderen übel nachredet. Finden Sie das mal selbst heraus.« Sie zog laut die Tür hinter sich zu.

»Sehen Sie, das waren die Reaktionen, vor denen mein Mann Angst hatte. Darum wollte er den Jungen nicht in seiner Nähe haben. Niemand möchte darüber sprechen, niemand möchte Kontakt haben, wenn so was bekannt wird.«

»Wir haben jetzt wenigstens die Namen, das hilft uns weiter, sofern die Angaben stimmen. Aber daran habe ich eigentlich keinen Zweifel. Es könnte höchstens sein, dass die Liste unvollständig ist. Sehen wir uns später noch im Haus Moselruh?«

»Ich weiß noch nicht. Einerseits würde ich gerne sehen, wo Daniel gestorben ist, ich würde gerne mit den Menschen sprechen, die dabei gewesen sind. Andererseits habe ich Angst, wie mein Mann mit der Situation umgeht. Vielleicht poltert er nur rum.«

»Soll ich Sie vielleicht mitnehmen, ich fahre sowieso jetzt hin? Ihr Mann kann ja später mit dem eigenen Wagen nachkommen«, bot die Kommissarin an.

Alwis wurde durch ein emsiges Klappern aus dem Schlaf gerissen. Verdutzt sah er sich um. Anscheinend war er in dem Fernsehsessel eingeschlafen. Das konnte durchaus ab und an mal vorkommen, schließlich war er ja nicht mehr der Jüngste.

»Ach, guten Morgen, Alwis.« Josette steckte hinter ihm den Kopf durch die Tür. »Ich hab dich gestern einfach schlafen lassen, du sahst so müde aus. Aber jetzt bist du ja wach. Und das passt super, ich habe das Frühstück nämlich so gut wie fertig, ich muss nur noch schnell die Eier kochen.«

Frühstück war in der Tat eine gute Idee. Und dann auch noch mit Ei, dass hatte er ewig nicht mehr gehabt. Also schälte er sich aus dem Sessel und folgte der Frau in die Küche.

Irgendetwas stimmte dort nicht. Das war doch nicht seine Küche, oder? Aber warum sollte er in einer fremden Küche sein? Darüber konnte er sich jedoch später Gedanken machen, jetzt war es offensichtlich Zeit zum Frühstücken.

»Geh du doch schon mal rüber und setz dich, ich komme gleich«, sagte Josette mit einem Blick auf den verdutzten Alwis.

Artig verließ er die Küche wieder und machte sich auf die Suche nach dem Esszimmer. Sie hätte ihm schon auch sagen können, wo er eigentlich hin musste! Aber sie meinte es ja nur gut, immerhin hatte sie gerade extra für ihn Essen gemacht.

Kaum hatte Alwis den gedeckten Esstisch gefunden und sich gesetzt, kam Josette bereits mit den fertigen Eiern hinter ihm her. »Das sind die letzten«, sagte sie, stellte die Eier auf den Tisch und setzte sich ihm gegenüber. »Bedien dich.«

Das ließ er sich nicht zweimal sagen. Josette hatte aber auch wirklich eine gute Auswahl auf den Tisch gestellt.

Nachdem sie fertig gegessen und den Tisch abgeräumt hatten, fragte Josette: »Sag mal, Alwis, was machst du heute eigentlich noch? Also, ich wollte ja heute im Garten arbeiten, ich muss noch Kartoffeln pflanzen und …«

»Kartoffeln pflanzen!«, unterbrach er sie. »Ich will Kartoffeln pflanzen, damit ich Salat machen kann.«

»Du willst mir helfen? Das ist ja lieb von dir, Alwis! Sehr gerne. Dann seh ich doch mal nach, ob ich für dich Werkzeug finde.« Josette war sichtlich begeistert und eilte fröhlich plappernd davon.

Vanessa hielt auf dem Weg zum Haus Moselruh kurz an der Polizeiinspektion in Schweich und bat die diensthabenden Kollegen, die Personalien der jungen Männer auf der Liste der Wirtin zu überprüfen und sie zu befragen, wo sie zum Tatzeitpunkt gewesen seien. Vanessa wies darauf hin, dass die Männer sich möglicherweise gegenseitig ein Alibi geben könnten, daher bat sie, wenn möglich, alle vier gleichzeitig zu befragen, damit sie sich nicht absprechen konnten. Die Kollegen teilten ihr mit, Michael Lieser habe die ganze Nacht den Einsatz geleitet, sei aber nicht etwa in seinem Bett, sondern jetzt im Haus Moselruh.

An der Bundesstraße vor dem Altenheim parkten auffallend viele Autos. Manche davon kannte Vanessa, es waren die Wagen von Kollegen. Andere erkannte sie als die Privatwagen der örtlichen Pressevertreter. Sie wappnete sich und wies Frau Mütherthies darauf hin, dass sie keinerlei Fragen der Presse beantworten müsste, wenn sie das nicht wollte. Am liebsten wäre diese daraufhin im Auto sitzen geblieben, aber Vanessa versicherte ihr, sie würde ihr die Presse hinreichend vom Hals halten. Sie rief Gunter Hermesdorf auf dem Handy an. »Gunter, öffne doch bitte die vorderste Flügeltür im Speisesaal, das ist der kürzeste Weg vom Parkplatz ins Haus. Ich komme jetzt mit der Mutter des Verstorbenen rein. Kannst du uns irgendwie die Presse vom Hals halten?«

Sie warteten ein paar Minuten im Auto, dann liefen sie über die Straße den kurzen Weg zum Tor und von dort ins Haus. Auf der großen Treppe vor der Eingangstür sahen sie Reporter und Fotografen, die Gunter Hermesdorf lauschten, der auf dem obersten Treppenabsatz stand und eine kurze Ansprache hielt.

Vanessa schloss die Glasflügeltür hinter sich. Frau Mütherthies lehnte an der Wand und starrte auf den Umriss am Boden, wo gestern ihr Sohn gelegen hatte.

»Tut mir leid, die Tatortreinigung kommt wohl erst im Laufe des Tages. Frau Mütherthies, es gibt hier nicht wirklich etwas zu sehen. Vielleicht sollten Sie mit Schwester Veronika sprechen, das ist die Pflegedienstleiterin, die war auch gestern den ganzen Tag hier.« Vanessa klopfte an die Tür des Büros direkt vor dem Eingang zum Speisesaal. Von innen öffnete ihr eine Dame die Tür, die sie bislang noch nicht gesehen hatte. Sie stellte sich als die Heimleiterin vor. Vanessa erklärte, wer die Dame in ihrer Begleitung sei, und bat darum, Schwester Veronika sprechen zu können. »Können wir uns danach in Ruhe irgendwo unterhalten?«, fragte sie die Heimleiterin.

»Ich piepse Schwester Veronika an. Sie können sich sicher vorstellen, dass hier heute die Hölle los ist. Wie auch immer das geschehen ist, viele Angehörige sind alarmiert und sind heute Morgen schon in Scharen hier eingefallen, um nach dem Rechten zu sehen. Normalerweise kommt die Woche über kaum mal jemand. Aber heute ist bestimmt bei jedem dritten Patienten ein Besucher. Und es ist nicht so, dass die Besucher uns wie sonst entlasten, jeder hat Fragen, jeder möchte wissen, ob sein Angehöriger hier im Haus noch sicher ist. Diese Einzelgespräche kosten unheimlich viel Zeit und Energie«, klagte sie.

»Was halten Sie davon, wenn wir gleich alle zusammentrommeln und eine kleine Erklärung abgeben, ähnlich wie eine Pressekonferenz?«, schlug Gunter Hermesdorf vor, der den letzten Satz gehört hatte und sich neben seine Kollegin in den Türrahmen stellte. Erleichterung machte sich im Gesicht der überforderten Frau breit.

»Wir müssten uns da kurz abstimmen, vielleicht in einer halben Stunde?«, schlug Vanessa vor.

Schwester Veronika kam gerade den Gang entlang, und Vanessa reichte sie direkt an Daniels Mutter weiter.

Aus dem Zimmer von Lieselotte Jostock drangen laute Stimmen, die Türklinke war heruntergedrückt, und die Tür stand einen Spalt breit offen.

»Ich erwarte von dir, dass du das schnellstmöglich aufklärst und dass Oma unter deinem persönlichen Schutz steht. Und wenn du sie rund um die Uhr bewachen lässt. Wer weiß, welcher Irre hier sein Unwesen treibt. Womöglich war dieser Junge erst der Anfang, wer weiß, was jetzt noch kommt. Also pass gefälligst auf! Und lauf hier nicht so rum, du bist eine Schande für meine Tochter.« Eine laute Männerstimme sprach mit jemandem, den Vanessa und Gunter nicht sehen konnten, wie man mit einem kleinen Kind spricht, das unerlaubt Süßigkeiten gegessen hat. Die Tür wurde aufgerissen, und Kommissar Lieser wäre fast mit Vanessa zusammengestoßen, als er das Zimmer verließ. Er entschuldigte sich hastig.

Vanessa betrachtete ihn auf unfreiwillig kürzeste Distanz. Seine Augen waren blutunterlaufen, seine Haare strähnig, sein Hemd hatte er nachlässig in den Hosenbund gestopft. Er roch unangenehm nach Schweiß. Der Kollege, der gestern noch wie Schwiegermamas Liebling ausgesehen hatte, schien in Ungnade gefallen zu sein.

»Kollege Lieser, Sie sehen ja schrecklich aus. Was ist denn los?«, erkundigte sich Gunter Hermesdorf mitfühlend.

»Bitte entschuldigen Sie, ich bin jetzt seit knapp dreißig Stunden auf den Beinen, habe die ganze Nacht die Suche nach Alwis Schlöder koordiniert, war heute Morgen kurz auf der Dienststelle in Schweich und versuche jetzt, mir ein Bild von der Situation vor Ort zu machen. Ich hatte leider noch keine Gelegenheit, mich frisch zu machen. Ich bitte eine der Schwestern, mir ein

Handtuch und Seife zu geben und gehe mal eben in unserer ›Einsatzzentrale‹ unter die Dusche.«

»Sie machen jetzt gar nichts, Sie gehen nach Hause, schlafen mindestens sechs Stunden und melden sich dann telefonisch bei mir, damit wir das weitere Vorgehen abstimmen können«, wies Gunter ihn an.

Lieser schüttelte den Kopf. »Nein, nein, das geht schon. Ich habe etwas von einer Kaffeemaschine gehört, ich bin gleich wieder fit. Geben Sie mir eine Viertelstunde.«

»Kollege Lieser«, schaltete sich jetzt auch Vanessa ein, »Ihre Hilfe ist zweifellos sehr wichtig für uns und für die Aufklärung des Falls, aber wenn Sie so aussehen, können Sie uns keine Hilfe sein. Sie brauchen Schlaf.«

Hinter ihnen ging die Tür auf und ein stark übergewichtiger Mann mit Halbglatze und Trachtenkleidung trat aus dem Zimmer, an dessen Tür das Schild von Lieselotte Jostock klebte, der Frau, die sich gestern unter dem Tisch verschanzt hatte. »Wollten Sie zu meiner Schwiegermutter?«, schnauzte er die Polizisten an, ohne sich vorzustellen. »Sie braucht Ruhe, das war alles zu viel für sie. Ich verbitte mir, dass Sie sie belästigen.«

»Angenehm, ich freue mich auch, Sie kennenzulernen«, antwortete Gunter, und Vanessa bewunderte, wie er es schaffte, keine Miene zu verziehen. Der Mann, der sich zwischen Gunter und der Tür aufgebaut hatte, guckte irritiert.

»Vanessa Müller-Laskowski, Mordkommission Trier, mein Kollege Gunter Hermesdorf. Kommissar Lieser kennen Sie bereits, Herr ...?«

Vanessa vermutete, dass der Mann ausgespuckt hätte, hätten sie nicht in einem Altersheim, sondern im Freien gestanden. »Mehr als mir lieb ist. Bach mein Name, Helmut Bach. Ich bin der Schwiegersohn von Frau Jostock.«

»Darf ich fragen, in welchem Verhältnis Sie zu Herrn Lieser stehen?«

»Ich ...«, begann Lieser, aber Herr Bach schnitt ihm das Wort ab. »Dieser Taugenichts möchte meine jüngste Tochter heiraten. Meine anderen Kinder haben Akademiker geheiratet, alle sind Stützen der Gesellschaft. Nur ausgerechnet meine Jüngste sucht sich einen Streifenpolizisten.« Vanessa bezweifelte, dass sein Herz diesen Blutdruck noch lange vertragen würde.

Lieser straffte sich, aber Gunter ließ ihn nicht zu Wort kommen. Zu Herrn Bach gewandt, sagte er: »Herr Lieser ist vielleicht die größere Stütze der Gesellschaft, zumal er weit mehr ist als nur ein Streifenpolizist. Aber das kann er Ihnen sicher einmal bei einem gepflegten Glas Wein erklären. Jetzt brauche ich ihn dringend, um diesen Todesfall aufzuklären, ohne ihn sind wir hier nämlich verloren. Sie entschuldigen also, wenn ich ihn jetzt entführe? Möchten Sie noch etwas zu dem Todesfall zu Protokoll geben? Dann machen wir einen Termin, wann Sie zur Wache kommen können.«

Damit ließen sie den verdutzten Mann stehen und gingen eiligen Schrittes zu dem leer stehenden Besprechungszimmer.

»Ich werde mich über Sie beschweren«, rief der Mann hinter ihnen her, und Vanessa sah, wie Lieser die Fäuste ballte.

Gunter drehte sich um, ging an Vanessa vorbei und blieb ganz knapp vor dem aufgebrachten Mann stehen. »Gute Idee, Herr Bach. Sagen Sie mir bitte Bescheid, damit wir drei dabei sein können.« Er machte eine kurze Pause. »Ich liebe Comedy«, zischte er dann und verschwand mit seinen Kollegen im Besprechungszimmer. Aus dem Augenwinkel sah Vanessa, wie mindestens drei weitere Zimmertüren aufgerissen wurden und besorgte oder neugierige Besucher und Bewohner dem Spektakel folgten.

»Danke, Herr Hermesdorf, ich komme schon zurecht«, murmelte Lieser und schielte zu der Kaffeemaschine.

»Ich bin Gunter.«

»Vanessa.«

»Michael«, murmelte Lieser matt.

»Nein, Michael, kein Kaffee, ich schicke dich gleich ins Bett. Ich wollte dich nur aus den Fängen deines Schwiegervaters befreien. Ist der immer so?«, fragte Gunter und ließ sich auf einen der Stühle fallen.

Lieser zupfte ein Blatt von seinem Hosenaufschlag und drückte sich vor einer Antwort. »Er meint es ja nur gut«, sagte er schließlich lahm.

»Na, daran habe ich eher meine Zweifel«, erwiderte Vanessa. »Gibt es etwas, was wir noch wissen müssten, bevor du jetzt nach Hause fährst?«

Lieser fuhr sich mit der Hand durch die dunkelblonden Haare und legte beide Hände auf seine Oberschenkel, an denen er entlangrieb, während er nachdachte. »Wir haben alles nach diesem Alois Schlöder abgesucht«, sagte er dann. »Bislang haben wir ihn nirgendwo finden können. Die Kollegen sind informiert, alle Fahrer öffentlicher Verkehrsmittel halten die Augen offen, an die Bahnschalter haben wir Fotos gegeben. Die Familie hat nichts von ihm gehört. Alle Krankenhäuser in der Umgebung wissen Bescheid; falls ein alter, orientierungsloser Mann eingeliefert werden sollte, erhalten wir sofort eine Nachricht. Wenn die Hubschrauber nichts finden, könnten heute Nacht Suchtrupps am Boden ...«

»Danke, das wissen wir. Vielleicht brauchen wir dich heute Nacht auch, jetzt fährst du nach Hause. Ich möchte, dass du mir nachher berichtest, was du alles von Daniel Mütherthies weißt. Bist du fit genug zum Autofahren oder soll ein Kollege dich bringen?«, fragte Vanessa besorgt.

»Um Gottes willen, natürlich bin ich fit genug. Ich halte das ja für übertrieben. Aber wenn ihr darauf besteht ...«

»Und lass dir nicht von deinem Schwiegervater einreden, du würdest deine Pflicht vernachlässigen. Es ist wichtig, dass du nachher wach bist, das kannst du ihm gerne von mir ausrichten. Mach jetzt dein Handy aus und schalte das Telefon leise. Bis später!«, wies Gunter den jungen Kollegen an und schob ihn durch die Tür, nachdem er sich mit einem Blick nach draußen vergewissert hatte, dass der Bluthund nicht im Flur stand und den jungen Mann in Stücke riss.

Wenig später fand Alwis sich im Garten wieder, bewaffnet mit einem Eimer und einer Hacke. Josette erklärte ihm kurz, in welchem Beet sie gerne die Kartoffeln pflanzen würde. Zumindest schien sie ihre Erklärung für kurz zu halten. Als sie nach zehn Minuten immer noch redete, beschloss Alwis mit der Arbeit anzufangen. Er kniete sich auf den Boden und begann das Unkraut zu entfernen und in dem Eimer zu sammeln. Früher war das deutlich leichter gewesen. Da hatte er aber auch noch besser sehen können. Jetzt sahen die Unkräuter alle irgendwie gleich aus. Wenn er darüber nachdachte, war das aber nicht so schlimm, schließlich wollte er ja nur Kartoffeln setzen. Dafür musste er sowieso alles umgraben. Eigentlich konnte er doch auch seinen Rücken etwas schonen und erst einmal das Beet mit der Hacke bearbeiten. Das Unkraut würde er dann anschließend raussammeln.

Gunter schloss die Tür hinter Lieser und ließ sich wieder auf seinen Stuhl fallen.

»Manchmal hat es auch Vorteile, keine Schwiegereltern zu haben«, grinste Vanessa.

»Ich dachte immer, die Familie meiner Frau sei schlimm, aber da werde ich wohl mal Abbitte leisten müssen.«

»Zurück zum Fall«, kam Vanessa wieder zur Sache. »Daniels Eltern wissen nichts Konkretes. Die Mutter erzählte mir, als wir alleine waren, dass Daniel mit einem der Motorradfahrer eine Beziehung hatte, aber sie weiß nicht, wer von ihnen es war. Charlotte hat die Fotos aus Daniels Wohnung mitgebracht, die Mutter kann sich nicht erinnern, ob sie die jungen Männer alle an Daniels Geburtstag gesehen hat oder ob noch einer fehlte. Sie ist völlig durch den Wind. Und der Vater ist vom gleichen Kaliber wie Schwiegervater Lieser, nur dass er wie ein einfacher Arbeiter in Rente wirkt, wogegen Bach ja wohl eher vor Geld stinkt und glaubt, sich alles erlauben zu können. Hast du mit weiteren Bewohnern gesprochen?«

In dem Moment klopfte es an der Tür. Bernadette erinnerte daran, dass es gleich Mittagessen gäbe.

»Ich werde mich nie daran gewöhnen, dass das Mittagessen hier so früh ist«, sagte Vanessa mit einem Blick auf ihre Uhr.

»Gibt es neue Spuren?«, fragte Gunter.

»Hier gibt es mehr Spuren, als uns allen lieb ist. Wenn wir jeder Spur eine Person zuordnen könnten, dann wäre uns wohler. Habt ihr schon mit Dr. Breuer gesprochen?« Als die Kommissare den Kopf schüttelten, fuhr Bernadette fort: »Daniel hat Haut und Blut unter seinen Fingernägeln. Leider konnten wir das Material bislang niemandem zuordnen. Ferner hat er einige blaue Flecke am ganzen Körper, einige davon im Gesicht und auf den Unterarmen. Das Muster sieht nach Abwehrbewegungen aus, die Flecken könnten von einem stumpfen Gegenstand sein, vermutlich einem Gehstock oder einer Krücke. Dazu passt auch ein blutiger Gummiabdruck, den wir niemandem zuordnen können. In der Eingangshalle haben wir einen lehmigen Schuhabdruck sicherstellen können, sieht nach einem Stiefelprofil Größe vierundvierzig aus. Das kann ein Wanderschuh sein, ein Motorradstiefel, aber auch der Schuh eines der Sanitäter, die gestern ausgeholfen haben. Hier ist alles möglich, aber nichts wahrscheinlich.« Bernadette zog ein Handy aus der Tasche und tippte darauf herum. »Ich habe da aber noch etwas ganz anderes, was euch interessieren dürfte. Ich habe mir das Handy von Daniel Mütherthies genauer angesehen. Also nicht nur seine letzten Anrufe und so, sondern auch die Fotos, die er gemacht hat. Und da finden sich doch erstaunlicherweise ein paar Bilder von Walter von Beutz.«

Vanessa nahm ihr das Handy aus der Hand und wischte über den Bildschirm, um sich mehrere Fotos anzusehen.

»Sie sind von unterschiedlichen Daten, das könnt ihr euch im Einzelnen in den Detailinformationen ansehen. Ich habe sie einfach in einen Ordner zusammengefasst, damit wir nicht hin und her suchen müssen.«

»Über welchen Zeitraum zog sich das hin?«, wollte Gunter wissen und beugte sich über Vanessas Schulter, um die Bilder ebenfalls zu sehen.

»Die ersten Bilder sind vom September. Seht mal, von Beutz, wie er in einen BMW steigt. Im Oktober von Beutz im Gespräch mit einem jungen Mann. Dann gab es lange Zeit keine Bilder, bis letzte Woche. Von Beutz wieder mit diesem jungen Mann, offensichtlich hier im Haus. Das Foto ist an der Seitentür gemacht worden, der junge Mann steht draußen. Seht ihr, im Kofferraum des Autos steht ein großer Flachbildfernseher. Kann natürlich sein, dass er den gerade gekauft hat. Vielleicht hat er den aber auch für von Beutz besorgt. Da werden sich sicher einige Fragen ergeben.«

»Wisst ihr schon, wer der junge Mann ist?«, fragte Vanessa.

»Ich werde mal Schwester Clara fragen, das ist einfacher als Spurenlesen«, schlug Gunter vor.

»Gut. Und wie wäre es erst einmal mit einem Löffelabdruck im Bananenquark, kommt ihr mit?«, fragte Bernadette.

Mühsam stand er auf und besah sich das umgegrabene Beet. Josette wuselte nach wie vor durch den Garten, kommentierte jede Pflanze, an der sie vorbeikam, und gab Gartentipps oder Anekdoten zu selbigen zum Besten, die er kaum verstehen konnte. Als sie Alwis erblickte, hielt sie einen Moment inne.

»Ach, du bist aber schon weit gekommen«, sagte sie freudig. »Dann sind wir ja gleich schon fertig. Weißt du was, du machst die Gräben noch fertig und setzt die Kartoffeln«, sie deute auf eine rote Plastikkiste in einer Ecke des Gartens, »und ich mache uns schon mal ein schönes Mittagessen. Das hast du dir echt verdient! Wie schnell die Zeit doch vergeht, wenn man zusammenarbeitet«, sagte sie mit einem Blick auf ihre Uhr und verschwand ins Innere des Hauses.

Alwis zog einen Graben nach dem anderen. Schon bald hatte er das Ende des umgegrabenen Bereichs erreicht. Verärgert sah er auf den Boden daneben. Wie sollte er bitte anständig arbeiten, wenn man ihm keine vernünftige Vorarbeit leistete? Das hätte Josette wenigstens fertig machen können. Sie war allerdings auch nicht mehr die Jüngste, und es war nett von ihr, dass sie ihm überhaupt geholfen hatte. Sie meinte es ja nur gut. Er seufzte, dann begann er, den Boden umzugraben.

Im Speisesaal war es leerer als gestern. Schwester Veronika erläuterte knapp, dass drei Bewohner von ihren Angehörigen vorübergehend abgeholt worden seien. Sie habe sich aber die Adressen geben lassen, falls die Polizei Fragen habe, wenngleich sie wenig Hoffnung hatte, dass diese drei wirklich Unterstützung leisten konnten. Zwei Frauen weigerten sich heute aufzustehen, darunter auch Lieselotte Jostock, die wohl eher von ihrem Schwiegersohn dazu verdonnert worden war, sich im Zimmer zu verschanzen. Dafür saß Waltraud von Beutz heute im Speisesaal. Charlotte Baumgart ging zu ihr und sprach sie vorsichtig an.

»Ach ja, ich erinnere mich an Sie. An meinem Tisch sind heute zwei Plätze frei geblieben, möchten Sie mir Gesellschaft leisten? Ich würde mich sehr freuen«, lud sie Charlotte ein, die sich gerne zu ihr und Jupp Herres setzte. Es gab eine Hühnerbrühe, und Jupp Herres schlürfte laut.

»Josef, ich sehe zwar nicht mehr viel, aber mein Gehör ist noch ausgezeichnet. Würden Sie bitte etwas weniger geräuschvoll essen?«, bat Waltraud von Beutz sich aus.

»Ah, die Frau von und zu ist wieder zu vornehm für diesen Tisch. Dabei sind Sie ja nur neidisch, weil ich gestern dabei war, als der Pfleger gestorben ist und Sie nicht. Ätsch!«, freute er sich wie ein kleiner Junge.

»Sie erinnern sich, was gestern vorgefallen ist?«, fragte Charlotte.

»Ja sicher, dieser Pfleger, der, der, ich weiß nicht, wie der heißt, der ist tot. Schöne Scheiße, mal gespannt, wen wir jetzt bekommen«, nuschelte er und schlürfte weiter seine dünne Brühe.

»Erinnern Sie sich, wie der Daniel gestorben ist?«

»Ja klar erinnere ich mich. Ich bin doch nicht doof«, gab er beleidigt zurück.

»Josef, haben Sie etwa auf meinem Platz gesessen?«, fragte Waltraud von Beutz.

»Keine Angst, Frau von und zu, ich habe hier gesessen«, beruhigte er sie.

»Und wie konnten Sie dann etwas mitbekommen? Das muss doch hinter Ihrem Rücken geschehen sein.«

»Na, ich weiß doch, was die Polizisten erzählt haben. Und die Sanitäter. Und da war noch eine Frau, meine Güte, sah die gut aus. So ein Sahneschnittchen, ganz jung noch. Mensch, war die lecker«, sagte Jupp Herres und leckte sich die Lippen.

»Wann war das?«, fragte Charlotte, die bislang nichts von einer weiblichen, jungen Person gehört hatte.

Jupp Herres zog die Strickbündchen seines Pullovers hoch und schüttelte seine Handgelenke über dem Tisch.

»Sehe ich aus, als würde ich eine Uhr tragen? Was weiß denn ich, wann das war. Der Alwis war jedenfalls schon weg.«

Charlotte zog die Augenbraue hoch. »War das vor oder nach dem Frühstück?«

»Dass der Alwis weg ist? Das weiß ich nicht mehr genau. Vielleicht vorher, vielleicht auch nicht. Fragen Sie ihn doch selbst.« Jupp Herres drehte sich schwerfällig auf seinem Stuhl um und sah ziellos durch den Speisesaal. »Sitzt er nicht sonst immer da hinten? Ist er das? Ich kann das nicht genau erkennen.« Seine stummeligen Finger zeigten auf Gunter Hermesdorf, der am Nachbartisch saß, wo sonst Lieselotte Jostocks Platz war.

»Ich würde Ihnen ja so gerne helfen, wenn ich noch genug sehen könnte. Es ärgert mich, dass ich nicht auf die Stimmen geachtet habe«, beteuerte Waltraud von Beutz. »Aber ich habe die halbe Nacht wach gelegen und über diese Motorradfahrer gegrübelt. Die Stimme des einen kam mir bekannt vor. Und ich habe ihn positiv in Erinnerung. Das hilft Ihnen zwar vielleicht nichts, aber wenn Sie ihn mir noch einmal gegenüberstellen würden, würde ich die Stimme wahrscheinlich wiedererkennen.« Ein unsicheres Lächeln huschte über ihr Gesicht. »Ich wäre Ihnen so gerne behilflich, ich löse doch für mein Leben gerne Kriminalfälle.«

Charlotte sah sich offenbar einer verhinderten Miss Marple gegenüber und hoffte, dass die alte Dame nicht zu eifrig eigenmächtig ermitteln würde, aber bislang fand Charlotte sie einfach nur liebenswert in ihren Bemühungen.

»Mein Sohn war Ihnen auch keine Hilfe, oder?«

Charlotte schüttelte bedauernd den Kopf.

»Wissen Sie, wenn Sie lange genug hier drin sind, fangen Sie auch an, an sich zu zweifeln. Ich hätte schwören können, diese Woche die Stimme meines Sohnes im Haus gehört zu haben. Aber er war nicht bei mir, daher ist das mehr als unwahrscheinlich. Aber ich frage mich, was er mit diesem Marek zu schaffen hat. Sie wissen schon, dieser junge Pole. Mir ist es wirklich egal, wo jemand herkommt, aber er ist mir unheimlich. Eine Frau hat mir erzählt, er sähe schon unheimlich aus, das kann ich ja nicht beurteilen. Aber Sie kennen doch sicher Schwester Clara.«

Charlotte bejahte dies. Schwester Clara war es auch gewesen, die ihnen eben bestätigt hatte, dass der junge Mann auf den Fotos neben Walter von Beutz Schwester Grazynas Neffe Marek Barski war.

»Sie ist ein gutes Beispiel für Wohlwollen und Zuneigung. So war der Daniel auch. Wir haben viel Zeit miteinander verbracht, wenn es Daniels Freizeit zugelassen hat. Dann hat er mir kurze Krimis vorgelesen. Er hat wenig von sich erzählt, aber er hatte immer ein offenes Ohr für mich, wenn ich ihm erzählt habe, wie mich die Verhältnisse innerhalb meiner Familie bedrücken. Er hat mir einmal angeboten, mich zur Bank nach Mehring zu fahren. Ich wollte ein paar Angelegenheiten regeln, bevor mein Sohn auf die Idee kommt, die schrullige Alte entmündigen zu lassen.«

»Sie wollten etwas von Marek erzählen?«

Waltraud von Beutz drehte ihre Serviette schuldbewusst in den Händen. »Eigentlich kann ich nicht viel über ihn sagen. Es ist mehr so ein Gefühl. Seit ich nicht mehr viel sehe, höre ich genauer hin. Und er wirkt einfach unaufrichtig. Man fühlt sich irgendwie von ihm belauert, falls Sie verstehen, was ich meine. Ich versuche, in seiner Gegenwart gar nichts zu sagen.«

»Aber ist er denn so häufig im Heim?«

Die alte Frau dachte angestrengt nach. »Ich habe den Eindruck, er sei fast immer da, wenn mein Sohn auch da ist. Am Sonntag habe ich ihn allerdings nicht gehört. Ich glaube, im Speisesaal ist er nicht gerne gesehen, aber vielleicht täuscht mich mein Eindruck auch. Ich möchte ihm wirklich nichts Übles nachreden.«

»Können Sie sich denn erklären, was Ihr Sohn und Marek Barski miteinander zu tun haben könnten? Wir haben einige Fotos gefunden, die die beiden zusammen zeigen.«

Waltraud von Beutz schüttelte langsam den Kopf. »Vielleicht bilde ich es mir auch nur ein. Die Einsamkeit spielt einem manchmal Streiche, vielleicht bin ich eifersüchtig. Ich hatte dem Daniel letzte Woche noch davon erzählt, er wollte einmal darauf achten, aber dazu kam er wohl nicht mehr.«

»Doch, Daniel scheint zumindest etwas beobachtet zu haben, die Fotos haben wir auf seinem Handy gefunden. Und wenn es Sie beruhigt, Ihre Wahrnehmung hat Ihnen keinen Streich gespielt, die jüngsten Fotos sind von letzter Woche.«

Waltraud von Beutz' getrübter Blick verfinsterte sich. Tränen stiegen ihr in die müden Augen. »Wollen Sie andeuten, der Daniel könnte tot sein, weil er meinen Sohn und diesen Barski bei etwas Illegalem beobachtet hat?«

»Ich möchte gar nichts andeuten. Wir wissen es noch nicht, aber es ist ein neuer Ansatz, dem wir nachgehen werden. Sie haben also keine Erklärung dafür?«

Die alte Dame schnäuzte sich und überlegte angestrengt. »Sie haben sicher von dem Gerücht gehört, dass Barski sich die Wertgegenstände der Bewohner unter den Nagel reißt, sobald sie gestorben sind?«

Charlotte wäre froh gewesen, einen der Kollegen an ihrer Seite zu haben. Sie bekam zwar viel von der Ermittlungsarbeit mit, aber sie war ja nun einmal eigentlich Psychologin und nicht Polizistin. Den Zeugen war das häufig nicht klar, die Grenzen verschwammen, aber das hier ging über ihre Zuständigkeiten hinaus.

»Da!«, rief Jupp Herres aus. »Da ist doch das nette Mädchen von gestern.« Er zeigte auf Vanessa Müller-Laskowski und winkte sie an ihren Tisch.

Charlotte grinste breit. »Darf ich vorstellen, das ist meine Kollegin, Hauptkommissarin Vanessa Müller-Laskowski. Sie leitet diesen Einsatz. Vanessa, Herrn Herres kennst du ja bereits. Und das ist Waltraud von Beutz, die Dame, die gestern den ganzen Tag bei ihrem Sohn verbracht hat. Sie könnte aber eventuell einen der Motorradfahrer anhand der Stimme erkennen. Habt ihr schon mit denen sprechen können?«

Vanessa reichte Waltraud von Beutz die Hand und zog sich den letzten leeren Stuhl heran. »Ich wollte auch etwas von diesem köstlichen«, sie schielte auf den Teller, den Schwester Grazyna Jupp Herres gerade hinstellte, »Essen haben, danach treffen wir uns im Besprechungszimmer.« Ihre Begeisterung ebbte beim Blick auf die Pampe auf dem Teller allerdings hörbar ab.

»Ist Kartoffeln, Zwiebeln und Speck«, erklärte Grazyna gereizt.

»Oh, endlich mal wieder Döbbelabbes«, kommentierte Jupp Herres und langte kräftig zu. Frau von Beutz legte sich eine Serviette auf den Schoß und aß in kleinen, vornehmen Bissen.

»Erzählen Sie mir bitte weiter von diesen Gerüchten über Marek Barski.«

Frau von Beutz rückte näher an Charlotte heran und senkte ihre Stimme. »In so einem Haus wird viel getratscht. Ich kann ja nicht mehr viel sehen, ich weiß also nicht, was wirklich dran ist, ich habe nur gehört, dass dieser Barski immer da sei, wenn jemand gestorben ist und das Zimmer geräumt werden muss. Und da scheint es nicht nur seine Hilfsbereitschaft zu sein, die ihn treibt, man sagt, er würde Fernseher und so rausschleppen, bevor die Angehörigen kommen. Aber hier wird auch sonst viel erzählt, viele Dinge gehen angeblich jeden Tag verloren. Man weiß nie, was daran stimmt.«

Vanessa legte eine Hand auf Frau von Beutz' Unterarm. »Sie müssen Ihren Sohn nicht belasten, aber haben Sie den Eindruck, dass er mit diesen Aktionen etwas zu tun hat?«

Die alte Frau schüttelte energisch den Kopf. »Der ist viel zu unpraktisch und eigentlich auch zu phlegmatisch. Ich glaube eher, dass die beiden sich wegen etwas anderem hier getroffen haben. Und dass der Daniel das mitbekommen hat. Vielleicht hat er sie belauscht. Sie sprachen von Fotos?« Sie zögerte. »Vielleicht hat er etwas gesehen und Barski hat ihn dabei beobachtet, wie er Fotos gemacht hat. Glauben Sie, dass er deswegen sterben musste?«

Vanessa sah die Angst im Gesicht der alten Frau, dass ihr Sohn eine Mitschuld am Tod ihres vielleicht letzten Freundes haben könnte.

»Wir glauben nicht, wir ermitteln. Aber wir werden auch das in unsere Überlegungen mit einbeziehen müssen.«

Am Nachbartisch diskutierte Heinrich Ruppenthal mit Schwester Clara, dass er seine Zeichnungen nicht aus der Hand geben würde. Dabei wedelte er mit dem Packen Werbeprospekte, die am Wochenende in jeden Haushalt verteilt worden waren.

»Keine Angst, Heinrich, Sie dürfen Ihre Bilder natürlich behalten. Ich bringe Ihnen nach dem Essen Ihren Locher und Ihren Ordner, dann können Sie alles fein abheften. Aber jetzt legen wir die Bilder auf den leeren Platz von Frau Jostock, damit während des Essens nichts dran kommt. Sie mögen doch keine Flecken auf den Bildern, nicht wahr?«

Der Lehrer strich die Umhüllung des Prospektstapels, die man entfernt mit einem Aktendeckel verwechseln konnte, glatt und schob die Bilder weit von sich an die vordere Tischkante des freien Platzes. Schwester Clara reichte ihm ein großes Lätzchen, und er band es sich eigenständig um. »Ordnung muss sein, nicht wahr?«, wandte er sich an seine Tischnachbarinnen und wünschte guten Appetit.

Henriette Klemens hatte den Teller von Hedwig Stülb herangezogen und zerteilte deren Essen in kleine Häppchen.

Hedwig lächelte dankbar.

»Man hilft, wo man kann. Schließlich bin ich noch gut beieinander«, beteuerte Henriette Charlotte gegenüber, deren erstaunten Blick vom Nachbartisch sie wohl wahrgenommen hatte.

Von der Eingangstür hörte man über alle Essensgeräusche hinweg ein verlegenes Husten. Ein kräftiger, junger Mann mit langem Pferdeschwanz und einem Tattoo am Hals suchte mit den Augen den Raum ab. Schwester Veronika trat ihm entgegen und fragte, ob sie helfen könne.

»Hallo, ich bin Kai, ich suche die Heimleitung. Man hat mich angerufen, ob ich heute schon kommen könnte, ich sollte eigentlich zum ersten April hier als Pfleger anfangen«, sagte er mit einer erstaunlich hohen Stimme, die nicht recht zu dem stämmigen Kerl zu passen schien.

»Herzlich willkommen, setzen Sie sich doch zu Ewald, Gisbert und Theis und essen Sie mit den Herren, die Heimleitung macht gerade auch Mittagspause. So können Sie die Bewohner schon einmal kennenlernen«, bot Veronika an und zeigte auf den leeren Stuhl von Alwis Schlöder.

»Das ist der Stuhl von Alwis«, wies Gisbert Scholtes den jungen Mann laut zurecht und schob den Stuhl so unter den Tisch, dass Kai sich nicht daraufsetzen konnte.

»Gisbert, Alwis ist aber nicht da, darum darf der Kai doch sicher bei Ihnen sitzen, oder?«, fragte Schwester Veronika, aber Gisbert Scholtes nahm sogar seine Krücken und lehnte sie an den Stuhl, damit niemand ihn herausziehen konnte.

»Kein Thema, wir kommen schon klar«, meinte Kai und nahm sich einen leeren Rollstuhl aus dem Eingangsbereich, den er an den ihm zugewiesenen Tisch rollte, bevor er sich hineinsetzte.

»Der Rollstuhl gehört hoffentlich nicht Herrn Scholtes, sonst gibt es Ärger«, mutmaßte Charlotte, aber Vanessa schüttelte den Kopf. »Laut seinen eigenen Angaben und dessen, was ich gestern gesehen habe, ist er noch ganz gut auf den Beinen, solange er seine Krücken hat.«

»Jetzt bin ich mir bei der Stimme ganz sicher. Gestern Morgen war Herr Scholtes jedenfalls sehr energiegeladen, als er in den Frühstücksraum gegangen ist«, bestätigte Frau von Beutz. »Ich war unschlüssig in der Halle stehen geblieben und habe überlegt, womit ich die Wartezeit auf meinen Sohn überbrücken sollte, weil Schwester Engelberta doch nicht am Empfang saß, da ist er einfach in mich hineingelaufen. Er kann manchmal sehr rücksichtslos sein. Aber vielleicht hat er auch auf den Boden gesehen und hat mich nicht bemerkt«, räumte sie dann noch versöhnlich ein.

»Frau von Beutz, sind Sie sicher, dass das gestern Morgen war?«, fragte Vanessa zaghaft. Charlotte sah sie warnend an.

»Entschuldigen Sie bitte, ich konnte mir von Ihrem Namen nur Müller merken. Ich bin vor allem wegen meiner schlechten Augen hier, im Kopf bin ich noch recht klar. Und mein Sohn kommt nicht so häufig; wäre ich schon so dement, dass mein Aufenthalt hier gerechtfertigt wäre, könnte ich mich nicht einmal mehr daran erinnern, wann er zuletzt hier war«, echauffierte sie sich leicht.

»Will die Frau von und zu damit sagen, wir anderen wären doof, nur sie nicht?«, warf Jupp schmatzend ein.

»Das habe ich doch nie gesagt«, beschwichtigte diese. »Sie können noch wunderbar sehen, ich kann noch klar denken, Henriette ist noch flink wie ein Wiesel. Sie wissen doch, so stützte der Blinde den Lahmen ...«

Aber Jupp Herres hatte sich schon wieder seinem Essen zugewandt und hörte ihr gar nicht mehr zu.

»Dann brauchen wir auf jeden Fall auch Herrn Scholtes' Fingerabdrücke«, wandte Vanessa ein und stand auf, um Bernadette Schubert auf dem Handy anzurufen.

»Denk daran, die von Walter von Beutz und Marek Barski auch«, rief Charlotte ihr hinterher.

»Entschuldigung, habe ich jetzt etwas Falsches gesagt?«, fragte Frau von Beutz vorsichtig.

»Nein, nein«, beschwichtigte Charlotte sie. »Gisbert Scholtes hat nur gestern ausgesagt, er sei noch nicht aus dem Bett gewesen. Das hat uns glauben lassen, wir könnten ihn als«, sie zögerte, »Anwesenden ausschließen.«

»Ja, aber mein Walter ...«

»Frau von Beutz, es gibt da so ein paar Unstimmigkeiten, die wir klären möchten. Ich glaube, Sie sind noch ganz schön fit, darum möchten wir der Erkenntnis nachgehen, dass Ihr Sohn diese Woche schon einmal hier war. Vermutlich stellt sich alles als völlig harmlos heraus.«

Schwester Clara war unbemerkt hinter Charlotte getreten und stellte ihr ein Glas Früchtetee hin. »Entschuldigen Sie bitte«, sagte sie mit einem Lächeln, »haben Sie Erfahrung mit Demenz?«

Charlotte überlegte einen Moment. »Ich bin Psychologin, bin aber wirklich nicht auf Gerontologie spezialisiert. Als ich vor, na, fast schon zwanzig Jahren, studiert habe, war das noch kein vorherrschendes Thema. Ich würde sagen, ich weiß etwa, was alle wissen. Vielleicht berufsbedingt ein wenig mehr, aber ich habe keine Alzheimerpatienten in meinem Umfeld.«

Schwester Claras Lächeln wurde breiter. Charlotte überlegte einen Moment, dass ihr Lächeln dennoch keineswegs spöttisch aussah, sondern einfach nur verständnisvoll, was ihr die junge Frau sehr sympathisch machte.

»Sehen Sie, bei Alzheimerpatienten ist es so, dass die meist keinerlei Zeitgefühl mehr haben. Bei Frau von Beutz hier ist das nicht so, aber die meisten unserer Patienten unterscheiden mit Mühe Tag und Nacht. Gisbert Scholtes hätte Sie demnach nicht einmal wissentlich angelogen, dazu sind die wenigsten hier überhaupt noch imstande. Es mag sein, dass er aufgestanden ist, sich vielleicht sogar angezogen hat und in den Speisesaal gegangen ist.«

»Ja, das stimmt«, unterbrach Frau von Beutz sie und wandte sich an Charlotte. »Ich bin ziemlich sicher, dass es kein Schlafanzug war, den er trug, sondern eher Alltagskleidung. Sie haben meinen Sohn ja nicht gesehen, aber er läuft immer nur im Anzug herum. Das mag zwar standesgemäß sein, aber ein bisschen Lockerheit würde ihm gut zu Gesicht stehen. Ich erinnere mich daran, weil ich noch gedacht hatte, dass man auch in diesem Alter noch Jeanshosen tragen kann, mein Sohn aber vermutlich einmal im Anzug im Speisesaal eines Altenheims sitzen wird.«

Schwester Clara ließ den Blick durch den Saal schweifen und verweilte bei dem neuen Pfleger. Er schien ein gutes Händchen für die Menschen an seinem Tisch zu haben. Sie entspannte sich und setzte sich einen Moment auf den leeren Stuhl. »Demnach hat Gisbert sich sogar angezogen, kam dann vermutlich in den Speisesaal, wie uns Frau von Beutz berichtet hat. Den scheint er verlassen zu haben, bevor Herr Nert, Veronika und Jessica gekommen sind.«

»Das werden wir auf jeden Fall noch einmal genau erfragen, bislang sahen wir dafür keine Notwendigkeit«, bestätigte Charlotte.

»Als er in seinem Zimmer war, hat er möglicherweise vergessen, dass es morgens ist. Er hat sich vermutlich ausgezogen und ist wieder ins Bett gegangen«, erklärte Schwester Clara.

Inzwischen war auch Vanessa zurück. »Er hatte sogar seine Hörgeräte im Bad liegen. Er sagte, sie seien noch laut gestellt vom Vortag«, erinnerte sie sich an ihr gestriges Gespräch mit Gisbert Scholtes.

»Gisbert vergisst seine Hörgeräte häufiger. Es kann durchaus sein, dass er sie beim ersten Aufstehen nicht angezogen hat«, räumte Schwester Clara ein. »Das würde noch mehr erklären, warum er wieder ins Bett ist. Er hat vielleicht bemerkt, dass die Hörgeräte fehlen, hatte die Verknüpfung im Hirn, dass er sie immer ablegt, bevor er ins Bett geht – und hat sich darum hingelegt. Dann hat er vielleicht ein oder zwei Stunden geschlafen. Sie kennen das ja vielleicht selbst, nach der Zeit ist man wieder relativ erholt. Also ist er aufgewacht, dachte, es wäre der nächste Morgen, und hat aus seiner Sicht wirklich geglaubt, er sei an dem Tag noch nicht draußen gewesen.«

»Wie gruselig ist das denn«, entfuhr es Vanessa.

Wieder dieses milde Lächeln von Schwester Clara. »Aus Sicht eines gesunden Menschen mag das gruselig sein. Es führt schon mal dazu, dass die Menschen sich beklagen, sie hätten wochenlang schon keinen Besuch mehr gehabt, obwohl der letzte Besuch zwei Tage her ist. Andererseits kommt ihnen der Tag nicht so lang vor, wenn sie immer wieder einschlafen und glauben, es sei ein neuer Tag. Die Nachtschwester hat dadurch schon mal alle Hände voll zu tun, wenn Patienten nachts darauf bestehen, angezogen zu werden und zu frühstücken, aber das sind alles sehr erfahrene Kräfte, die servieren dann notfalls einen kleinen Mitternachtsimbiss.«

»Ich glaube, das wäre kein Job für mich«, sagte Vanessa und fuhr zusammen, als eine kalte, knorrige Hand über ihren Arm strich. Jupp Herres strahlte sie an. »Schwester, ich müsste mal zur Toilette, würden Sie mir vielleicht helfen?«

Vanessa lief puterrot an, und Charlotte konnte mit Mühe ein Kichern unterdrücken.

Schwester Clara zwinkerte den beiden Frauen zu. »Kai«, rief sie quer durch den Saal und winkte dem neuen Pfleger zu. »Kai, Herr Herres müsste einmal zur Toilette, würden Sie ihm bitte behilflich sein?«

»Ach, geht schon, ich esse erst einmal fertig«, beeilte sich Jupp Herres zu sagen. Die drei Frauen sahen einander an und konnten sich das Lachen kaum verkneifen.

»Tja, die Erinnerungen an manches sind auch in diesem Stadium noch erhalten«, erklärte Schwester Clara trocken und stand auf, um am Nachbartisch eine Gabel aufzuheben, die zu Boden gefallen war.

Vanessa wandte sich an Frau von Beutz. »Meine Kollegin hat mir erzählt, Sie hätten am Sonntagmorgen in der Halle auf Ihren Sohn gewartet. Können Sie mir sagen, von wo Ihr Sohn gekommen ist?«

Frau von Beutz sah sie mit ihren trüben Augen fragend an. »Ich habe ihn nicht danach gefragt, aber ich gehe davon aus, dass er direkt von Koblenz gekommen ist. Wobei«, sie schwieg einen Moment, als sei es ihr peinlich, das Kommende auch nur zu denken, »bei dieser Ehefrau könnte ich es ihm nicht verdenken, wenn er seine, na, sagen wir, natürlichen Bedürfnisse anderweitig befriedigen würde.«

Vanessa nahm sich vor, diesem Hinweis bei Bedarf nachzugehen. Von Beutz' Ehefrau wäre also womöglich keine zuverlässige Alibigeberin. Oder die Ehe war so kaputt, dass sie ihm eins auswischen wollte, auch dann müsste man ihre Aussage in Zweifel ziehen. »Das hatte ich gar nicht gemeint. Ich meinte vielmehr, ob er bereits im Haus war, als er zu Ihnen gestoßen ist oder ob er von außen kam.«

Man konnte Frau von Beutz ansehen, dass sie sich zwar über ihren Sohn ärgerte, dass ihr aber nichts ferner lag, als ihn zu belasten. Dennoch fühlte sie sich vor allem der Wahrheit verpflichtet. Sie rang sichtlich mit sich. »Ich habe noch gar nicht darüber nachgedacht. Ich bin natürlich davon ausgegangen, dass er von draußen kam, gäbe es eine Alternative?« Ihre Stimme vibrierte leicht, und Vanessa hatte keinen Zweifel daran, dass sie log.

»Sie haben es also nicht gesehen?«

Frau von Beutz fuhr so heftig auf, dass sogar Jupp Herres zusammenzuckte. Sie nahm ihre gold geränderte Brille ab und rutschte ganz nah zu Vanessa. Dabei riss sie ihre Augen weit auf. »Vielleicht bin ich ja doch schon vergesslicher, als ich bislang dachte. Ich dachte, ich hätte Ihnen erklärt, dass ich fast nichts mehr sehe. Schauen Sie mir in die Augen, vermutlich können Sie sogar die blinden Flecke auf meinen Pupillen sehen. Ich kann hell und dunkel unterscheiden, ich nehme Bewegungen wahr, aber viel mehr ist es langsam schon nicht mehr. Soll Ihre Kollegin Ihnen das noch einmal mit anderen Worten erklären?«

Vanessa legte der aufgebrachten Frau eine Hand auf ihre, die diese unwirsch abschüttelte. »Ich weiß, Sie machen hier alle nur Ihre Arbeit. Alle machen ihre Arbeit, die Pfleger, die Schwestern, das Reinigungspersonal. Ich mache leider nichts mehr, ich langweile mich, jetzt habe ich sogar niemanden mehr, mit dem ich noch ein geistreiches Gespräch führen könnte, und warte letztlich auf meinen Tod.«

»Bitte entschuldigen Sie«, murmelte Vanessa betroffen.

Ein listiges Lächeln huschte über das sorgenvolle Gesicht der alten Frau. »Und gerade darum würde ich Ihnen doch so gerne helfen! Ich sterbe hier nicht an Demenz oder was auch immer, ich sterbe vor Langeweile. Also überlegen wir zusammen, was ich hätte bemerken sollen.«

Die Psychologin lachte auf. »Eine gute Entscheidung! Wissen Sie, Sie wirken so fit, dass man einfach schon mal vergisst, dass Ihre Augen Sie einschränken. Also formulieren wir es anders: Was sagt Ihnen Ihr Gehör, war Ihr Sohn schon im Haus? Kamen seine Schritte von der Haustür oder aus einem anderen Bereich des Hauses? Roch er nach kaltem Wintermorgen oder nach Speisesaal? Wie fühlten sich seine Hände an, warm oder kalt? Haben Sie einen Luftzug von der Haustür gespürt, bevor er Sie begrüßt hat?«

Die alte Frau rutschte nervös auf die Vorderkante ihres Stuhls. »So läuft also ein Verhör?«

»Nein, Frau von Beutz, das hier ist bestenfalls eine Zeugenbefragung. Sie werden ja nicht beschuldigt, wir versuchen nur, uns ein Bild von der Situation zu machen.«

Frau von Beutz rieb die gefalteten Hände aneinander. »Die Hände meines Sohnes waren warm, das lag aber daran, dass er Handschuhe trug. Ich erinnere mich, dass ich ihn darauf hingewiesen habe, wenn er schon die Handschuhe anbehalte, dann solle er mir nicht die Hand zum Gruß reichen, sondern mich in die Arme schließen. Ich stand also mitten in der Eingangshalle in der Nähe des Empfangs, da ist dieser Mann, gehen wir von Gisbert Scholtes aus, in mich hineingelaufen. Dann war da noch diese andere Stimme, und da war«, sie unterbrach sich, »da hat der Daniel ganz sicher noch gelebt, er hat den anderen Mann in den Speisesaal gerufen.«

»Für die zeitliche Einordnung ist das ganz wichtig, danke. Dann hat Daniel also auch noch gelebt, als die Motorradfahrer kamen.«

»Das muss wohl so gewesen sein, denn die kamen ja unmittelbar, nachdem wir das Haus verlassen hatten.«

»Haben Sie noch mehr Stimmen aus dem Speisesaal hören können? Genau genommen, war Ihr Sohn vielleicht auch dort?«

Frau von Beutz zupfte sich am Ohrläppchen. »Es gab aufgebrachte Stimmen dort, ja. Aber ich kann mich nicht daran erinnern, etwas verstanden zu haben. Also weder, wer gesprochen hat, noch was gesprochen wurde. Ich habe mich ja dann auf die Récamiere gesetzt, da musste mein Sohn von hinten kommen, aber das tat er sowohl aus Richtung Haustür wie aus Richtung Speisesaal. Und Sie mögen recht haben, es wurde nicht ausgesprochen kalt, vielleicht war er wirklich schon im Haus. Aber was sollte er dort gewollt haben?«

Charlotte Baumgart schob die Brille der alten Dame so, dass sie sie automatisch ergriff und sich wieder aufsetzte. »Es kann bedeuten, dass er Sie nicht dort hat sitzen sehen und Sie im Speisesaal gesucht hat. Es kann auch heißen, dass er mit Daniel oder jemand anderem etwas zu besprechen hatte. Das soll er uns selbst sagen, wir werden ihn wohl in Koblenz besuchen fahren.«

»Ich fürchte, ich bin Ihnen keine Hilfe.« Sie zuckte bedauernd mit den Schultern.

»Sie haben uns schon viel mehr geholfen, als Sie ahnen«, stellte Vanessa richtig.

»Liebe Bewohner, wenn Sie gleich alle Ihren Mittagsschlaf gehalten haben, ehren wir heute noch die Weinkönigin«, sagte Schwester Veronika mit lauter Stimme. »Letzte Woche haben wir zusammen Dekoration gebastelt, heute probieren wir ein wenig jungen Wein, den uns ein netter Winzer aus Mehring zur Verfügung gestellt hat, und danach küren wir die Weinkönigin.

Ich wünsche Ihnen also allen schöne Träume, wir freuen uns schon darauf.«

Diejenigen, die das noch selbst konnten, schoben ihre Stühle zurück und eilten aus dem Raum.

»Wie schade, dass der Werner heute nicht da ist«, murmelte Jupp Herres.

Charlotte und Vanessa stellten ihr Geschirr und das von Frau von Beutz auf einen Servierwagen, wo sie Schwester Grazyna trafen. »Heute wir machen Weinfest. Haben gemacht vor zwei Wochen. Deko haben gebastelt in Herbst. Aber macht nichts, niemand mehr wissen.«

Charlotte wich dem Rollator von Heinrich Ruppenthal aus, der es ebenfalls eilig hatte, auf sein Zimmer zu kommen. »Sie machen das regelmäßig?«

»Sicher, sonst manche Bewohner böse, dass sie noch nie Weinkönigin waren. Wird alle paar Wochen ein anderer. Machen meistens mit Traubensaft, die kennen keinen Alkohol mehr, merken gar nicht. Gehen aber brav ins Bett vorher. So wir haben Ruhe für Arbeit.«

»Gut, dann verziehen wir uns jetzt auch in unsere Einsatzzentrale«, sagte Vanessa und fragte Hedwig Stülb, ob sie sie ins Zimmer schieben solle.

»Alwis, Essen ist gleich fertig.«

Alois Schlöder wischte sich die Hände an der Hose ab, drehte sich um und grinste Josette entgegen, die mit einer Schürze in der Tür zum Garten stand.

»So, fertig«, sagte er zufrieden.

»Oh Gott, Alwis! Was hast du denn angestellt? Du hast ja den ganzen Garten umgegraben«, erwiderte Josette entsetzt.

»Jetzt kannst du deine Kartoffeln pflanzen«, sagte Alwis stolz.

»So viele Kartoffeln habe ich doch gar nicht. Ich wollte doch nur ein kleines Beet haben, keinen ganzen Acker ...« Sie seufzte. »Jetzt ist es auch zu spät. Komm erst mal rein. Wie siehst du überhaupt aus, warte, ich sehe nach, ob ich für dich was zum Anziehen finde. Du müsstest etwa dieselbe Größe haben, wie mein Mann hatte.« Mit diesen Worten verschwand sie ins Innere des Hauses.

Alwis blickte an sich herunter. Er war in der Tat ziemlich dreckig, seine Kleidung war voller Erde. Warum sie sich so aufregte, konnte er nicht nachvollziehen, schließlich hatte er ihr zuliebe gerade den ganzen Garten umgegraben. Vom Geruch eines guten Essens angezogen, einem Braten vielleicht, folgte er ihr ins Innere des Hauses.

»Hallo Johannes, hier ist Vanessa«, meldete sich die Kommissarin am Telefon. »Entschuldige bitte, wenn ich dich bei der Arbeit anrufe, aber es ist wirklich wichtig.«

»Überhaupt kein Problem, ich freue mich, von dir zu hören. Womit kann ich dir helfen?«, fragte Johannes Nert.

»Du bist unser wichtigster Zeuge im Todesfall des Pflegers Daniel. Du warst zwar vielleicht als Einziger nicht dabei, aber du erinnerst dich wenigstens noch, was du gemacht oder nicht gemacht hast. Im Moment ist es uns wichtig, wen du gesehen hast. Wir waren bislang davon ausgegangen, dass Gisbert Scholtes uns wahrheitsgemäß gesagt hatte, dass er gestern Morgen noch nicht aus seinem Zimmer gekommen war, aber wir haben berechtigte Zweifel. Erinnerst du dich an ihn?«

Vanessa konnte nur Johannes' Atem hören, dann ein Seufzen. »Da ich am Samstag auch im Heim war, bin selbst ich mir meiner Erinnerungen nicht mehr ganz sicher. Gisbert ist doch der Dicke mit der Säufernase, oder?«

»Genau der. Auf dem Foto an seiner Tür sieht er aus, als sei er ein Kerl wie ein Fels, aber wenn man ihm gegenübersteht, merkt man, dass er durch sein Hüftleiden doch ziemlich nach vorne gebeugt geht, dann wirkt er gar nicht mehr so imposant. Du weißt also, wen ich meine?«

»Jaja. Moment, ich erinnere mich, dass ich ihn im Gespräch mit dem Neuen gesehen habe, dem Mann, der verschwunden ist. Das könnte am Sonntag gewesen sein, demnach wäre der Mann noch da gewesen, als ich Tante Adele besucht habe. Ist das wichtig, wer nicht da war?«, fragte Johannes erstaunt.

»Ausnahmsweise ja. Wir waren davon ausgegangen, dass er noch im Bett gelegen und darum nichts mitbekommen hat, inzwischen gibt es aber den Verdacht, dass er im Raum war, sich danach aber wieder ins Bett gelegt hat. Wir können nur leider nicht eingrenzen, wann das gewesen sein kann.«

»Konnte euer Gerichtsmediziner inzwischen den Todeszeitpunkt ganz genau feststellen?«

»Na ja, dank dir können wir das ja ziemlich gut. Und auf die Minute kann Dr. Breuer das sowieso nicht sagen, muss er normalerweise auch nicht können.«

»Also, ich würde sagen, Gisbert war nicht da, als ich Tante Adele in den Speisesaal gebracht und Daniel gefunden habe.« Johannes zählte auf, an wen er sich zuverlässig erinnern konnte. Das deckte sich mit den Personen, die Vanessa auch danach im Speisesaal angetroffen hatte.

»Ich bin wirklich in einem Dilemma. Wir müssen natürlich ermitteln, weil wir ausschließen müssen, dass ein Verbrechen vorliegt, insbesondere ob ein Mitarbeiter oder ein Außenstehender für den Tod des Pflegers verantwortlich ist. Andererseits ist die Wahrscheinlichkeit groß, dass einer der Bewohner Daniels Tod verschuldet hat. Was soll ein solcher Mensch in einem Gefängnis?«, fragte Vanessa mehr sich selbst als Johannes.

»Da hast du recht. Ermittelt man in einem solchen Fall noch objektiv?«

»Gerade dann«, begehrte Vanessa auf. »Es sind die besonders offensichtlichen Fälle, in denen wir sehr wachsam sind, denn genau bei denen passiert es sonst, dass man die wahren Hintergründe übersieht. Wenn eine Mutter ihren Sohn schützt und ein allzu einfaches Alibi für ihn abgibt, beispielsweise. Aber mir wäre es wichtig, dass wieder Ruhe in das Leben dieser Menschen einkehrt. Und vor allem, dass wir diesen Alwis Schlöder wiederfinden. Ich hoffe, ihm ist nichts zugestoßen.«

»Geht ihr davon aus, dass er der Täter ist und nach seiner Tat weggelaufen ist?«

»Das klingt sehr naheliegend, aber ich glaube, das wäre zu einfach. Ich kann mich nicht in diese Menschen hineinversetzen, aber ich fürchte, wenn er der Täter war, ist er jetzt völlig verstört und versteckt sich vielleicht irgendwo, wo wir ihn niemals finden können. Ich bin nur froh, dass er keine dringenden Medikamente benötigt. Wäre er Diabetiker oder bräuchte Herzmedikamente, würden wir noch viel mehr unter Druck stehen. Die Leute draußen tun trotzdem ihr Möglichstes, eigentlich mehr noch, damit Alwis bei den Nachttemperaturen nicht länger da draußen ist. Wir hoffen, dass er irgendwo in einem leer stehenden Haus Unterschlupf gesucht hat, einer Scheune oder so. Die Familie ist auch in Aufruhr. Sie macht der Heimleitung Vorwürfe, sie hätten den Mann bei ihnen untergebracht, damit er behütet und unter Aufsicht ist, aber nicht, damit er ihnen davonläuft.«

Johannes lachte kurz auf. »Das klingt so, als gäbe es in dieser Geschichte eine ganze Menge Opfer.«

»Wenn es wirklich einer der Bewohner war, kann man bei deren geringer Zurechnungsfähigkeit kaum noch von einem geplanten Mord ausgehen, dann wäre es möglicherweise ›nur‹ Totschlag oder sogar ein Unfall mit Todesfolgen. Bei einem Mord gibt es normalerweise einen, wenn auch oft sehr subjektiv betrachteten, Gewinner, einen Nutznießer, der nicht länger unter einem Peiniger zu leiden hat, jemanden, der einen finanziellen Vorteil hat ... Hier verliert das Heim an Reputation, die Mutter ist am Boden zerstört, die alten Menschen sind völlig aus dem Tritt. Es ist total deprimierend.«

»Und sonstige Verdächtige habt ihr nicht?«

Vanessa schwieg.

»Entschuldige, bin ich zu indiskret?«

»Nein, nein, aber mir schießt gerade ein Gedanke durch den Kopf. Hast du Frau von Beutz am Morgen gesehen? Und vor allem: Hast du ihren Sohn gesehen? Oder zumindest sein Auto vor dem Tor?«

In der Leitung blieb es still, Johannes überlegte angestrengt. »Ich bin ganz sicher, dass ich beim Kommen niemandem außer Scholtes und dem Neuen in der Halle begegnet bin. Also ich habe weder Frau von Beutz gesehen noch jemanden, der ihr Sohn sein könnte, das kann ich dir mit Sicherheit sagen. Aber ich habe später nicht nach draußen gesehen, ob da sein Auto hätte stehen können. Direkt vor dem Tor, sagst du?«

Vanessa bestätigte das, und Johannes hielt es für sehr unwahrscheinlich, weil er sich sicher war, dass der Rettungswagen bis zum Tor gefahren war. »Also wenigstens dann stand da ganz sicher kein Auto, aber bei dem Tumult kann ich nicht ausschließen, dass jemand durch die Halle hinausgegangen wäre.«

Vanessa erklärte, dass sie Frau von Beutz für ziemlich klar im Kopf hielt und dass diese versichert habe, Daniel noch gehört zu haben, als sie gegangen sei. Ihre Stimme klang mutlos.

»Ich würde dich gerne heute Abend bei einem Glas Rotwein aufheitern, aber ich habe nachher noch eine Wohnungsbesichtigung. Soll ich dich danach vielleicht anrufen, ich bin dann sowieso in Trier?«, schlug Johannes vor.

»Ich habe auch einen Wohnungstermin, sofern ich ihn ausnahmsweise einhalten kann. Manchmal hasse ich meinen Job, aber es gibt Dinge, die gehen einfach vor. Ich sehe nur schon kommen, dass ich demnächst wieder ins Hotel ziehen muss, wir haben die Wohnung zum ersten Mai gekündigt«, erklärte Vanessa. »Ruf mich an, wenn du fertig bist, ich hoffe, mein Job gönnt mir auch irgendwann einen Feierabend. Dann könnten wir uns einfach Essen beim Chinesen am Bahnhof holen und setzen uns gemütlich auf die Couch zum Essen. Das klingt wirklich verlockend.«

Es klopfte am Besprechungszimmer, und Michael Lieser schob den Kopf zur Tür herein.

»Bis später«, verabschiedete Vanessa sich rasch und wandte sich erstaunt dem Kollegen zu. »Hatte Gunter dich nicht eben erst ins Bett geschickt? Wir wollten dich vor heute Abend gar nicht hier sehen.«

»Ich konnte nicht länger schlafen. Eineinhalb Stunden, das war gut, um wieder ein bisschen Energie zu tanken. Aber dann bin ich nach Schweich zu den Kollegen gefahren. Die haben zwei der Motorradfahrer befragt, Patrick Reis aus Riol und Alexander Welter aus Longuich.«

Vanessa unterbrach ihn: »Wurden die zeitgleich befragt?«

Lieser nickte. »Ja, das hat geklappt. Sie hatten keine Möglichkeit, sich abzusprechen, sofern sie das nicht vorher schon getan haben. Die beiden haben bestätigt, dass Florian Molitor aus Mehring und Christian Longen aus Schweich bei der Tour dabei waren, aber die beiden sind heute nicht erreichbar, das versuchen wir morgen früh. Welter hat ausgesagt, dass sie zu viert zum Heim gefahren sind, Molitor und Longen sind reingegangen, haben sich kurz dort aufgehalten und sind dann wieder raus.«

»Was haben die beiden dazu gesagt, warum sie so früh zu Daniel wollten?«, wollte Vanessa wissen.

»Sie sagten, einer der beiden hätte noch etwas mit Daniel zu klären oder so ähnlich. An den genauen Wortlaut konnte sich keiner erinnern. Es schien ihnen auch nicht wichtig gewesen zu sein, sie hatten, dem ersten Anschein nach, mit der Sache nichts zu tun. Sie waren wohl eher ungehalten, dass sie Zeit verloren haben, statt direkt ihre geplante Tour starten zu können.«

»Konnten sie die Zeit eingrenzen?«, fragte Vanessa.

»Das muss kurz vor der Tatzeit gewesen sein. Die beiden anderen sind heute mit einem kleinen Lkw gemeinsam auf dem Weg nach Braunschweig, sie holen dort für Longens Tante ein paar Möbel, die die Tante bei eBay fürs Hotel ersteigert hat. Spätestens morgen früh sind sie zurück, dann melden sie sich bei mir auf dem Handy. Ich war bei der Tante und habe das mit ihr geklärt.«

»Verstehe ich das richtig, das ist die Wirtin, bei der die Eltern unseres Toten abgestiegen sind?«, hakte Vanessa nach.

»Genau. Denen bin ich da auch über den Weg gelaufen. Sie wollten eigentlich heute abfahren, aber der Vater kann kein Auto mehr fahren, so betrunken wie der ist. Ich habe mir den Schlüssel geben lassen, den bekommt er morgen früh wieder, wenn ich sowieso ins

Hotel fahre. Die Mutter war total verheult, ich habe ihr gesagt, wir seien auch bei Gewalt in engen sozialen Beziehungen zuständig. Aber sie hat nur verschreckt den Kopf geschüttelt. Mir schien es, als würde sie gerne noch hierbleiben, solange ihr Sohn noch hier ist, sie würde gerne die Wohnung räumen und in Erinnerungen schwelgen, aber der Vater möchte zurück. Ich schätze ihn so ein, dass seine favorisierte Fußballmannschaft am Mittwochabend auf dem Hartplatz des Dorfes gegen das Nachbardorf spielt und er da nicht fehlen darf. Also am Rand, bestimmt nicht als aktiver Spieler. Fürchterlich unangenehmer Mensch.«

»Ich habe auch den Eindruck, es würde der Mutter sehr guttun, ein paar Tage alleine in Daniels Wohnung zu sein. Sie könnte seine Sachen in Ruhe und ohne den polternden Vater packen und ihren Gedanken nachhängen. Aber ich glaube, genau das will ihr Mann verhindern. Und nur, weil der Sohn homosexuell war.« Vanessa schüttelte verständnislos den Kopf und zeigte auf die Kaffeemaschine, um für beide eine Tasse aufzubrühen.

»Schwul? Der Daniel?«, rief Lieser lauter als erwartet. Er hatte die Tür hinter sich noch immer nicht ganz geschlossen, sah nun erschrocken auf den Flur, ob ihn jemand gehört hatte, und schloss die Tür. Er stellte sich neben Vanessa an die Kaffeemaschine. »Das ist jetzt nicht dein Ernst, oder?«

Vanessa musterte ihren jüngeren Kollegen. »Wo ist das Problem?«

»Na, schwul, hier auf dem Land, das ist sehr wohl ein Problem. Das Heim ist unter kirchlicher Leitung, ich glaube nicht, dass er die Stelle bekommen hätte, wenn das bekannt gewesen wäre.«

Vanessa verschlug es die Sprache. Sie kam selbst nicht von hier, lebte aber jetzt schon rund fünf Jahre in Trier, das sie als Studentenstadt für relativ aufgeschlossen gehalten hatte. Verglichen mit anderen Städten war Trier mit rund hunderttausend Einwohnern natürlich Provinz am Rande der Republik, aber längst nicht mehr so erzkatholisch und konservativ, wie manche ihr die Stadt von früher schilderten. Sie hatte im vergangenen Jahr schon bei ihren Ermittlungen im Hochwald erlebt, dass hier traditionelle Werte im Guten wie im Schlechten noch mehr erhalten geblieben waren als in anderen Gegenden. Aber seitdem sich immer mehr prominente Persönlichkeiten zu ihrer Homosexualität bekannten, hätte sie nicht gedacht, dass das heutzutage noch ein Problem sein könnte.

»Weißt du, also, ich meine, hatte er auch einen festen Freund?«, druckste Lieser herum.

»Ich hatte gehofft, du könntest mir dazu mehr sagen, schließlich kanntest du ihn doch«, antwortete Vanessa.

»Nein, ich bin mir jetzt sicher, dass ich ihn nicht wirklich kannte.«

»Aber wir glauben, dass er bis vor Kurzem einen Freund hatte. Wusstest du davon?«

»Scheiße, nein. Wenn ich das gewusst hätte, wäre ich ja vielleicht darüber gestolpert, dass er nicht ganz normal ist. Also, ich meine ...« Lieser kam ins Stocken.

»Kommissar Lieser, das meinst du jetzt hoffentlich nicht so, wie du es gesagt hast. Wenn ich den Verdacht habe, dass du einzelne Menschengruppen diskriminierst, bist du aus den Ermittlungen draußen, damit das klar ist!«

»Nein, nein, ich selbst habe ja nichts dagegen. Also, ich meine, solange sie mir nicht zu nahe kommen und ich vor denen sicher bin. Aber das könnte natürlich erklären, warum ihn jemand umgebracht hat«, versuchte sich Lieser schwach zu verteidigen.

Es hatte an der Tür geklopft, und Gunter Hermesdorf betrat mit Schwester Clara den Raum. Sie hatten den letzten Satz mit angehört. Gunter musterte Lieser stirnrunzelnd, sagte aber nichts dazu, dass er entgegen seiner Anweisung schon wieder da war. »Du hast neue Erkenntnisse?«

Lieser stotterte herum, bekam aber keinen verständlichen Satz heraus. Gunter sah Vanessa an, die ihm mit Blicken bedeutete, dass sie das Thema in Anwesenheit der Schwester nicht vertiefen könnten. Vanessa hoffte, dass Gunter wieder gehen würde, aber er schien unbedingt seinen aktuellen Ermittlungsansatz mitteilen zu wollen. Er bot Schwester Clara einen Platz an, und Vanessa reichte ihr den Kaffee, den sie gerade für sich gemacht hatte. Lieser strebte eindeutig zur Tür, aber Vanessa lehnte sich dagegen und sah Gunter auffordernd an.

»Schwester Clara, Sie haben mir gegenüber eben einen möglichen Grund angedeutet, warum Daniel getötet worden sein könnte, könnten Sie uns das hier unter acht Augen und vor allem acht Ohren etwas näher erläutern?«, bat Gunter.

Schwester Claras Kaffeetasse ruhte in ihren bewegungslosen Händen in ihrem Schoß. Nur ihre Lippen bewegten sich lautlos, ehe sie den Kopf hob und die Polizisten einen nach dem anderen ansah. »Es fällt mir schwer, darüber zu sprechen. Ich mochte Daniel sehr, er war ein zuverlässiger, aufrichtiger Kollege und ein freundlicher, aufgeschlossener Mensch.«

Lieser wollte ihr ins Wort fallen, aber Vanessa durchbohrte ihn mit Blicken, die ihn verstummen ließen.

»Leider fühlte Daniel sich genötigt, ein Geheimnis zu bewahren, was ihm möglicherweise zum Verhängnis geworden ist.« Wieder verharrte Schwester Clara einen Moment in Stille. Gunter trat von einem Bein auf das andere. »Daniel hat kürzlich eine Phase durchgemacht, die ich recht eindeutig für Liebeskummer gehalten habe. Da er zuvor nichts von einer Freundin erzählt hatte, obwohl ich ihn sonst für offen hielt, habe ich es gewagt, ihn darauf anzusprechen. Daniel brach in Tränen aus, was mir peinlich war, weil ich ihn nicht belasten wollte. Aber er fragte mich, ob für uns Schwestern auch so etwas wie das Beichtgeheimnis gelten würde. Ich versprach ihm, dass unser Gespräch nicht für andere bestimmt sei. Da erzählte Daniel mir, dass er sich als Schüler kurz vor dem Abitur erstmals in einen Mitschüler verliebt habe. Also ich meine, in einen männlichen Mitschüler. Damals sei er sich seiner Gefühle nicht sicher gewesen und habe sich dem jungen Mann nicht offenbart. Später habe er einen Freund gehabt, wegen dessen sein Vater ihn aus dem Haus geworfen und quasi aus seinem Leben verbannt habe.« Wieder hielt sie inne.

»Das hatte die Mutter mir gegenüber auch angedeutet«, bestätigte Vanessa, um Schwester Clara den Druck zu nehmen, ein Geheimnis auszuplaudern.

Schwester Clara lächelte sie dankbar an. »Daniel erzählte mir also, dass er einen Freund gehabt habe, dessen Namen er mir aber nicht verraten hat. Er sagte, der andere habe Schluss gemacht, weil Daniel ihm zu filigran sei, zu weich, zu unmännlich. Ich selbst muss sagen, es war das, was mir an Daniel zuerst als angenehm aufgefallen ist. Er hat dieses »Mannsen«, wie es hier in der Gegend heißt, dieses Machogehabe einfach nicht nötig gehabt. Er konnte mühelos die alten Menschen heben und betten, er konnte sich bei den Angehörigen der Bewohner Gehör verschaffen, wenn sie uns Frauen nicht ernst genommen haben ...«

»Das klingt nach von Beutz junior«, warf Gunter ein, und Schwester Clara erlaubte sich ein bestätigendes Lächeln.

»Oder nach meinem Schwiegervater in spe«, ergänzte Lieser.

»Die Gründe, die Daniel mir genannt hat, klangen eher nach vorgeschobenen Argumenten. Ich hatte vielmehr den Eindruck, sein Partner habe nicht zu seiner Homosexualität gestanden. Vielleicht war Daniel sein erster männlicher Partner, und er hatte Angst vor seiner eigenen Courage. Hätte ich geahnt, dass ich mit Daniel nie wieder darüber würde sprechen können, hätte ich sicher näher nachgefragt.« Sie stellte den Kaffee, der inzwischen kalt geworden war, auf den Tisch und blickte in die Runde.

»Das ist das gleiche Thema, das ich gerade mit Kommissar Lieser hatte. Können Sie sich vorstellen, was für ein Typ dieser Mann gewesen sein kann, hat Daniel Andeutungen gemacht, aus welchem Umfeld er kommt?

Irgendetwas, was uns weiterhelfen kann?«, hoffte Vanessa.

Die junge Frau schüttelte kaum merklich den Kopf. »Es schien mir, als sei es Daniel sehr wichtig, dass ich nicht weiß, um wen es sich handelt. Mir kam der Gedanke, dass er die Anonymität des Mannes wahren wollte, weil ich ihn möglicherweise kenne. Was natürlich den Kreis der Menschen sehr einschränken würde, weil ich nicht viele Menschen außerhalb des Heimes kenne.«

Gunter wandte sich an Lieser: »Lass dir bitte von der Heimleitung eine Liste aller männlichen Mitarbeiter geben, auch Teilzeitkräfte, die vielleicht nur als Gärtner oder so im Heim arbeiten. Sollte es Zivildienstleistende gegeben haben, die noch nicht so lange fertig sind, brauche ich auch die Namen. Oder Männer, die ein freiwilliges soziales Jahr ableisten, eventuell aber auch externe Firmen, also Lieferanten, Wäscherei oder so.«

Lieser schien froh zu sein, etwas zu tun zu bekommen, und verließ diensteifrig den Raum. Vanessa sah sehnsüchtig zum Fenster, aber Schwester Clara schüttelte den Kopf. »Dieses Haus hat Ohren. Man kann kaum ein Geheimnis bewahren, ich wundere mich, wie Daniel das geschafft hat. Es muss eine große Belastung für ihn gewesen sein. Man könnte zwar denken, diese alten Menschen hören nicht mehr gut, hier kann man sich ungestört unterhalten, aber sie hören alles, was sie nicht hören sollen. Und wenn nicht die Bewohner, dann ihre Angehörigen. Oder ...«, sie stockte.

»Gibt es Missgunst unter den Kollegen?«, fragte Vanessa nach.

Schwester Clara wand sich.

Gunter hakte ein: »Schwester Clara, wir erwarten nicht, dass Sie irgendjemanden denunzieren, aber unsere Aufgabe ist es, jede noch so kleine zwischenmenschliche Missstimmung wahrzunehmen und zu deuten. Ich denke da zum Beispiel an Schwester Grazyna, die doch meines Wissens Polin ist, nicht wahr?«

Die Ruhe der jungen Nonne wirkte gestört, sie rutschte auf ihrem Stuhl ganz nach vorne, als wolle sie jeden Moment aufspringen.

»Bitte entspannen Sie sich, wir möchten niemandem etwas anhängen, wir brauchen nur Fakten«, versuchte Vanessa sie zu beruhigen.

Gunter ergriff wieder das Wort. »Ich habe gehört, dass Homosexualität in Polen in der Generation noch immer fast ein Tabuthema ist. Außerdem weiß ich, dass Grazyna unbedingt einem Verwandten einen Arbeitsplatz im Heim verschaffen wollte. Könnte es da einen Zusammenhang geben? Wie standen die beiden Ihrer Meinung nach zueinander?«

»Grazyna macht ihre Arbeit gut, es unterlaufen ihr keine Fehler. Sie ist etwas ... spröde und nicht so einfühlsam, wie ich selbst es mir für diesen Beruf wünschen würde. Aber Sie unterstellen ihr, einen Menschen willentlich oder im Affekt getötet zu haben?«

Gunter nahm die kalte, unberührte Tasse, stürzte den Kaffee herunter und bot der Pflegerin eine frische Tasse an, die diese aber dankend ablehnte. »Hören Sie, wir unterstellen gar nichts, wir ermitteln. Und da sind wir für jeden Hinweis dankbar. Manchmal bringen uns die Menschen aus dem täglichen Umfeld eines Toten erst auf eine Fährte, der wir alleine nicht nachgegangen wären.«

»Oder erst zu einem späteren Zeitpunkt«, warf Vanessa ein. »Je früher wir mögliche Verdächtige finden oder auch ausschließen, desto schneller findet die Mutter des Toten wieder ihren Frieden.«

Über Schwester Claras Gesicht huschte ein flüchtiges Lächeln. »Sie verstehen Ihren Job, Sie wissen genau, wo Sie mich packen müssen, damit ich kooperiere. Das möchte ich ja auch, aber nicht zulasten irgendwelcher Menschen.« Der Piepser an Schwester Claras Gürtel gab einen Alarmton von sich. »Bitte entschuldigen Sie mich, ich muss zurück an die Arbeit.« Sie schob den Stuhl unter den Tisch zurück und legte die Hände zusammen. »Seien Sie sicher, ich denke darüber nach und gebe Ihnen Bescheid. Aber spontan würde ich sagen, so kritisch ich Schwester Grazyna auch betrachte, ich traue ihr eine solche Tat nicht zu.« Damit verschwand sie.

»Schwester Veronika hat eine Bewerbung dieses Neffen erwähnt, mal sehen, ob sie die aufbewahrt haben. Ich würde mir den jungen Mann gerne vorknöpfen, ohne diese Grazyna nach der Adresse fragen zu müssen«, sagte Vanessa und eilte ebenfalls aus dem Raum.

Die Kleidung von Josettes Ehemann passte ihm ausgezeichnet. Sie hatte Unterwäsche, eine Hose, ein Hemd und eine Strickjacke für ihn rausgelegt. Nachdem er kurz geduscht hatte, fühlte er sich auch wieder um einiges fitter. Er trottete ins Esszimmer, wo Josette gerade den Braten aufschnitt.

»Lecker, Braten. Danke sehr«, sagte Alwis und setzte sich. »Hast du was mit deinen Haaren gemacht? Die sind heute aber schön.«

»Danke, das ist wirklich lieb von dir«, entgegnete sie sichtlich geschmeichelt und schaufelte eine extra große Portion auf seinen Teller. »Lass dich anschauen. Gut siehst du aus. Wie schön, dass jemand die alten Sachen noch gebrauchen kann. Ich wollte die ja eigentlich immer wegwerfen, habe mich aber nie dazu überwinden können. Was ein Glück! Und, schmeckt es dir?«

»Wunderbar. So was Gutes habe ich ewig nicht mehr bekommen. Das ist aber nicht dein Kaninchen, oder?«

»Welches Kaninchen?«, fragte Josette irritiert.

»Das, was ich draußen im Garten gefunden habe. Das war ganz dreckig, da habe ich es sauber gemacht. Ist ein ganz liebes Tier.«

»Ich habe keine Kaninchen«, sagte Josette. »Mein Nachbar hatte welche, aber sein letztes ist gerade gestorben. Wir haben es hinten bei den Radieschen beerdigt.«

»Ich habe aber ein Kaninchen gefunden«, beharrte Alwis. »Das hat draußen gegraben, oder so. Ich habe es gewaschen und auf die Gartenbank gesetzt.«

»Du hast doch nicht etwa das tote Tier ausgegraben?«, fragte Josette entsetzt. »So was muss man doch merken.«

»Ein ganz liebes Tier. Es hat sich richtig schön streicheln lassen«, entgegnete er.

»Oh Gott, Alwis! Wir müssen das Tier dringend wieder vergraben, bevor mein Nachbar das mitbekommt.«

»Hm. Findest du? Lass uns erst mal fertig essen.«

»Na gut, es ist ja so oder so schon tot. Aber danach bringen wir das wieder in Ordnung.« Sie stocherte mit anscheinend gemindertem Appetit in ihrem Braten.

Gunter und Vanessa saßen zusammen im Auto auf dem Weg zum wenige Minuten entfernten Dorf Fell, wo Marek Barski, der Neffe von Schwester Grazyna, bei seinen Eltern lebte.

»Hat der Staatsanwalt dir den Hausdurchsuchungsbeschluss erteilt?«, wollte Vanessa wissen.

Gunter schnaubte verächtlich. »Er meint, wir könnten doch nicht eine Wohnung durchsuchen, nur weil eine demente, fast blinde Frau Gerüchte gehört hätte, dass ausgerechnet ein Pole angeblich stiehlt. Das war ihm zu konstruiert und unglaubwürdig.«

»Sollte an der Sache also was dran sein, wird er durch unseren heutigen Besuch gewarnt und kann alles beiseiteschaffen. Das klingt ja grandios.«

Vor der Tür stand ein alter, aufgemotzter 3er BMW, den sie schon von Daniels Fotos kannten, aus einem offenen Fenster im oberen Stock dröhnten dumpfe Bässe einer Stereoanlage. Als ihnen ein Mann Mitte zwanzig die Tür öffnete, ging es Vanessa spontan durch den Kopf, wie einfach es heutzutage war, ein Foto am Computer zu bearbeiten, denn das Bewerbungsfoto war sehr vorteilhaft im Vergleich zu dem, was sie vor sich sahen. Der Mann war nur wenig größer als Vanessa, also knapp einen Meter achtzig, wog aber vermutlich etwa das Doppelte. Seine vor der Brust gekreuzten Oberarme, die im straff sitzenden T-Shirt gut zur Geltung kamen, hatten vermutlich mehr Umfang als Vanessas Oberschenkel, er stand breitbeinig in einer Trainingshose mit Hausschuhen an den Füßen in der offenen Tür und fragte sie unfreundlich, was sie wollten. Dies war zweifellos der Mann, den Daniel fotografiert hatte.

»Gunter Hermesdorf, das ist meine Kollegin Kriminalhauptkommissarin Vanessa Müller-Laskowski, dürfen wir hereinkommen?«

»Worum geht es?«, wollte der Koloss wissen, dessen Nase ihm vermutlich einmal bei einer Schlägerei oder einem Boxkampf gebrochen worden war. Unter seinem linken Auge zog sich eine Narbe über die Wange, was auf dem Bewerbungsfoto nicht zu sehen gewesen war.

»Wir hätten eine Frage wegen Grazyna Walkowski«, erklärte Gunter. Vanessa hielt sich im Hintergrund, sie hatte den Eindruck, bei diesem Mann kein Bein auf den Boden bekommen zu können und lieber ihrem männlichen Kollegen die Führung zu überlassen.

Der Mann beugte sich ein wenig nach vorne und sah zum Nachbarhaus. »Grazyna ist nicht da, ihr Auto steht nicht vor der Tür. Was wollen Sie von mir?«

Die Polizisten hatten die Adresse der Angestellten nicht überprüft, sie wussten bislang nicht, dass die Familien in zwei Häusern nebeneinander wohnten.

Gunter hatte sich schnell wieder gefasst. »Wir wollten nicht mit Ihrer Tante sprechen, sondern mit Ihnen. Sie haben sich im Haus Moselruh beworben?«

»Ja, meine Eltern meinten, ich sollte etwas Geld zu Hause abgeben. Ich bin seit fast einem Jahr arbeitslos; wenn das Arbeitslosengeld gekürzt wird, reicht das

Geld nicht mehr für die Rate. Darum habe ich mich beworben, damit das Arbeitsamt zufrieden ist.«

Eine Frau mit einem kleinen Hund kam den Bürgersteig entlang. Als der Hund Marek Barski sah, fing er an zu kläffen, und die Frau wechselte mit ängstlichem Blick die Straßenseite. Von dort rief ein alter Mann herüber, ob Barski die Musik bitte leiser drehen könnte, aber der zeigte dem Nachbarn nur den gestreckten Mittelfinger.

»Hatten Sie sich auch persönlich im Haus Moselruh vorgestellt oder hatten Sie nur Ihrer Tante Ihre Unterlagen mitgegeben?«, fragte Vanessa. Barski machte noch immer keine Anstalten, sie hereinzubitten, und antwortete nicht.

»Entschuldigen Sie, Herr Barski, verstehen Sie Deutsch oder sollen wir einen Dolmetscher einschalten?«, warf Gunter ein.

»Ich habe ihr nur die Bewerbung mitgegeben, mache mir doch nicht noch die Arbeit, selbst dahinzufahren«, brummte Barski, als sei diese Frage alleine schon eine Unverschämtheit.

»Aber Sie kennen das Haus?«,

»Klar, habe meiner Tante schon manchmal geholfen, wenn ein Bewohner gestorben ist und Sachen rausgeholt werden mussten.«

»Ach, haben Sie da alleine gearbeitet oder mit jemandem zusammen? Ich habe gehört, dass es da gelegentlich Helfer gibt«, hakte Vanessa nach.

Auf Barskis massiger Stirn bildete sich ein Schweißfilm.

»Was machen Sie mit den Gegenständen, die Sie aus dem Haus holen? Bringen Sie die zu den Angehörigen oder verkaufen Sie sie in deren Auftrag?«

Barski hatte eindeutig etwas zu verbergen, antwortete Vanessa aber erneut nicht.

»Herr Barski, falls Sie ein Problem damit haben, mit meiner Kollegin zu sprechen, weil sie eine Frau ist, lade ich Sie gerne zu uns ins Präsidium ein, da können Sie sich dann einen männlichen Kollegen aussuchen, mit dem Sie bereit sind zu sprechen«, sagte Gunter hörbar verstimmt.

»Ich verstehe nur nicht, was Sie von mir wollen. Ja, ich kenne das Haus, nein, ich habe mich nicht persönlich vorgestellt, die kennen mich ja«, gab er endlich Auskunft.

»Können Sie sich erklären, warum Sie die Stelle nicht bekommen haben?«, wollte Gunter wissen.

»Was weiß denn ich. Wahrscheinlich haben sie was gegen Ausländer. Ich hätte auch keine Lust gehabt, mit diesem Pinguin arbeiten zu müssen, auch wenn ich die katholische Kirche ziemlich cool finde. Überhaupt, viel zu viele Frauen da, aber keine, mit der man etwas anfangen könnte.«

»Kennen Sie den Pfleger Daniel Mütherthies?«, fragte Gunter, während Vanessa sich völlig im Hintergrund hielt und einen Blick in das Fenster neben der Haustür warf, ohne jedoch etwas Interessantes zu entdecken.

»Ist das der, der jetzt tot ist? Das hat er davon, dass er da arbeitet. Schon gut, dass ich da nicht hin muss«, meinte Barski. Und zu seinem Nachbarn auf der anderen Straßenseite rief er hinüber: »Nur voll die Alten da, die nehmen einem die Luft zum Atmen. Reicht schon, wenn man die zu Hause die ganze Zeit vor der Nase hat.«

Der Nachbar lief rot an, und Vanessa ging zu ihm hinüber und stellte sich vor.

»Kein Wunder, wenn da die Polizei ins Haus kommt«, knurrte der alte Mann und stützte sich auf seinen Besen, mit dem er den Bürgersteig gefegt hatte. »Faules Gesindel, kehrt nicht, macht nur Lärm, denkt, die ganze Straße würde ihm gehören. Damals unter Adolf ...«

Vanessa schnitt ihm das Wort ab. »Ich hoffe, Sie denken noch einmal darüber nach, was Sie gerade sagen möchten, sonst unterhalten wir uns auf dem Polizeipräsidium weiter.«

Der Alte wedelte ein wenig mit seinem Besen hin und her und brummte etwas Unverständliches vor sich hin. »Sie haben ja recht, tut mir leid, das ging zu weit. Aber dieses Gesocks geht mir gegen den Strich. Die kennen nur ihre Rechte, halten sich aber an keine Gesetze. Glauben Sie nicht, dass die mal eine Mittagsruhe einhalten würden. Die mähen den Rasen oder schneiden die Hecke, wann sie gerade Zeit dazu haben. Und da die ja alle nichts schaffen, haben sie zu den unmöglichsten Zeiten zu so etwas Zeit. Aber den Bürgersteig fegen oder Laub rechen, das können sie nicht. Faules Pack.«

Der alte Mann stützte sich etwas gebeugt auf seinen Besen, und Vanessa stellte sich so, dass sie den Blickkontakt zwischen den beiden Männern verhinderte. »Sie scheinen Ihre Nachbarschaft ja ganz gut im Blick zu haben, können Sie mir auch sagen, ob der junge Herr Barski am Sonntagmorgen zu Hause war?«

Der Alte schüttelte den Kopf. »Also, nicht dass Sie jetzt denken, ich würde hier die Nachbarn ausspionieren. Wir sind doch nicht in der DDR.«

»Die es seit fünfundzwanzig Jahren nicht mehr gibt, also etwa so lange, wie Ihr Nachbar alt sein dürfte.«

»Ja, ist ja schon gut. Also, ich achte ja nicht auf so was, aber am Sonntag ist er so gegen neun Uhr hier weggefahren. Er hat seine Sporttasche in den Kofferraum getan und ist weg, ich nehme an, in sein Fitnessstudio oder zum Boxtraining. Aber das werden Sie sicher herausfinden können, oder? Hat er denn etwas angestellt?«

»Das kann ich Ihnen nicht beantworten, Herr ...«, Vanessa schielte auf die Klingel.

»Klären, Helmut Klären«, antwortete der Mann bereitwillig.

»Herr Klären, Ihr Nachbar steht unter keinerlei Verdacht, wir haben ihn nur zu etwas befragt, also machen Sie sich mal keine Sorgen.«

»Sorgen?«, fragte dieser erstaunt. »Hoffnungen, Frau Kommissarin, Hoffnungen. Einsperren sollten Sie den!«

»Na, zum Glück entscheidet sich das ja nicht nach Sympathie oder nicht, sondern danach, ob sich jemand etwas zuschulden kommen lässt«, erklärte Vanessa unmissverständlich und verabschiedete sich. Auch Gunter schien mit dem Gespräch am Ende zu sein und drehte sich gerade zum Auto um.

Vanessa setzte sich hinter das Steuer und atmete tief durch. »Na super, Nazi trifft Feindbild, ist ja richtig nett hier auf dem Land«, stöhnte sie und startete erleichtert den Motor. »Hat er ein Alibi für den Sonntagmorgen?«

»Er sagt, er sei um acht Uhr schon zum Fitnessstudio gefahren, da sei kaum jemand dort gewesen, der das bestätigen könnte. Anschließend habe er einen Boxkampf gehabt«, erklärte Gunter.

Vanessa schmunzelte. »Das ist ja interessant, der unbeteiligte Nachbar, dem es völlig gleichgültig ist, was seine Nachbarschaft so treibt, hat ihn erst um neun Uhr wegfahren sehen. Und das, ohne dass ich ihn nach einer Uhrzeit gefragt hätte.«

»Gut, dann fahren wir jetzt wohl mal zum Fitnessstudio«, erwiderte Gunter und gab Vanessa die Adresse. »Auf die Frage, was er mit Walter von Beutz zu tun hat, ist er übrigens gar nicht eingegangen. Ich habe den Eindruck, da läuft irgendetwas, na, sagen wir Halblegales.«

»Du denkst an Amphetamine oder so?«

Gunter lachte. »Sah dir dieses Adelssöhnchen nach Anabolika aus? Ich weiß nicht, was es ist, aber ich glaube, wir müssen beiden mal auf den Zahn fühlen. Lass die Kollegen vom Rauschgiftdezernat ihn mal checken. Oder am besten beide!«

»Und was hat er zu den Fotos auf Daniels Handy gesagt?«

»Er behauptete, Daniel Mütherthies sei homosexuell und stünde vielleicht auf echte Kerle wie ihn. Dass er Fotos gemacht hätte, hätte er nie bemerkt, vielleicht habe er ihn stalken wollen. Oder die Fotos seinen Freunden zeigen wollen, um sie neidisch oder sogar eifersüchtig zu machen. Für ihn sind Homosexuelle einfach nur Perverse, mit denen er nichts zu tun haben möchte.«

Vanessa lachte verstehend. »Ich weiß schon, was Frau von Beutz damit meint, dass sie sich in seiner Nähe nicht wohlfühlt.«

Das Fitnessstudio war gut besucht für einen späten Montagnachmittag. Gunter und Vanessa wiesen sich aus und fragten nach, wann Marek Barski gestern gekommen sei. Die blonde Schöne mit den perfekt gestylten, unechten Fingernägeln hämmerte auf der Tastatur herum. »Einen Moment bitte«, entschuldigte sie sich und griff zum Telefon. Sie wandte sich ab und sprach aufgeregt in den Hörer. »Wir klären das, mein Kollege kommt gleich«, erklärte sie entschuldigend und wandte sich einer Gruppe korpulenter Damen mittleren Alters zu, die für einen Abnehmkurs eincheckten.

Ein blondierter Hüne mit tätowierten Oberarmen und einem Tattoo entlang der linken Halsseite kam auf sie zu und bat die Polizisten fort von den Studiobesuchern. Er stellte sich als der Betreiber des Hauses vor und wollte in akzentfreiem Deutsch wissen, wie er behilflich sein könne.

Vanessa war wachsam geworden. Sie fragte nicht mehr, wann Marek Barski gestern gekommen sei, sondern ob er dort gewesen sei.

»Wissen Sie, Marek ist einer unserer besten Leute, er trainiert hier für seine Boxkämpfe. Sie dürfen sich das nicht so vorstellen wie bei einem normalen Gast mit einer Zehnerkarte oder einer Mitgliedschaft oder so. Marek geht hier ein und aus, wie er es für seinen Trainingsstand braucht. Darum führen wir auch nicht Buch darüber, wann er hier war. Welchen Zeitraum möchten Sie genau wissen?«

»Schlagen Sie uns eine Zeit vor. Was bieten Sie denn an, wann Marek Barski gestern hier gewesen sein könnte?«, fragte Gunter genervt.

»Sagen wir es einmal so, ich kam kurz vor zehn Uhr, da war Marek schon nass geschwitzt. Bei seiner Kondition passiert das nicht so schnell, also muss er schon einige Zeit trainiert haben.«

»Genauer haben Sie es nicht?«, hakte Vanessa nach.

»Um die Uhrzeit sind an einem Sonntagmorgen nicht so viele Leute da, mit denen Marek normalerweise zu tun hat. Das sind eher die Mütter, die trainieren möchten, bevor ihre Sprösslinge aufstehen. Oder die alten Leute, die nichts mehr im Bett hält. Sabrina kann Ihnen sicherlich gerne raussuchen, wer eingecheckt hatte, aber ich denke, für Adressen und Telefonnummern brauchen Sie einen richterlichen Beschluss, nicht wahr?«, fragte der Hüne mit einem unechten Bedauern.

»Danke, wir wenden uns dann an Ihre Mitarbeiterin, wir möchten Ihre wertvolle Zeit nicht länger vergeuden«, sagte Vanessa genauso unaufrichtig und hielt ihm die Hand zum Abschied entgegen.

»Na bravo, der Nachbar würde ihn allzu gerne reinreißen, und der Sportsfreund würde ihn aus allem rausreißen wollen«, fluchte Vanessa im Auto. »Was hat der Knabe zu verbergen?«

Gunter steckte gerade sein Handy ein und antwortete: »Ich habe mit den Kollegen gesprochen, dass sie uns alle Informationen, die es über Marek Barski gibt, sofort zusammenstellen sollen. Sie werden sich hoffentlich bald melden.«

»Wollen wir in der Zwischenzeit mit seiner Tante sprechen, bevor die beiden sich abstimmen können?«, schlug Vanessa vor.

»Ich schätze, das Gespräch wird ähnlich ergiebig sein wie das Gespräch mit dem Junior, aber wir können es versuchen.«

Schwester Grazyna war nicht mehr im Heim, sie hatte die Pflegedienstleiterin gebeten, früher gehen zu dürfen, weil sie am vorhergehenden Tag so lange hatte arbeiten müssen. Die Leiterin hatte zwar deutlich gemacht, dass sie kein Verständnis für diese Haltung habe, weil alle viel hatten arbeiten müssen und alle erschöpft waren, aber sie deutete an, aus der Vergangenheit zu wissen, dass sich Grazyna alternativ krankmelden würde, so ginge es wenigstens von ihrem Überstundenkonto ab.

Erika Lorenz saß auf einem Sofa vor ihrer Zimmertür und murmelte wie immer ein Gebet vor sich hin. Als sie Vanessa sah, hielt sie ihr die Hand entgegen und krallte sich in ihren Unterarm. »Sagen Sie, wie geht es denn dem jungen Pfleger? Der ist doch gestern verletzt worden, geht es ihm wieder besser?«, fragte sie tief besorgt.

»Nein, Frau Lorenz, tut mir leid«, antwortete Vanessa hilflos.

»Und der Mann, der noch nicht so lange hier wohnt, ist der wieder da?«, fragte die alte Frau nun eher gleichgültig. »Ich habe diesen knurrigen Gisbert heute schon gesehen, ist der also wieder da? Mir wäre es lieber gewesen, der andere wäre wieder da und Gisbert wäre weggeblieben.«

»Waren die denn beide weg?«, hakte Vanessa nach. »Oder meinen Sie den Ewald Braun, der war meines Wissens weg.«

»Jaja, der Ewald, der ist dauernd weg. Das war bei dem, ach, ich komme nicht mehr auf den Namen, da war das auch so. Aber das ist gefährlich. Wenn die Leute zu häufig weglaufen, werden sie irgendwann weggesperrt.« Sie zog Vanessa an ihrem Ärmel ganz nah an ihren Mund und flüsterte: »Dann kommen sie in den ersten Stock. Und da kommen sie normalerweise nicht mehr raus. Aber vielleicht sind sie da dem Himmel ein Stückchen näher. Armer Ewald, der muss bestimmt auch bald in den ersten Stock.«

»Können denn Ewald und Alwis zusammen weggegangen sein?«, fragte Vanessa.

Die alte Frau schüttelte energisch den Kopf. »Nein, der Ewald war doch schon vor dem Frühstück weg, darum waren die Pflegerinnen doch alle weg. Und da war der neue Mann noch da. Wie sagen Sie, heißt der?«

Schwester Veronika kam vorbei und streichelte Erika Lorenz über den Kopf. »Der Erika geht es heute richtig gut, sie hat heute einen ihrer klaren Tage. Erika ist ein sehr fürsorglicher Mensch, und heute hat sie viel Gelegenheit, sich Gedanken um andere Menschen zu machen. Das tut ihr gut.« Sie ging weiter zum Zimmer von Hedwig Stülb, aus dem man laute Rufe hören konnte, als Schwester Veronika die Tür öffnete: »Mama, Mama, ich bin fertig, wann kommst du mich denn endlich holen?«

»Ich bin schon da«, beruhigte Veronika die alte Frau, und Vanessa schüttelte sich vor Unbehagen.

Gunter Hermesdorf zog Vanessa in Richtung Besprechungszimmer.

»Erika Lorenz hat zwar heute ihren klaren Tag, das nutzt uns aber auch nichts«, sagte Vanessa resigniert und folgte Gunter.

»Charlotte kommt gleich dazu, sie spricht mit diesem Gisbert Scholtes. Michael Lieser ist schon im Besprechungszimmer.«

Lieser hatte eine Stellwand organisiert, auf der sie ihre Ergebnisse zusammenfassen konnten. Dort hingen eine gedruckte Liste aller Heimbewohner sowie aller Angestellten und eine handgeschriebene Liste mit Lieferanten, Gelegenheitsarbeitern und Servicepersonal wie Fahrdienste und Wäscherei. Gunter tippte auf die letzte Liste. »Warum fehlt da Marek Barski? Und wer davon ist dieser Neffe der Hotelbesitzerin?«, wollte er wissen.

»Christian Longen ist der Neffe. Warum Barski fehlt, weiß ich nicht, ich erkundige mich gleich mal«, bot Lieser an.

»Hast du schon nachgehört, ob Mütherthies Probleme mit irgendjemandem im Haus hatte? Das können auch Angehörige von Bewohnern sein. Frag bitte insbesondere nach Walter von Beutz. Wir haben ihn kennengelernt, und er war etwa zur fraglichen Zeit im Haus«, forderte Vanessa den Kollegen auf, bevor er den Raum verließ.

Lieser und Charlotte gaben sich die Klinke in die Hand.

»Seid ihr schon fertig?«, fragte die Psychologin erstaunt.

»Nein, nein, uns fehlen ergänzende Angaben. Hast du etwas Neues für uns?«, hoffte Vanessa.

»Ich habe mit diesem Gisbert Scholtes gesprochen. Ich habe den Eindruck, ihm fehlt jegliches Zeitgefühl. Er erinnert sich daran, dass mit Daniel etwas passiert ist, aber er dachte, das sei etwa eine Woche her. Wir müssen jetzt herausfinden, ob es tatsächlich vor ein paar Tagen schon einen Übergriff auf Daniel gab oder ob Scholtes es zeitlich falsch einordnet. Im Speisesaal sprachen ja mehrere davon, dass es immer wieder Streit gäbe, vielleicht haben wir das bislang nicht ernst genug genommen«, räumte Charlotte ein. »Ich dachte, es ginge um das normale Gerangel, wenn viele Individualisten zusammenleben, aber vielleicht stecken noch mehr Konflikte dahinter. Habt ihr schon eine Vertrauensperson herauskristallisiert, die wir hierzu befragen können?«

»Ich setze auf Schwester Clara. Sie bemüht sich sehr um Objektivität. Ich bin erstaunt, wie tolerant sie mit Daniels Homosexualität umgeht, obwohl ihre Kirche da ja durchaus eine andere Meinung vertritt«, meinte Gunter.

»Schwester Veronika muss neben allem Stress auch noch den neuen Mitarbeiter einweisen, sie kommt heute absolut an ihre Grenzen«, sagte Vanessa.

»Hat eigentlich jemand nachgeforscht, wo dieser junge Mann so plötzlich herkommt? Es stellt sich ja bei jedem nicht natürlichen Todesfall die Frage, wer einen Nutzen daraus zieht. Und bei ihm sehe ich durchaus einen Vorteil«, warf Gunter ein.

»Ich gebe die Frage gleich an Michael weiter, der arbeitet ganz gut mit der Heimleitung zusammen«, schlug Vanessa vor.

In dem Moment öffnete sich die Tür und Lieser betrat wieder den Raum, in der Hand einen Teller mit trockenem Kuchen. »Den hat Schwester Veronika mir in die Hand gedrückt. Guten Appetit, Kollegen«, sagte er und stellte den Kuchen auf den Tisch, bevor er sich der Stellwand zuwendete. »Also, erstaunlicherweise hat niemand bislang davon gehört, dass der Neffe von Schwester Grazyna hier im Haus hilft. Er scheint persönlich bekannt zu sein, aber nicht unbedingt im Positiven, daher war die Heimleitung auch sehr erstaunt, als diese Bewerbung kam.«

»Das heißt doch im Klartext, es war von vorneherein zu erwarten, dass er eine Absage bekommen würde. Warum war es Grazyna dann so wichtig, ihn immer wieder ins Gespräch zu bringen?«, überlegte Vanessa laut. »Und was heißt, er war nicht positiv bekannt?«

»Die Heimleiterin hat sich nicht so konkret dazu äußern wollen, es klang so, als habe er hier mal etwas mitgehen lassen«, deutete Lieser an.

»Das klingt nach einer sehr individuellen Form von Umzugshelfer«, merkte Gunter zynisch an. »Ich denke, wir sollten morgen zeitgleich mit seiner Tante und ihm selbst sprechen. Charlotte, es wäre vielleicht gut, wenn du mit mir morgen nach Fell zu Barski fahren würdest. Er spricht nicht gerne mit Frauen, vielleicht ist das ja aus deiner Sicht spannend.«

Charlotte nickte wissend.

»Soll ich vielleicht lieber mitkommen?«, bot Lieser an.

»Ich überlege mir, ob ich euch beide morgen hinschicke. Ich weiß noch nicht, ob es hilfreicher ist, wenn du völlig unvorbelastet mit ihm sprichst oder ob ich besser an unser heutiges Gespräch anknüpfe.« In diesem Moment brummte Gunters Handy, und er überflog die Nachricht der Trierer Kollegen. »Ich glaube, ich möchte morgen selbst mit ihm sprechen. Er ist mehrfach aufgefallen wegen Verstoßes gegen das Betäubungsmittelgesetz, kleinerer Diebstähle, Verdacht auf Hehlerei«, las er vor.

»Hehlerei? Könnte da also doch die Verbindung zum Heim zu finden sein?«, überlegte Vanessa. »Ob wir unter den Umständen vielleicht doch den Durchsuchungsbeschluss bekommen?«

»Wir werden morgen früh diesen Motorradfahrern auf den Zahn fühlen müssen. Einer davon ist ja Christian Longen, der ebenfalls als Umzugshelfer in Erscheinung getreten ist. Mal sehen, ob die beiden unter einer Decke stecken«, schlug Gunter vor.

»Ich kenne Longen, vielleicht sollte ich mit ihm sprechen«, bot Lieser an.

»Unser Problem ist, dass in diesem Fall die Zeit so drängt«, warf Gunter ein. »Wir haben noch immer kein

Lebenszeichen von Alwis Schlöder. Die alten Leute verlieren jeden Tag ein Stückchen mehr von ihrem Gedächtnis. Wir müssen Schwester Grazyna und ihren Neffen zugleich verhören, die Motorradfahrer ebenfalls zeitgleich, und dann sehen, dass wir hier wieder rauskommen, damit wieder Alltag einkehrt.«

Vanessa nickte. »Was mir in diesem Fall viel mehr ausmacht, ist die menschliche Komponente an dem Ganzen. Ich merke, dass ich einfach nicht fürs Sozialwesen geschaffen bin. Diese alten Leute haben alle ihre netten Seiten, aber ich fühle mich, als würde ich schon mit einem Bein im Grab stehen, wenn ich den ganzen Tag von diesen Menschen umgeben bin. Gestern Abend bin ich zu Hause in die Küche gelaufen und wusste nicht mehr, was ich holen wollte. Da stand ich kurz vor einer Panikattacke und dachte, jetzt fängt es bei mir auch schon an.«

Die Kollegen lachten befreit auf, aber den Blicken war anzusehen, dass jeder von ihnen schon ähnliche Gedanken gehabt hatte.

Charlotte warf ein: »Bevor ihr jetzt Angst bekommt, Demenz ist nicht ansteckend. Ihr braucht also keine Befürchtungen zu haben, dass ihr auch dement werdet, wenn ihr zu viel Zeit mit diesen Menschen verbringt. Es sei denn, es dauert noch mehr als zwanzig Jahre.«

»Ich kenne die Leute hier ja ein bisschen, weil ich ab und zu schon mit meiner Freundin zusammen ihre Oma besucht habe«, erzählte Lieser ungewohnt offen. »Ich bin auch immer froh, wenn ich wieder draußen bin. Ich kann mir gar nicht vorstellen, dass man einen Pfleger umbringen sollte, um an so einen Job zu kommen, noch dazu, wo er auch noch denkbar mies bezahlt ist.«

»Sagt mal, ich habe um achtzehn Uhr einen Besichtigungstermin für eine Wohnung in Trier, schaffe ich den ausnahmsweise oder muss ich schon wieder absagen?«, fragte Vanessa.

Alle sahen auf die Uhr, es war kurz nach fünf.

»Ich denke, du solltest pünktlich da sein können, morgen müssen wir aber wirklich früh anfangen. Sollte der Hubschrauber bis heute Abend immer noch nichts finden, müssen morgen früh noch einmal Suchmannschaften raus. Die Kollegen aus Wittlich sind mit einer Hundertschaft unterwegs. Sie haben ein gestohlen gemeldetes Auto gefunden, einen entlaufenen Hund und einige Fässer illegal entsorgtes Altöl, aber leider gibt es keinerlei Spur von Alwis Schlöder«, zählte Gunter auf.

»Ich habe mit den Kollegen von der Öffentlichkeitsarbeit gesprochen, morgen erscheint ein Suchaufruf im *Trierischen Volksfreund,* in den Radionachrichten und im *Wochenspiegel.* Die *Landesschau Rheinland-Pfalz* im Südwestrundfunk ist auf die Sache aufmerksam geworden und wäre bereit, einen Bericht zu bringen, aber das geht frühestens am Donnerstag«, erzählte Charlotte. »Ich hoffe doch stark, dass wir ihn bis dahin lebend gefunden haben. Zum Glück ist seine Familie nach der ersten Aufregung jetzt eher stoisch und verlässt sich auf uns.«

»Hat einer von euch noch einmal mit Frau von Beutz gesprochen?«, fiel es Vanessa in dem Zusammenhang ein. »Sie ist noch recht klar im Kopf, war aber zu dem

Zeitpunkt des Todesfalls nicht im Haus. Vielleicht hat sie trotzdem Verknüpfungen untereinander mitbekommen, auf die wir sie nur stoßen müssten.«

Alle schüttelten den Kopf.

»Dann gehe ich ...«, begann Vanessa, aber Gunter schnitt ihr das Wort ab. »Du hast einen Termin. Wenn du nicht bald eine Wohnung findest, sitzt du auf der Straße, und ich weiß nie, wo ich dich gerade abholen soll, wenn wir zusammen zu einem Einsatz fahren müssen. Also gehst du jetzt nur noch zu deinem Auto. Charlotte kann Frau von Beutz befragen, sie hat ja schon einmal mit ihr gesprochen.«

»Wo hast du denn heute eine Besichtigung?«, wollte Charlotte wissen.

»In der Merianstraße, direkt zwischen Mosel und Porta Nigra sozusagen.«

»Dann viel Erfolg«, wünschten alle.

»Danke, Kollegen. Dafür bringe ich morgen auch Brötchen mit. Halb acht, reicht das?«

Vor der Tür hörte sie Gesang aus dem Speisesaal. Der neue Pfleger kam Vanessa mit Hedwig Stülb im Rollstuhl entgegen. Sie hatte eine Kette aus Weinlaub um den Hals hängen und hielt ein Glas in der Hand. Auf ihrem dünnen, weißen Haar prangte ein kleines Plastikdiadem aus dem Fastnachtsfundus. Sie strahlte Vanessa an, prostete ihr zu und erklärte überschwänglich: »Ich bin jetzt Weinkönigin. Und er hier«, sie zeigte hinter sich auf Kai, »er ist mein Hofstaat. Und ich muss jetzt mal für kleine Prinzessinnen.« Dabei kicherte sie wie ein kleines Mädchen. Vanessa hörte hinter sich, wie Hedwig Kai anwies, vor einer Zimmertür stehen zu bleiben, und laut überlegte, ob die Frau auf dem Foto wohl sie selbst sein könnte und dies somit ihr eigenes Zimmer sein könnte.

Heinrich Ruppenthal, der pensionierte Studienrat, stampfte Vanessa entgegen und grummelte, das sei alles nur banaler Firlefanz, eine Schande, mit solchem Stumpfsinn von seiner eigenen essenziellen Arbeit abgehalten zu werden. Er knallte eine Tür hinter sich zu, und im Weitergehen überlegte Vanessa, dass das nicht sein Zimmer war, in dem er gerade verschwunden war.

Vanessa war sich sicher, dass sie noch nie zuvor in der Merianstraße gewesen war. Sie sah sich um. Die Straße, die zwischen den viel befahrenen Verkehrsadern Lindenstraße und Ausoniusstraße vom Moselufer Richtung Innenstadt führte, war erstaunlich leise und würde im Sommer angenehm grün sein, was man jetzt im März nur erahnen konnte. Villenartige Stadthäuser prägten das Straßenbild, und Vanessa konnte sich gar nicht entscheiden, wo sie am liebsten wohnen würde.

Vanessa drückte auf die Klingel der angegebenen Adresse und wartete auf den Türsummer, dann ging sie die großzügige Holztreppe in den ersten Stock hinauf, wo sie von der Vermieterin freundlich begrüßt wurde. Die ältere Frau erklärte, sie müssten noch zwei Minuten warten, sie habe noch einen Interessenten aus

Luxemburg, der gerade angerufen habe. Er stünde noch auf der Bitburger im Stau, müsse aber jeden Augenblick da sein. Während sie warteten, erklärte die Dame, nach einer Knieoperation bereite ihr das Treppensteigen Probleme, darum habe sie sich eine ebenerdige Wohnung gesucht. Vanessa ließ die geräumige Diele auf sich wirken, als es klingelte. Die Vermieterin humpelte zur Tür und betätigte den Drücker. Die Stimme im Treppenhaus kam Vanessa bekannt vor, und wenige Augenblicke später sah sie sich Johannes Nert gegenüber.

»Nein, jetzt sag nicht, wir stehen in Konkurrenz um diese Wohnung«, platzte Johannes heraus.

»Kommen Sie beide erst einmal mit und sehen Sie sich in Ruhe um«, bat die Vermieterin und führte sie durch die großen, hellen Räume. Die Loggia begeisterte Vanessa, während Johannes das Bad bewunderte, das vor nicht allzu langer Zeit im alten Stil neu gemacht worden war. Und auch die Küche war ein Traum.

»Ich dachte, es hätte drei Zimmer, Küche, Bad in der Anzeige gestanden, da ist doch noch ein viertes Zimmer?«, fragte Vanessa die alte Dame.

»Ach, der Raum hat ja nur rund zehn Quadratmeter, den haben wir nie richtig genutzt. Das war unser Ankleidezimmer, also nicht viel mehr als ein begehbarer Kleiderschrank. Darum habe ich ihn gar nicht erwähnt«, erklärte die Vermieterin bescheiden. »Ich möchte ja nur, dass jemand die Wohnung in einem guten Zustand erhält und ich eine zuverlässige Miete erhalte, damit ich mir eine nette Wohnung mieten kann. Ich könnte ja auch verkaufen, aber in der Merianstraße verkauft man nicht. Mein Sohn möchte, dass ich die Wohnung unbedingt behalte, als Kapitalanlage, wie er sagt. Ich habe ja keine Ahnung davon, ich möchte nur, dass sie nicht verwohnt wird.« Und leutselig fragte sie: »Und Sie beide würden dann hier einziehen?«

»Nein, nein, ich würde hier alleine einziehen, wobei die Wohnung für einen alleine fast zu groß ist«, erklärte Vanessa.

Johannes knuffte sie in die Seite und zog sie zur Loggia. »Wenn du die Wohnung nicht nimmst, nehme ich sie. Die Wohnung ist ein Traum, die Miete muss ein Versehen sein; das hier ist ein Sahnestückchen, wie man es nie wieder bekommt.«

»Kinder haben Sie keine?«, fragte die nette Frau.

»Nein«, sagte Vanessa, während Johannes zeitgleich »doch« sagte.

»Ich würde ja lieber an eine Familie mit Kindern vermieten. Also, nicht mit kleinen Kindern, die die Wohnung nicht zu schätzen wissen, aber ältere Kinder ...«

»Mein Sohn ist siebzehn«, erwiderte Johannes und erntete einen bösen Blick von Vanessa.

»Moment, wer von Ihnen wollte jetzt die Wohnung nehmen?«, fragte die Wohnungseigentümerin verwirrt nach.

»Ich«, antworteten beide wie aus einem Mund.

Die alte Dame lächelte freundlich. »Na, dann ist ja alles klar. Wann könnten Sie denn einziehen?«

»Moment, können wir uns bitte kurz darüber austauschen?«, bat Vanessa und zog Johannes in das bisherige Schlafzimmer. »Jetzt haben wir ein Problem. Ich sehe mich schon in der Küche stehen und abends in der

Loggia auf einer Chaiselongue nach Feierabend ...«, wisperte Vanessa aufgeregt.

»Du hast doch gehört, sie möchte an eine Familie mit Kind vermieten, das hast du leider nicht zu bieten. Aber wir haben hier so viel Platz, wir könnten gut zu dritt ...« Johannes ließ die Idee in der Luft stehen.

»Zu dritt?«, fragte Vanessa entgeistert.

»Spricht etwas dagegen?«, fragte Johannes und nahm Vanessa charmant in den Arm. »Ich kann mir gut vorstellen, mit dir zusammen eine Wohngemeinschaft zu gründen. Das kommt jetzt vielleicht etwas überraschend, aber wenn ich das richtig verstanden habe, musst du kurzfristig etwas finden, und ich möchte auch endlich wieder eine eigene Wohnung einrichten, bevor Jonas aus Amerika zurückkommt. Ich meine, wir können uns diese Wohnung auf keinen Fall entgehen lassen. Lass uns die Wohnung nehmen, wer dann letztlich hier wohnt, können wir in den nächsten Wochen klären.«

Vanessa schnappte nach Luft, wehrte sich aber nicht gegen Johannes' Umarmung. Sie ließ den Blick schweifen, und Wehmut schlich sich in ihre Augen.

»Sieh mal, die Miete ist für einen alleine schon noch viel Geld, aber für zwei Einkommen ein absolutes Schnäppchen. Ich kann gerne bis zum Beginn des Schuljahres mit Jonas in Hellersberg bleiben, und du richtest dich schon mal langsam, natürlich mit unserer Hilfe, ein. Und zum neuen Schuljahr, also in ein paar Wochen, komme ich dann mit Jonas dazu. Wäre das nichts für dich?« Vanessa sah in Johannes' Gesicht, und zum ersten Mal gestand sie sich innerlich ein, dass sie das Alleinsein satt war und dankbar wäre, abends nicht mehr in eine leere Wohnung zu kommen, sondern noch mit jemandem reden und essen zu können.

Sie schlenderte zurück in das geräumige Wohnzimmer und sah sich um. Die Wohnung war sehr geschmackvoll eingerichtet, so ähnlich wollte sie es auch gerne haben. Die Lampen an den Stuckrosetten, das hohe Bücherregal, sie stellte sich vor, wie sie die Loggia mit gemütlichen Stühlen ausstattete ... Vanessa hatte das Gefühl, wenn sie diese Wohnung nicht nehmen würde, wäre jede Alternative nur die zweitbeste Lösung.

»Und, Kindchen? Wann können Sie einziehen?«

»Am liebsten heute noch«, bekannte Vanessa. »Also, einer von uns nimmt die Wohnung auf jeden Fall.«

»Ach, ich dachte, Sie ziehen zusammen hier ein, die Wohnung ist so schön für eine Familie. Und was meint der junge Mann dazu?«

Johannes gesellte sich zu ihnen und ließ den Blick genauso begeistert schweifen wie Vanessa. »Es liegt nur an Frau Müller-Laskowski, wer von uns beiden den Mietvertrag unterschreibt. Und in der Anzeige stand zum ersten Mai?«

»Ich bin ab nächster Woche vier Wochen auf einer Kreuzfahrt unterwegs, danach ist meine neue Wohnung bezugsfertig. Die großen Möbel passen nicht alle in meine neue Wohnung, sie sind viel zu wuchtig für normal hohe Decken. Mein Sohn möchte sie verkaufen.«

Vanessa betrachtete die Möbel und bot sofort an, einiges davon zu übernehmen. Auch die Gardinen waren erstaunlich geschmackvoll, vieles konnte so bleiben, die Lampen sowieso. »Haben Sie einen Mietvertrag da?«, fragte Vanessa, aber die alte Frau verneinte.

»Gut, ich gehe nach Hause und drucke einen Vertrag aus dem Internet aus, wir sind in zwei Stunden wieder da. Sie brauchen niemanden sonst mehr in die Wohnung zu lassen«, bat Vanessa inständig.

Als sie die Treppe hinuntergingen und die alte Dame ihnen freundlich hinterherwinkte, strich Vanessa zärtlich über den Handlauf im Treppenhaus und fasste den Entschluss, auf keinen Fall auf die Wohnung zu verzichten. Sie hatte noch nie in einer Wohngemeinschaft gelebt, warum sollte sie es nicht mit achtunddreißig zum ersten Mal im Leben ausprobieren.

Johannes ließ den Blick die Straße entlangschweifen und wollte Vanessa zu ihrem Auto begleiten.

»Lass uns bitte zu Fuß zu mir gehen und einen Vertrag ausdrucken. Ich kann beim Gehen besser denken, als wenn ich jetzt fahren muss«, schlug Vanessa vor, und gemeinsam gingen sie in Richtung Porta Nigra.

»Ich habe so lange den Schein einer heiligen, äh, heilen Familie gewahrt«, gestand Johannes. »Ich habe mich jahrelang an Konventionen gehalten. Tagsüber bin ich Banker, also so etwas richtig Traditionelles. Meinst du nicht, es wäre an der Zeit, mal etwas Unkonventionelles zu machen?«

»Das kommt alles ein bisschen plötzlich«, wandte Vanessa ein.

»Was spricht ganz objektiv dagegen?«

Vanessa löste die Haarspange, mit der sie den ganzen Tag ihre langen, roten Haare aufgesteckt hatte, und schüttelte ihren Kopf, dass die Haare flogen. »Objektiv spricht tatsächlich nichts dagegen. Subjektiv auch nicht, bevor du fragst. Aber ich bin nicht ganz sicher, ob ich das kann.«

»Hast du Angst vor mir?«, fragte Johannes, aber Vanessa verneinte lächelnd. »Wir haben in Hellersberg schon zweimal unter einem Dach geschlafen, und ich habe deinen Freiraum respektiert. Das kann ich gerne auch in Zukunft tun. Aber wir wären dumm, wenn wir diese Wohnung nicht nehmen. Und Jonas und du, ihr werdet super miteinander auskommen, daran habe ich keinen Zweifel. Er hat zum Glück mehr Eigenschaften von seinem Opa Hajo als von seinen Eltern geerbt – und mit meinem Vater kommst du ja prima zurecht. Es dauert nicht mehr lange, bis er achtzehn ist, in zwei Jahren macht er sein Abitur, dann wird er Trier vermutlich sowieso verlassen. Und keine Angst, Jonas braucht keine Ersatzmutter. Der hatte nie eine Mutter, die sich um ihn gekümmert hat, der ist sehr selbstständig und genügsam.«

»Aber was soll er von uns denken, wenn er nach einem Jahr nach Hause kommt, seine Eltern haben sich in der Zwischenzeit getrennt, und er wird mit einer Frau konfrontiert, die er noch nie zuvor gesehen hat, mit der er aber plötzlich zusammenleben soll«, wandte Vanessa ein.

»Jonas wird dich mögen, da bin ich sicher«, beteuerte Johannes. »Und ich denke, es ist ein Wink des Schicksals, den wir nicht einfach übersehen können. Die Wohnung ist ideal für drei Personen. Ich nehme auch freiwillig das kleine Zimmer, du kannst dir aussuchen, welches du als Schlafzimmer nehmen möchtest, und Jonas bekommt den dritten Raum. Die Möbel sind teilweise antik und richtig schön gearbeitet, die Küche und das Bad ziemlich neu. Ich hatte den Eindruck, Geld war der Frau nicht wichtig, höchstens dem Sohn.«

»Aber trotzdem müssen wir erst einmal Jonas fragen, was er dazu meint«, beharrte Vanessa.

»So nüchtern, Frau Hauptkommissarin?«

»Nein, nur völlig überrumpelt. Ich genieße es, mit dir zusammen zu sein, aber ich bin nicht sicher, ob ich echtem Familienleben gewachsen bin. Außerdem hatte ich gedacht, dass ich den Mann, mit dem ich zusammenziehe, besser kennen sollte. Ich bin eigentlich kein Typ für Wohngemeinschaften.«

»Da gibt es doch eine ganz einfache Lösung. Wir mieten diese Wohnung zum ersten Mai, und bis dahin verbringen wir einfach möglichst viel Zeit miteinander. Wenn wir dann zusammenziehen, kommt es dir völlig selbstverständlich vor.« Inzwischen waren sie durch die Allee bis zur Porta Nigra gegangen.

»Lass uns bitte unter der Porta durchgehen, ich liebe diesen Weg.«

»Von mir aus können wir hier jeden Tag durchgehen«, lachte Johannes, umarmte Vanessa und küsste sie flüchtig auf die Wange. »Auf eine gute Wohngemeinschaft, Frau Nachbarin.«

»Erst fragen wir Jonas«, warf sie ein, griff nach Johannes' Hand, und sie gingen zusammen die Simeonstraße in Richtung Hauptmarkt entlang.

Dienstag

Als Alwis aufwachte, wusste er nicht, wo er war. Er stand auf und sah sich um. Der Raum kam ihm bekannt vor, er musste im Esszimmer sein. Vermutlich war er beim Abendessen eingeschlafen. Alwis streckte sich und machte sich auf den Weg zur Toilette. Bereits bei der zweiten Tür hatte er Glück. Während er sein morgendliches Geschäft verrichtete, fiel ihm auf, dass er sich nicht in seinem eigenen Bad befand. Hatte er etwa auswärts übernachtet? Dann sollte er sich besser erkenntlich zeigen. Er wusch sich die Hände und verließ das Bad. Ihm kam eine Idee. Er würde zum Dank Frühstück machen. Kein normales Frühstück, nein, ein richtig gutes sollte es werden. Also ging er in die Küche, um das Essen vorzubereiten.

»Lange her, dass wir zuletzt zusammen gefrühstückt haben«, meinte Charlotte, als Vanessa mit der Brötchentüte das Besprechungszimmer betrat.

»Oh ja, das erinnert mich an unsere Zeit in Hellersberg im letzten Jahr«, sagte Gunter, »diese Bäckerei Marx hat noch richtig leckere Brötchen gebacken, nicht so einen Fabrikkram.«

Vanessa stellte zwei Gläser mit Marmelade, einen Ring Fleischwurst und ein Brett mit einem Stück Gouda auf den Tisch. »Vielleicht sollte ich mal wieder dorthinfahren und etwas vom Bäcker mitbringen.«

Charlotte grinste sie verschmitzt an. »Wen möchtest du denn besuchen, Vater Hajo oder eher den Sohn?«

»Manchmal hasse ich Psychologen«, raunte Vanessa und zwinkerte ihr zu.

»Mal gespannt, ob du dann Frühstücksbrötchen mitbringst oder Kaffeestückchen«, feixte Charlotte.

Lieser betrat ebenfalls den Raum und sah heute deutlich frischer aus als am Vortag. Er schien gut geschlafen zu haben und legte eine Lammsalami auf den Tisch, die eine Nachbarin von ihm selbst gemacht hatte. »Na, hat es mit deiner Wohnung geklappt?«, fragte er gut gelaunt.

»Alles bestens, danke. Nächste Woche fährt die Vermieterin in Urlaub. Wenn wir es schaffen und ihr Hab und Gut, das sie in ihre neue Wohnung mitnehmen möchte, in einen Raum räumen, können wir nächste Woche schon renovieren und einziehen, wobei wir fast gar nicht renovieren müssen«, schwärmte Vanessa.

»Wir?«, fragten Gunter und Charlotte wie aus einem Mund.

»Erst die Arbeit, dann die privaten Erzählungen«, zog Vanessa ihre neugierigen Kollegen auf und schaltete die Kaffeemaschine ein.

In dem Moment klopfte es an der Tür. Schwester Veronika steckte den Kopf zur Tür herein und erklärte: »Ich habe die aufgeregte Frau Mütherthies am Telefon. Ihr Mann möchte fahren und tobt, weil Sie den Schlüssel einbehalten haben, Herr Lieser. Und ich soll Ihnen ausrichten, der Lkw aus Braunschweig sei gerade gekommen, Sie wüssten Bescheid.«

»Okay, Charlotte und Vanessa, ihr fahrt bitte nach Schweich, ihr Hühner müsst sowieso reden, scheint mir. Dann geht das wenigstens nicht von der Arbeitszeit ab«, sagte Gunter augenzwinkernd. »Vielleicht kann Charlotte dem cholerischen Vater etwas entgegenhalten, ihr habt euch ja schon kennengelernt. Und Vanessa kann gut mit der Mutter. Danach könnt ihr zusammen die Motorradfahrer vernehmen.«

»Ja, aber sollte nicht ich ...«, wandte Lieser ein, verstummte aber sofort wieder.

»Fahr du mit dem eigenen Wagen mit, dann sind wir flexibler für den weiteren Ablauf. Charlotte spricht noch mal mit den Eltern, ob denen noch etwas eingefallen ist«, entschied Gunter. »Die Spurensicherung hat die Wohnung und den Computer vermutlich komplett auf den Kopf gestellt; wenn es da keinen Hinweis auf eine Bedrohung oder einen Verdächtigen gibt, kann die Mutter alles mitnehmen, was sie möchte. Stimmt das bitte noch einmal mit Bernadette ab. Vanessa und du, ihr redet dann getrennt mit den Motorradfahrern, aber gegebenenfalls auch noch einmal zu viert. Das müsst ihr dann sehen, ich verlass mich da auf euer Gefühl für die Situation. Ich spreche mit den Kollegen, die die Suche organisieren. Heute Morgen sollen erneut ein

Hubschrauber aus Wittlich und einer aus Luxemburg starten. Soweit ich das eben gehört habe, ist Schlöder noch immer nicht aufgetaucht. Sie haben einen fünfzehnjährigen Schüler aufgegriffen, der seit gestern in einem Heim für schwer erziehbare Jungen in der Nähe vermisst wird. Er war angeblich am Wochenende bei seinem Vater. Als der Junge gestern nicht wieder im Heim war, haben die mal nachgehört, der Junge war nie zu Hause. Na ja, jetzt haben wir ihn wieder. Und wenn wir Glück haben, sind damit auch der Einbruch in einen Kiosk von Samstagnacht und der Taschendiebstahl auf dem Friedhof in Schweich von Montagmorgen aufgeklärt.«

»Na ja, kein Schaden so groß, dass nicht noch ein kleiner Nutzen dabei ist«, meinte Vanessa, schnitt ein Stück von der Fleischwurst ab und griff sich ein Brötchen. »Ach ja, und was ist mit Walter von Beutz? Wollten wir den nicht auch noch in Koblenz besuchen?«

»Da habe ich heute Morgen schon angerufen, der ist heute zu einem Außer-Haus-Termin nördlich von Koblenz, und um halb vier hat er einen Termin in Bitburg. Die Sekretärin hat mir versprochen, ihn auf dem Handy anzurufen. Ich habe auch seine Handynummer, habe ihn aber nicht erreichen können, ich habe ihm eine Nachricht geschickt, er soll sich bei uns melden. Ich würde vorschlagen, wir passen ihn in Bitburg ab, das spart uns einiges an Fahrtzeit.«

»Hat die Sekretärin auch erzählt, was er in Bitburg zu tun hat? Er leitet doch eine kleine Privatbrauerei, was macht er dann in Bitburg bei der Konkurrenz?«, wollte Lieser wissen.

»Die Sekretärin sprach nur von einer Besprechung. Also Bitburger Brauerei ist schon richtig, aber es kann natürlich auch einfach nur ein Treffen der Brauereizunft sein.«

»Klingt das wahrscheinlich?«, fragte Vanessa.

»Eher nein, aber ich würde ihn ehrlich gesagt deutlich lieber im Brauereiausschank in Bitburg aufsuchen als extra nach Koblenz fahren zu müssen«, erklärte Gunter.

Alwis war stolz auf sich. Er hatte bereits den Tisch gedeckt, mit allem was dazugehörte. Auf dem Herd fing das Wasser für den Kaffee langsam an zu kochen. Einzig und alleine Eier konnte er nirgendwo finden. Er hatte schon den halben Kühlschrank ausgeräumt und den Inhalt auf der Anrichte daneben verteilt, als Josette die Küche betrat. Sie hatte sich heute anscheinend besonders schick gemacht.

»Guten Morgen. Das ist aber lieb von dir«, begrüßte sie ihn.

»Immer gerne«, antwortete er, ohne sich umzudrehen. »Wo sind denn die Eier?«

»Die haben wir doch gestern gegessen, erinnerst du dich nicht? Ich habe doch noch gesagt, dass das die letzten waren.«

»Ich finde aber keine«, beharrte Alwis.

»Wir brauchen doch nicht unbedingt Eier, oder?«, fragte sie.

»Ich habe immer Eier. Und zum Frühstück gehören die dazu!«

Er ließ nicht locker. Schließlich hatte er schon immer jeden Morgen ein Ei gegessen, und damit würde er jetzt garantiert nicht aufhören.

»Ich mach dir einen Vorschlag. Ich kaufe schnell Eier, und du räumst so lange den Kühlschrank wieder ein, okay?«, versuchte Josette ihn zu besänftigen.

»Hm«, brummte er.

»Wunderbar, ich beeile mich auch. Aber sag mal, warum nimmst du denn den Topf und nicht den Eierkocher, das ist doch viel einfacher damit?«

»Topf? Der ist für Kaffee«, stellte er richtig.

»Ich habe doch eine Kaffeemaschine«, lachte sie. »So habe ich ewig keinen Kaffee mehr gekocht. Aber das ist eine gute Idee, das ist mal etwas anderes. Wie auch immer, ich bin gleich wieder da. Gib mir fünf Minuten.«

Mit diesen Worten verschwand sie und ließ Alwis vor dem offenen Kühlschrank zurück.

»Jetzt erzähl, was ist mit der Wohnung?«, wollte Charlotte wissen, sobald die beiden Frauen im Auto saßen.

Vanessa lächelte und erzählte die ganze Geschichte.

»Wow, das ging flott«, spottete Charlotte. »Mal eben eine gemeinsame Wohnung mit Mann und Kind, das kommt jetzt irgendwie unerwartet.«

»Wir haben erst einmal mit Jonas gechattet, der die Idee cool fand. Er meinte, eine Frau im Haus zu haben, sei sicher ganz gut, er fände diese ganze Hausarbeit nicht wirklich spannend. Johannes hat zwar abgewiegelt, dass es natürlich keine traditionelle Rollenverteilung geben sollte in unserer WG, aber da mache ich mir erst einmal keine Illusionen. Ist aber auch egal, wenn ich alleine wohnen würde, würde ich ja auch den Haushalt machen müssen. Außerdem kocht Johannes leidenschaftlich gerne, das entlastet auf jeden Fall. Den Mietvertrag haben wir gemeinsam unterschrieben, sollte es also nicht funktionieren, kann einer von uns wieder ausziehen, und der andere kann die Wohnung trotzdem behalten.«

Charlotte grinste breit. »Und ihr habt wirklich getrennte Schlafzimmer?«

»Zunächst einmal ja! Wir werden erst einmal jeder ein Zimmer nach eigenen Bedürfnissen einrichten. Ich brauche einen Schreibtisch, Johannes braucht Platz für seine Gitarren und Verstärker und so. Und bis Jonas im Juni von seinem Amerikajahr nach Deutschland zurückkommt, wird sich das sortiert haben.«

»Wenn ich dein Lächeln sehe, frage ich mich, wie lange das wohl so bleibt«, lästerte die Psychologin.

»Das sehen wir dann. Aber weißt du, was ich gut fände? Also, ich meine, wenn Johannes und ich wirklich zusammenkämen? Ich könnte keine böse Schwiegermutter bekommen, und meinen Schwiegervater würde ich über alles lieben, das sind doch beste Voraussetzungen, oder?«, schloss Vanessa und bog gefolgt von Lieser auf den Hotelparkplatz ein, wo Vater Mütherthies schon wild gestikulierend neben seinem Mercedes stand, einen Koffer neben sich und eine beachtliche Menge Zigarettenkippen zu seinen Füßen.

Charlotte hatte zuvor den Autoschlüssel von Michael Lieser übernommen und überreichte ihn Mütherthies, den sie sofort in einem Gespräch vereinnahmte. Somit konnten Lieser und Vanessa von ihm unbeachtet zu dem kleinen Lkw gehen, dessen Türen offen standen. Zwei junge Männer luden gerade das letzte Teil, einen blauen Ohrensessel, aus und trugen ihn ins Haus. Sie grüßten freundlich ohne aufzusehen, scheinbar hielten sie die Polizisten für Hotelgäste, und zwängten sich an ihnen vorbei durch eine offen stehende Terrassentür ins Haus. Lieser und Vanessa gingen ihnen hinterher, grüßten unterwegs Frau Mütherthies und die Wirtin, die dieser gerade Kaffee nachschenkte, und folgten den beiden Männern in den ersten Stock, wo diese den Sessel in einem gemütlichen Doppelzimmer abstellten. Vanessa hatte schon im Vorbeigehen in eine offene Zimmertür gesehen und dort einen gleichen Sessel entdeckt. Als die beiden Möbelpacker das Zimmer verlassen wollten, erkannten sie Lieser und begrüßten ihn freundlich. »Sag mal, musst du nicht arbeiten, was machst du denn morgens in aller Frühe mit einer schönen Frau im Hotel? Weiß deine Freundin das?«, feixte der Kräftigere der beiden. Vanessa schätzte beide Männer auf Mitte bis Ende zwanzig, grundsätzlich gepflegt, wenn auch jetzt verschwitzt und offensichtlich müde. Sie trugen Jeans, die an mehreren Stellen eingerissen waren, ihre T-Shirts klebten ihnen am Körper.

»Bekommen wir von deiner Tante noch einen Kaffee?«, fragte der Kleinere der beiden und wollte an Lieser vorbei, der aber die Türöffnung versperrte. Der junge Mann sah ihn ohne jede Aggression oder Verärgerung an, er wirkte lediglich verwundert.

Lieser straffte sich, als fürchtete er um seine Autorität. »Wir sind dienstlich hier. Das ist Kriminalhauptkommissarin Vanessa Müller-Laskowski, eine Kollegin von mir. Wir ermitteln in einem Todesfall und haben ein paar Fragen an euch. Wer bleibt bei mir, wer geht mit meiner Kollegin nach nebenan?«, fragte er nüchtern.

Der Kräftigere, dem Gespräch nach also Christian Longen, rieb sich über das Gesicht und ließ sich auf den Sessel fallen, den er gerade abgestellt hatte. »Also, ich gehe nirgendwo mehr hin, ich bin hundkaputt. Florian, gehst du ...«

»Und unser Kaffee?«, nörgelte der Angesprochene, tappte aber erschöpft mit Vanessa ins Nachbarzimmer und ließ sich ebenfalls in einen Sessel fallen.

Könntest du bitte gleich mal 2 bis 4 Kaffee in Zimmer 12 und 14 bringen lassen? Die schlafen uns sonst ein. Bist ein Schatz. V tippte Vanessa in ihr Handy und schickte die Nachricht an Charlotte. »Ich werde versuchen, es kurz zu machen«, versprach sie dann und lehnte sich an einen kleinen Tisch, der an der Wand stand, da sie sich nicht auf das frisch gemachte Bett setzen wollte. »Sie sind Herr Molitor?«

»Genau, Florian Molitor, fünfundzwanzig, ledig, wohnhaft in Mehring. Worum geht es überhaupt? Michael hat etwas von einem Todesfall gesagt?«, murmelte er schläfrig.

»Wo waren Sie am Sonntagvormittag?«, fragte Vanessa.

Molitor rieb sich die müden Augen und sah vor sich auf den Boden. »Was ist denn heute für ein Tag? Dienstag?« Als Vanessa bejahte, überlegte er einen Moment. »Sonntag bin ich doch mit den Jungs nach Dings in der Nähe von Koblenz gefahren. Ich weiß nicht mehr, wie das hieß. Der Christian hatte bei eBay ein paar Seitentaschen für sein Motorrad ersteigert, Selbstabholung. Da haben wir beschlossen, dass wir alle zusammen hinfahren. Der Winter war ja lang genug, und unsere Maschinen sind alle das ganze Jahr über angemeldet.« Er lehnte sich zurück, und Vanessa befürchtete, er würde gleich einschlafen. »Ich kann mich aber an gar keinen Unfall unterwegs erinnern. Was ist das also mit dem Toten? Wir sind als Zeugen leider ungeeignet, auf unserer Strecke war nichts«, grummelte Molitor. Seine Hand rutschte von der Armlehne, er schien kurz eingenickt zu sein. Es klopfte, und Charlotte brachte ein Tablett herein mit vier Tassen, Untertassen, Zuckertütchen, Milchportionen und einer Thermoskanne mit Kaffee. Sie grinste, als sie den dösenden jungen Mann sah.

»Mich hat seit meinem Praktikum während des Studiums niemand mehr Kaffeeholen geschickt«, sagte sie, aber ihr verständnisvoller Blick verriet, dass sie die Notwendigkeit durchaus erkannt hatte.

»Tja, Frau Kollegin, dann sollten wir das ab und zu mal üben. Ich danke dir. Mal gespannt, ob Lieser nebenan mehr Glück hat«, hoffte Vanessa. Als der Kaffeeduft Molitor in die Nase stieg, öffnete er die Augen und entschuldigte sich hastig. Vanessa hielt ihm eine Kaffeetasse hin, nahm sich eine eigene, und Charlotte verließ den Raum mit dem Tablett wieder. Sie hörten sie nebenan klopfen, von wo laute Stimmen durch die offene Tür drangen.

»Tut mir leid, wir sind gestern Mittag nach Braunschweig gefahren, weil Christian für seine Tante ein paar Möbel auf eBay ersteigert hat«, erklärte Molitor nach den ersten beiden Schlucken. »Der macht so was total gerne und findet immer wieder unglaubliche Schnäppchen. Jedenfalls war das auch Selbstabholung, aber selbst dann waren die Sachen noch total günstig. Eine Hotelauflösung, und die hatten den gleichen Möbellieferanten wie Christians Tante, die Sachen passen voll gut hier rein. Wir durften erst abends da sein, darum sind wir mittags hier weg. Es sind so rund fünfhundert Kilometer und mit dem Laster dürfen wir ja nicht so schnell fahren. Nachdem wir alles gepackt hatten, haben wir uns noch ein bisschen aufgehalten, dann sind wir zurückgefahren. Gepennt haben wir immer nur, wenn der andere gefahren ist, wir sind jetzt also rund vierundzwanzig Stunden auf den Beinen, und ich bin echt müde.«

Der junge Mann wirkte sehr offen und auskunftsfreudig, Vanessa hatte keinen Zweifel an dem, was er erzählte. Das ließ auf eine ehrliche Antwort hoffen. »Wann sind Sie am Sonntag mit dem Motorrad losgefahren? Wo haben Sie sich getroffen? Gab es unterwegs etwas Besonderes?«

»Wir hatten die Nacht lange gezockt und einiges getrunken, darum sind wir nicht mehr nach Hause gefahren, sondern haben alle bei Alexander Welter in Longuich gepennt. So was hatten wir schon lange nicht mehr gemacht, es war cool, mal wieder so einen richtigen Kumpelabend zu machen. Sonntagmorgen sind wir wohl so gegen neun los, die Frau, die die Taschen verkauft hat, konnte nur morgens, sonst wären wir lieber später gefahren. Aber wir wollten mal endlich wieder eine Tour zusammen machen, nach dem Abend. Sonst hätte Christian alleine fahren müssen. War so eine kurz entschlossene Sache.«

»Sind Sie direkt von Longuich nach Koblenz gefahren? Ich nehme an, an der Mosel entlang und nicht über die Autobahn?«

»Genau. Wir mussten noch kurz am Moselruh Halt machen, weil Christian noch was zu klären hatte.«

»Was heißt das konkret?«, wollte Vanessa wissen.

»Na ja, er hatte dem Daniel wohl seine Winterhandschuhe geliehen und hatte sie noch nicht zurück. Daniel hatte sich schon ein paar Wochen nicht mehr blicken lassen, und Christian wollte sie endlich zurückholen.«

»Sie sind mit reingegangen?«

Molitor schien zu müde zu sein, um darüber zu stolpern, dass Vanessa das bereits wusste.

»Genau, ich musste noch mal pinkeln. Christian hat mir gezeigt, wo die Toilette ist. Ich hab einen Moment länger gebraucht, weil der Reißverschluss von meiner Motorradhose ein bisschen kaputt ist, aber ich musste trotzdem noch auf Christian warten. Wir sind dann wieder raus und sind weitergefahren.«

»Sind Sie irgendwelchen Leuten begegnet?«, wollte Vanessa wissen.

Molitor überlegte einen Moment. »Also, im Haus nicht. Aber vor dem Haus stand ein dicker Mercedes, so ein Geländewagen. Ein Mann mittleren Alters holte gerade eine alte Frau ab, vielleicht seine Mutter. Die wirkte eigentlich noch ganz fit, aber der Typ hat mitten vor dem Tor geparkt, sodass wir kaum an seinem Auto vorbeikamen. Christian hat dem Typen mal kurz die Meinung gegeigt, aber der hat Christian nur mit einer Anzeige gedroht. Ich hatte den Eindruck, der Frau sei der Auftritt ihres Sohnes ganz schön peinlich gewesen.« Er verzog den Mund zu einem Lächeln, als er an die Situation dachte.

»War Herr Longen aggressiv?«

»Christian? Nein, ist der nie. Er war deutlich, aber der Typ wirkte so, als habe er keine gute Meinung von Motorradfahrern. Vielleicht hätten wir uns Schilder umhängen müssen«, Molitor deutete Anführungszeichen in der Luft an: »Student in Semesterferien.«

»Wo ist die Toilette im Heim?«

»Wenn man reinkommt links, ziemlich weit hinten im Gang.«

»Und wo ist Herr Longen hingegangen?«

»Wir sind zusammen in die Halle, er hat mir gezeigt, wo ich hin muss, und ist dann selbst nach rechts gegangen.«

»Wie lange waren Sie etwa auf der Toilette? Haben Sie dort etwas gehört?«

»Als ich auf dem Gang war, hörte ich aus einem Zimmer eine Frau nach ihrer Mutter rufen. Also, ich meine, eine alte Frau. Sonst nichts von Bedeutung. Wenn ich Christian richtig verstanden habe, war er im Speisesaal, ich habe so typische Geräusche gehört, wie man sie auch aus der Mensa kennt, Tellerklappern, Löffelklirren, so was halt.«

»Wie wirkte Herr Longen, als er wieder zu Ihnen stieß?«, fragte Vanessa.

Molitor stellte die leere Kaffeetasse neben sich auf die Fensterbank und spielte an einem Riss in seiner Jeans. »Ich weiß nicht, worauf Sie hinaus wollen. Er wirkte, als hätte er seine Winterhandschuhe wieder, und wollte sich jetzt auf seinen Bock setzen, um die Taschen abholen zu fahren. Ich verstehe Ihre Frage nicht.«

»Sie kennen Daniel Mütherthies? Haben Sie ihn an diesem Morgen gesehen?«, fragte Vanessa, ohne ihre Frage näher zu erläutern.

»Ich wusste nicht einmal, wie er mit Nachnamen heißt«, bekannte Molitor. »Wir schrauben in der gleichen Werkstatt, und er ist ein paarmal mit uns zusammen durch die Gegend gefahren. Im Winter sehen wir uns erfahrungsgemäß nie so viel, Moppedfahren ist ja eher ein Sommerhobby. Da seh ich auch die anderen Jungs nicht so viel.« Er griff zu seiner Kaffeetasse, als habe er vergessen, dass sie leer sei.

»Haben Sie Daniel an diesem Morgen gesehen?«, beharrte Vanessa.

»Nein, ganz sicher nicht. Ich habe ihn auch nicht gehört oder so. Ich war pinkeln, hab mit meinem Reißverschluss gekämpft, hab noch einen Moment auf Christian gewartet, während ich meine Stiefel neu gebunden habe, und dann sind wir los. Was soll die Fragerei eigentlich? Hatten Sie nicht irgendwas von einem Todesfall gesagt?«

»Daniel ist tot, er ist etwa zu der Zeit zu Tode gekommen, als Sie im Heim waren. Darum muss ich Sie bitten, heute noch Ihre Fingerabdrücke nehmen zu lassen.

Entweder ich fordere die Kollegin sofort an, was aber einen Moment dauert, oder wir fahren kurz in der Dienststelle hier in Schweich vorbei.«

»Der Daniel? Ach du Scheiße. Wie ist das denn passiert? Und warum Fingerabdrücke? Ich versteh das alles nicht, ich will aber auch einfach nur noch schlafen, verdammt noch mal.«

Vanessa zückte ihr Handy und tippte das Bild von Bernadette Schubert an. Die Kriminaltechnikerin erklärte, sie sei sowieso gerade in Schweich und wolle gleich die Wohnung des Toten freigeben, sodass sie in ein paar Minuten vorbeikäme. Charlotte klopfte und fragte Vanessa, ob sie sie kurz alleine auf dem Flur sprechen dürfte. Molitor sprang auf und stützte sich auf die Fensterbank.

»Der Kollege Lieser ist zwar sehr engagiert, aber ich habe den Eindruck, er hat diesen Mann auf dem völlig falschen Fuß erwischt«, bekannte die Psychologin. »Die beiden können im Moment gar nicht miteinander, könnt ihr vielleicht tauschen? Ich habe gerade mit Bernadette geklärt, dass ich mit den Eltern in die Wohnung kann, ich soll mit der Mutter zusammen ein paar Unterlagen durchsehen, hat Bernadette vorgeschlagen.«

»Ich bin mit meinem Kandidaten eigentlich fertig, Bernadette muss nur noch Fingerabdrücke nehmen, falls er irgendwas angefasst hat, aber ich habe ihn überhaupt nicht im Verdacht. Seine Angaben decken sich mit denen von Familie von Beutz. Der kann endlich in sein Bett«, entschied Vanessa. Sie ging zurück ins Zimmer, um Florian Molitor die gute Nachricht zu überbringen, doch als sie die Tür öffnete, lag der quer über dem Doppelbett und schlief. Sie ging zu Zimmer 14 und klopfte vorsichtig.

»Was denn?«, schnauzte ihr Kollege von drinnen, aber Vanessa ließ sich nicht abwimmeln. Christian Longen stand in der gleichen Pose wie eben Florian Molitor, beide Hände auf der Fensterbank mit dem Rücken zu den Ermittlern.

»Ich bin mit Herrn Molitor so weit fertig, wir müssen nur noch kurz warten, bis die Kollegin von der Spurensicherung da ist. War Ihnen etwas aufgefallen, als Sie im Heim waren, Herr Longen?«, fragte Vanessa unbedarft.

Longen schnellte zu ihr herum, und Vanessa war verblüfft über die Veränderung, seit sie ihn vor nicht einmal einer halben Stunde gesehen hatte. Sein Gesicht war kalkweiß, die Fingernägel der linken Hand hatte er bis aufs Blut abgekaut, sein linker Handrücken zeigte rote Striemen, wo er auch jetzt wieder begann, sich mit der rechten Hand über die Haut zu kratzen. Ihn hatte eine motorische Unruhe erfasst, die den ganzen Raum unter Spannung zu setzen schien. Zwei leere Portionsmilch-Döschen lagen platt gedrückt auf dem Tisch, daneben ein Zuckertütchen, das so zwischen den Fingern zerdrückt worden war, dass der Zucker über den ganzen Tisch gerieselt war.

»Ich will, dass er geht«, sagte Longen und zeigte auf Kommissar Lieser.

Vanessa sah zwischen den beiden hin und her, aber Lieser machte keinerlei Anstalten, ihr irgendetwas bedeuten zu wollen. Vanessa verfluchte innerlich, dass Charlotte schon weg war, sie hörte gerade draußen das Auto vom Hof fahren.

»Herr Lieser, würden Sie bitte nebenan mit Herrn Molitor auf die Spurensicherung warten, er ist sonst unbeaufsichtigt«, bat Vanessa und hoffte, dass der Kollege anstandslos gehen würde. Der tippte jedoch mit dem Kugelschreiber auf seinen Block und schien sich weigern zu wollen, aber Vanessa schob ihn kurzerhand aus dem Raum. Als sie sich wieder zu Longen umdrehte, nahm sie gerade noch wahr, wie er sich mit der Hand durchs Gesicht wischte und einen feuchten Film auf seiner Wange hinterließ.

»Dürfte ich erfahren, was Sie so aufgewühlt hat?«, fragte Vanessa und zwang sich, Longen nicht aufzufordern, sich wieder zu setzen. Sie selbst schob die Zuckerkörner mit einer Hand zusammen und setzte sich wie eben nebenan halb auf den Tisch, ein Bein sprungbereit auf dem Boden.

»Ich wusste nicht, dass Daniel tot ist. Er stellt mir hier lauter merkwürdige Fragen, und irgendwann rückt er endlich damit raus, dass Daniel tot ist. Warum sagt er mir das nicht direkt?«

»Sie haben sich nahegestanden?«, fragte Vanessa statt einer Antwort.

»Wir waren gute Kumpel. Motorradkumpel eben, Freunde. Das trifft einen schon, wenn man einen Freund verliert. Oder denken Sie, nur Frauen zeigen Gefühle, wenn sie jemanden verlieren?«

»Waren Sie wirklich nur Freunde? Was wollten Sie am Sonntag von Daniel Mütherthies?«

»Meine Winterhandschuhe, das hat Ihnen der Florian doch sicher auch schon gesagt. Ich hatte sie Daniel im Herbst geliehen, weil er gerade kein Geld für eigene hatte. Die wollte ich mir wiederholen. Ich hatte ihm abends eine SMS geschickt, ob er mir die morgens vor der Arbeit vorbeibringen könnte, aber dann haben wir ja bei Alex Welter gepennt, das hat Florian Ihnen vielleicht auch schon erzählt.« Longen sprach gedehnt, als befände er sich in einer anderen Welt und müsse sich die Bilder vor sein inneres Auge abrufen. »Ich habe ihm dann eine SMS geschickt, dass ich mir die Handschuhe holen käme, wir kämen ja sowieso am Heim vorbei. Das können Sie sicher nachprüfen.«

»Hat Daniel noch gelebt, als Sie im Heim waren?«, fragte Vanessa, aber Longen schwieg.

»Welche Situation hat sich Ihnen geboten, als Sie im Heim waren, Herr Longen?«

Der junge Mann sah sie an, als sei er aus weiter Ferne wiedergekehrt. »Es war wie immer. Daniel hat mich angestrahlt, als er mich gesehen hat. Er war voll im Stress, der eine Alte war schon wieder weggelaufen, und seine Kolleginnen waren alle unterwegs, um ihn zu suchen. Daniel sah blass aus, er hatte eine starke Erkältung, aber es war nicht schlimm genug, um krank zu Hause zu bleiben. Er musste allen alleine das Frühstück machen und hat sich entschuldigt, dass er jetzt gar keine Zeit für mich hätte. Ich habe gefragt, ob ich helfen könnte, ich kenne mich ja im Heim ein bisschen aus, aber Daniel hat gemeint, ich solle mal meine Tour machen, die Jungs würden schließlich auf mich warten. Er ist nach hinten in dieses Schwesternzimmer gegangen und hat die Handschuhe geholt. Währenddessen hat eine Frau ihre Tasse umgeworfen, und ich habe noch einen Lappen in der Küche geholt, damit Daniel nicht noch mehr Arbeit hat. Sie hat gesagt, ich soll weggehen, ich würde den Tod bringen. Daran erinnere ich mich noch genau. Ich würde den Tod bringen. Da habe ich Florian in der Eingangshalle gehört, und Daniel meinte, ich solle jetzt bitte gehen. Ich habe mir dann meine Handschuhe geschnappt und bin raus.«

Jetzt liefen dem großen, kräftigen Mann Tränen über die Wange, die er ignorierte, was Vanessa sehr sympathisch fand. »Verdammt, wenn ich gewusst hätte, dass wir uns nie wiedersehen würden ... Vielleicht hätte ich seinen Tod ja verhindern können, wenn ich da geblieben wäre.«

»Können Sie sich erklären, was die Frau damit meinte, Sie würden den Tod bringen?«, fragte Vanessa sanft.

Longen lachte auf, womit Vanessa nicht gerechnet hatte. »Ich helfe ab und zu im Heim aus, wenn jemand einzieht, aber meistens, wenn jemand gestorben ist und das Zimmer geräumt werden muss. Die Angehörigen möchten es beim Einzug gemütlich haben und dass alles schnell über die Bühne geht. Manche, damit es ihren Familienmitgliedern im Heim besser geht, andere, damit sie sie möglichst schnell abschieben können. Da sind die Familien oft noch sehr eifrig. Wenn dann aber ein Mensch gestorben ist, zu dem die Angehörigen oft kaum noch Kontakt hatten, dann wollen sie oft, dass der Kram nur noch entsorgt wird. Die wertvollen Stücke haben sie sich schon unter den Nagel gerissen, Erinnerungsstücke nehmen sie manchmal noch vor der Beerdigung mit. Aber danach hat keiner mehr Interesse, dem nächsten Anwärter das Zimmer zügig zur Verfügung zu stellen. Daniel hat mir das letztes Jahr einmal erzählt, und da habe ich angeboten, die Zimmer auszuräumen und zu renovieren. Ich habe so was bei meiner Tante schon häufig gemacht, und die Angehörigen zahlen manchmal ganz gut. Und diese Frau, so eine ganz alte, ich kann sie Ihnen auf den Fotos zeigen, die weiß«, er lachte auf, »na ja, von wissen kann man wohl kaum sprechen, sie hat wohl eine Vorstellung davon, dass ich immer da bin, wenn jemand gestorben ist. Zumindest vorgestern habe ich es so verstanden. Vielleicht hat sie auch übersinnliche Fähigkeiten, ich weiß es ja nicht.«

Vanessa hatte schon viele Verhöre geführt und traute sich zu, Lügen wenigstens insofern zu erkennen, dass sich meist Misstrauen in ihr regte, wenn sie angelogen wurde. Die Schilderung des jungen Mannes wirkte aber aufrichtig und betroffen.

»Worüber sind Sie dann eben mit meinem Kollegen so aneinandergeraten?«, hakte sie dennoch nach.

»Wie gesagt, erst einmal hat er mir nicht erzählt, dass Daniel tot ist. Stattdessen eiert er rum, kommt aber nicht wirklich auf den Punkt. Hat nur so Andeutungen gemacht ...«

Vanessa überlegte, ob sie Longen die Frage stellen konnte, die ihr unter den Nägeln brannte, oder ob er dann aggressiv werden würde. Sie vertraute auf ihre Intuition. »Herr Longen, war Daniel Mütherthies Ihr Partner?«

»Sie meinen, ob ich schwul bin?«, polterte Longen los, und Vanessa stellte sich mit beiden Beinen fest auf den Boden und antwortete: »Ja, wenn Sie diese Formulierung wählen wollen.«

»Es ginge mir besser, wenn ich das wüsste. Ich hab immer Freundinnen gehabt. Die Weiber stehen auf Muskeln, ich bin groß, fahr Motorrad, verdiene genug Geld. Und dann kam Daniel vor vielleicht drei Jahren hierher. Also, vielleicht kam er schon früher, wir sind uns vor drei Jahren in der Werkstatt über den Weg gelaufen. Anfangs haben wir uns alle ein wenig über ihn lustig gemacht. Wir haben gelästert, dass er besser einen Roller fahren würde statt einer schweren Maschine. Er hat zwar an seinem Motorrad rumgeschraubt, hatte aber dazu einen Overall über seinen normalen Klamotten. Sobald er ein bisschen Öl an den Fingern hatte, hat er sich gewaschen. Das war irgendwie schräg. Dann sind wir ein paarmal zusammen weggefahren und haben uns total gut verstanden. Irgendwann hat es sich ergeben, dass wir beide alleine unterwegs waren. Da hat er mir anvertraut, warum sein Vater ihn rausgeschmissen hat. Kennen Sie die Story?«

Als Vanessa nickte, fuhr er fort: »Er hat geweint wie ein kleines Kind. Ich habe ihn in den Arm genommen und getröstet, und es fühlte sich für mich einfach gut an. Aber mein Gott, ich bin Elektriker, ich mache gerade meine Ausbildung zum Meister, mein Vater erwartet, dass ich in spätestens fünf Jahren den Laden von ihm übernehme. Ich kann nicht auf die Baustelle gehen, und die Leute wissen, dass ich schwul bin.«

»Wie lange waren Sie zusammen?«, wollte Vanessa wissen.

Longen schüttelte fast unmerklich den Kopf. »Ich habe ein Problem mit der Formulierung. Waren wir wirklich zusammen? Ist man ein Paar, wenn niemand davon wissen darf? Oder ist es eher so was wie eine Affäre?«

»Herr Longen, letztendlich ist mir das relativ egal. Verstehen Sie mich nicht falsch, aber für mich geht es im Wesentlichen darum, ob jemand ein Problem damit haben konnte, dass Daniel homosexuell war. Und dann dürfen wir nicht außer Acht lassen, dass den meisten Kapitalverbrechen Beziehungsdramen zugrunde liegen. Gibt es jemanden in Ihrem Leben, der ein Problem mit Daniels Existenz haben könnte? Oder klarer ausgedrückt: Hatte jemand ein Interesse daran, Daniel aus dem Weg zu räumen?«

Christian Longen sah Vanessa lange schweigend an. Entgegen seiner vorherigen Unruhe schien nun alle Energie aus ihm gewichen zu sein. »Das kann ich mir nicht vorstellen. Und das will ich mir auch gar nicht vorstellen. Wer soll das sein? Mein Vater, der keinen schwulen Sohn ertragen würde? Die Jungs, die keinen schwulen Motorradkumpel haben wollen? Dieser arrogante Sohn von Waltraud? Eine potenzielle Freundin gibt es in meinem Leben im Moment nicht. Nein, Sie müssen Ihre Hausaufgaben alleine machen, ich habe keine Ahnung. Und jetzt würde ich gerne nach Hause gehen.«

Vanessa horchte auf. »Wie kommen Sie ausgerechnet auf Walter von Beutz?«

Longen lachte bitter auf. »Daniel war eigentlich ein Familienmensch, aber hier hatte er ja niemanden. Und dann kam Waltraud ins Heim. Waltraud war für ihn so was wie eine Oma. Sie sieht wohl nicht mehr gut, nicht wahr?«

Vanessa nickte.

»Sie hat aber früher unheimlich viel gelesen. Und da hat Daniel irgendwann angefangen, ihr in seiner Freizeit vorzulesen, weil sie so traurig war. Das hat sich zu einem Ritual entwickelt. Immer wieder ist er in die Stadt gefahren, um für sie ein Buch zu kaufen. Oder er ist mit ihr ins Konzert gegangen. Ich erinnere mich, wie er mit ihr eine Ausstellung besucht hat und hinterher ganz traurig war, weil sie viel weniger sehen konnte, als er bis dahin verstanden hatte. Daniel war so ein Idealist.«

»Aber was hat das mit Walter von Beutz zu tun?«

»Der Sohn war unheimlich eifersüchtig. Waltraud hat wohl geschwärmt, dass Daniel sich Zeit für sie nahm und was er mit ihr so unternommen hat. Haben Sie den Sohn kennengelernt?«

Vanessa bejahte.

»Dann wissen Sie ja, wie die Größenverhältnisse zwischen den beiden waren. Oder sagen wir eher: die Massenverhältnisse. Daniel war richtig verängstigt, weil von Beutz ihn sich wohl im wahrsten Sinne des Wortes zur Brust genommen hatte. Er hatte ihm gedroht, wenn er sich nicht von seiner Mutter fernhalten würde, würde er dafür sorgen, dass er entlassen würde. Wie auch immer er das anstellen wollte, das hat er jedenfalls nicht erwähnt.«

»Aber war da mehr dahinter als nur die Freundschaft zwischen einem jungen Mann und einer alten Frau, die seine Oma hätte sein können?«

Longen dachte eine Weile nach, bevor er antwortete. »Ich erinnere mich leider nicht genau, aber Daniel hat wohl auch viele richtig gute Gespräche mit Oma Waltraud geführt. Mag sein, dass er ihr von uns erzählt hat, von dem Verhältnis zu seinem Vater, seiner Homosexualität. Sie hat ihm wohl auch erzählt, welche Probleme es in der Familie gibt. Scheinbar hatte sie Angst um ihre Firma.«

»Gab es dazu einen Grund?«

Der junge Mann druckste herum, fuhr sich mit beiden Händen durch die Haare und versuchte, sich zu erinnern. »Können Sie sie nicht selbst fragen? Ich erinnere mich nicht genau, ich bin auch einfach hundemüde. Da war irgendwas. Es ist doch ein alter Familienbesitz, an dem sie sehr hängt. Das Erbe ihres verstorbenen Mannes und so. Und der Sohn hat diese Brauerei wohl nicht wirklich freiwillig übernommen. Es gab Anzeichen dafür, dass er sie verkaufen wollte, dafür war er aber auf die Zustimmung seiner Mutter angewiesen. Oder auf ihren Tod.«

»Aber was hat Daniel damit zu tun?«

»Er hat der alten Frau wohl ein wenig die Augen geöffnet. Hat ihr geraten, sich einen Anwalt zu nehmen oder sich beraten zu lassen, Einblick in die Bücher zu nehmen, irgend so was. Ich kenne mich da zu wenig aus, die alte Frau hat mich auch nicht wirklich interessiert. Um genau zu sein, wir hatten manchmal Streit wegen ihr.«

»Wegen Waltraud von Beutz?«

Es war Christian Longen sichtlich peinlich, aber es sprach für ihn, dass er nicht darum herumredete. »Na ja, wir wollten zum Beispiel einen Motorradausflug machen, aber er war mit Oma Waltraud verabredet. Ich habe ihm einmal vorgeworfen, käuflich zu sein. Es tut mir echt leid, war kein schlauer Spruch.«

»Warum käuflich?«

»Na ja, sie hat ihm ja die Konzertbesuche und so bezahlt. Hat ihn vor dem Konzert zum Essen eingeladen. Ich bin halt nur Elektriker, die Frau hat richtig Schotter. Und da ist es mir irgendwann rausgerutscht, dass sie ihn benutzt.« Er ließ die Schultern hängen. »Das war vielleicht auch einer der Gründe, warum es mit uns einfach nicht geklappt hat. Wir hatten völlig unterschiedliche Schwerpunkte in unserem Leben. Daniel war so ein Gutmensch, ein Schöngeist. Und ich bin eher der Mann fürs Grobe.«

Auch wenn Vanessa den Eindruck hatte, dass er sich da wesentlich negativer sah, als es der Realität entsprach, widersprach sie ihm nicht. Sie hatte einige neue Aspekte gesammelt, denen sie nachgehen musste. Als sie draußen mehrere Fahrzeuge auf den Hof fahren hörte, blickte sie aus dem Fenster. »Da kommt meine Kollegin, die Ihre Fingerabdrücke nimmt, um sie am Tatort ausschließen zu können. Danach steht es Ihnen frei, nach Hause zu fahren. Wobei es mir lieber wäre, Sie würden sich von einem Kollegen fahren lassen.«

»Danke, aber daran ist nicht zu denken«, meinte Longen. »Ich muss ja erst mal den Lkw zurückbringen, wir haben den nur für vierundzwanzig Stunden gemietet. Der muss weg, da steht noch mein Mopped. Und dann will ich nur noch schlafen.«

»Ach, Herr Longen«, fiel Vanessa noch ein, »haben Sie diese Ausräumaktionen alleine gemacht oder hatten Sie dabei Hilfe?«

»Nein, das habe ich alleine gemacht. Bei den schweren Teilen hat Daniel mit angepackt, aber der war nicht besonders stark, eigentlich ein richtig filigranes Kerlchen. Wie kommen Sie darauf?«

»Sagt Ihnen der Name Marek Barski etwas?«

»Steht der nicht immer wieder mal in der Zeitung? Kickboxer oder so, hat irgendwelche Preise geholt. Aber mehr weiß ich nicht, wieso?«

»Er soll auch im Heim geholfen haben, hat er uns gesagt«, erklärte Vanessa.

»Moment mal, ist das der Verwandte von dieser einen Polin? Bevor ich in die Zimmer durfte, um sie leer zu machen, ist der meistens drin gewesen. Ich habe nie etwas Wertvolles gefunden, wenn ich die Zimmer ausgeräumt habe. Also ich meine, da war nie ein Fernseher oder Schmuck oder so. Und sein Auto hat immer an einer Seitentür geparkt, nie vor dem Haupteingang. Haben Sie ihn in Verdacht?«

»Nein, in Verdacht haben wir ihn nicht, wir konnten ihn nur nicht auf der Liste der Mitarbeiter finden, darum wollte ich sicherstellen, ob er sozusagen bei Ihnen angestellt ist«, erklärte Vanessa.

Longen sah sie an, als wollte er am liebsten ausspucken. »Mit dem würde ich nichts zu tun haben wollen, da können Sie sicher sein. War der das nicht auch, der letzten Herbst Glasscherben so bei Daniels Motorrad drapiert hat, dass Daniel sich den Reifen zerschnitten hat? Er hatte großes Glück, dass er keinen schweren Unfall hatte.«

»Wann war das?«

»Das müsste im September gewesen sein. Daniel hatte erzählt, dass Oma Waltraud sich Sorgen machte wegen ihres Sohnes. Sie ahnte irgendwelche Geschäfte zu ihrem Nachteil, wie Daniel es damals ausdrückte. Näheres weiß ich nicht. Aber Daniel sagte, dass er diesen Sohn mal im Auge behalten würde. Und da tauchte wohl auch immer wieder dieser Neffe der Kollegin auf. Der Name sagte mir nichts, aber es kann nur der sein.«

»Warum fällt Ihnen das jetzt erst ein? Ich habe Sie eben gefragt, ob Sie sich jemanden vorstellen könnten, der ein Interesse daran haben könnte, Daniel aus dem Weg zu räumen.«

»Verdammt noch mal, weil ich hundemüde bin. Können Sie mich morgen noch mal fragen? Ich kann einfach nicht mehr. Ich habe einen Freund verloren, ich habe seit gestern nicht mehr geschlafen, ich will in mein Bett«, stöhnte Longen.

»Danke, Herr Longen, kommen Sie doch bitte mit runter zu meiner Kollegin«, bat Vanessa und ging ihm voraus nach draußen, wo sie Lieser aufforderte, Molitor zu wecken und ebenfalls nach unten zu kommen.

Nachdem Alwis den Kühlschrank wieder eingeräumt hatte, war auch der Kaffee endlich fertig durchgelaufen. Er stellte den nassen Filter auf die Anrichte und setzte sich an den Esstisch. Jetzt hatte er auch wirklich Hunger. Er nahm sich eine Scheibe Brot und begann sie mit Butter zu bestreichen.

Das Brot war schnell verschlungen. Alwis sah sich in der Wohnung um. Wo war er hier? Er hatte keine Ahnung, wo er sich befand, und hielt es für das Beste, wenn er jetzt nach Hause ginge. Im Flur fand er ein Paar Schuhe, das vermutlich ihm gehörte. Bei der Jacke war er sich sicher, dass es seine eigene war. Er zog beides an, öffnete die Tür, und machte sich auf den Heimweg.

Alwis fror. Es war erstaunlich kalt draußen, und er hatte seine Mütze anscheinend zu Hause vergessen. Wieso war er überhaupt vor die Tür gegangen? Er blieb stehen und dachte einen Moment nach. Dann fiel es ihm wieder ein. Das Frühstück. Er musste dringend Brötchen kaufen. Was war ein Frühstück schon ohne Brötchen? In dieser Gegend war er schon länger nicht mehr gewesen, zumindest soweit er sich erinnern konnte. Aber er war doch in Echternach, oder? Der Ort kam ihm jedenfalls bekannt vor. War er nicht früher oft hier gewesen? Dort vorne ging es zum Marktplatz, da war er sich sicher. Und am Marktplatz war auch der Bäcker, zu dem er immer gegangen war. Also machte er sich auf den Weg dorthin. Unterwegs blieb er immer wieder stehen und betrachtete die Schaufenster. Eigentlich interessierten die ihn ja gar nicht wirklich, aber er war heute etwas wackelig auf den Beinen. Wenn er vor einem Schaufenster stehen blieb, dann sah es so aus, als würde er bummeln, und nicht so, als bräuchte er ständig eine Pause.

Charlotte lehnte sich im Beifahrersitz zurück und ließ den Blick über die Mosel schweifen, über der Dunst waberte. »Ich habe den Eindruck, wir stochern ganz schön im Nebel«, bekannte sie. »Die Unterlagen in der Wohnung haben auch nichts Neues zutage gebracht. Wir haben die Bestätigung, dass Daniel mit diesem Christian zusammen war, aber daran gab es ja sowieso keinen Zweifel mehr.«

»Stimmt«, bestätigte Vanessa. »Longen ist sich zwar seiner Orientierung nicht sicher, aber er hat nie abgestritten, ein wie auch immer geartetes enges Verhältnis zu Daniel gehabt zu haben. Wir werden sein Umfeld noch ein wenig überprüfen müssen, aber ich scheue mich auch davor, mit dem Vater zu sprechen, wenn Longen andeutet, dass Homosexualität für ihn ein Karrierekiller sein könnte. Aber das Gespräch hat mich darin bestärkt, dass wir dringend mit von Beutz sprechen müssen, da ist irgendwas im Busch.« Sie erzählte Charlotte davon, dass Marek Barski scheinbar die Wertsachen aus den Zimmern der Verstorbenen räumte, was zu dem Verdacht auf Hehlerei passen würde, von dem Waltraud von Beutz und Gunter gesprochen hatten.

Vanessa parkte das Auto an der Bundesstraße, als sie vom Beifahrersitz nur ein »Scheiße« hörte. Sie wandte den Kopf nach links zum Eingang des Altenheims und sah den Grund für Charlottes Ausruf: Vor dem Altenheim stand ein Leichenwagen mit offener Heckklappe.

»Dürfen wir uns aussuchen, wen wir gerne als Opfer hätten?«, fragte Vanessa.

»Frau Hauptkommissarin, was soll ich als Psychologin dazu sagen? Wo bleibt deine Objektivität?«, tadelte Charlotte sie freundschaftlich, während sie beide zum Eingang eilten. Am Empfang saß eine alte Ordensschwester, Vanessa erinnerte sich, dass das Schwester Engelberta sein musste. Sie stellten sich vor und erkundigten sich, wen es jetzt getroffen hätte.

»Ein Bewohner der oberen Etage, niemand, mit dem Sie bislang zu tun hatten«, beruhigte Schwester Engelberta sie. »Oben sind die schweren Fälle der Demenzpatienten, die völlig orientierungslos sind und von denen wir wissen, dass sie eine Tendenz zum Weglaufen haben. Die Türen sind mit einem Zahlencode gesichert, das Tastenfeld liegt hinter einer Klappe, die die Kranken meistens gar nicht mehr bedienen können. Sofern sie nicht ein Angehöriger abholt und nach Hause oder auf einen Ausflug mitnimmt, verlassen sie die Etage nur auf dem Weg zu Gott.«

»Missverstehen Sie unsere Erleichterung bitte nicht, aber wir hatten Schlimmeres befürchtet«, erklärte Vanessa, und Schwester Engelberta lächelte milde. »Ich denke, dass es den meisten, die dort oben leben, in einem Leben nach dem Tod besser geht. Wenn Sie hier arbeiten, lernen Sie den Tod mit ganz anderen Augen zu sehen«, erklärte die alte Kirchenfrau. »Jetzt wird Ewald Braun wohl nach oben ziehen.«

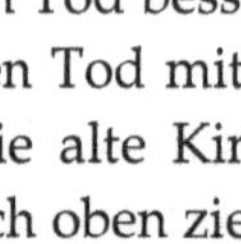

Schließlich erreichte Alwis das Gebäude, in dem der Bäcker untergebracht war. Er drückte die Tür auf und betrat den Innenraum. Ein Mann lächelte ihm von der Theke aus zu.

»Guten Morgen, kann ich Ihnen behilflich sein?«

»Moien. Ich hätte gerne zwei normale und drei Körner«, bestellte Alwis.

Der Mann sah ihn irritiert an. »Zwei normale und drei Körner? Ich fürchte, ich verstehe nicht ganz, was Sie meinen.«

»Na, Brötchen halt«, sagte Alwis und kramte nach seinem Portemonnaie.

»Brötchen? Da sind Sie hier aber völlig falsch«, stellte der Mann fest. »Wobei, wenn Sie uns für eine Bäckerei halten, dann sind Sie vielleicht doch nicht so falsch hier. Wir sind ein Optiker.« Jetzt musste der Mann lachen.

Inzwischen hatte Alwis sein Portemonnaie aus der Jackentasche befreit. Er klappte es auf und zog einen Schein heraus.

»Hier, reicht das?«, fragte er und hielt dem Mann das Papier entgegen.

»Es tut mir leid, aber wir haben keine Brötchen. Wir verkaufen nur Brillen«, versuchte dieser klarzustellen.

»Davon werde ich aber nicht satt!« Langsam ging dieser Kerl ihm auf die Nerven. »Ich will Brötchen. Und das hier ist eine Bäckerei. Das war schon immer so. Seit ich mich erinnern kann, ist hier eine Bäckerei. Warum wollen Sie mir denn nichts verkaufen?«

»Hier sind schon seit Jahren keine Backwaren mehr verkauft worden. Seit es diese ganzen Industriebäcker gibt, ging es nur noch bergab. Der vorherige Pächter konnte einfach nicht mehr mit den fallenden Preisen mithalten und hat seinen Laden schließen müssen. Seitdem sind wir hier drin«, versuchte der Mann ihn aufzuklären. »Da hinten gibt es jedoch noch einen Bäcker, einfach die Straße runter und dann auf der rechten Seite.«

»Ich geh hier nicht ohne meine Brötchen raus. Das habe ich

versprochen, und wenn ich etwas verspreche, dann halte ich das auch!« Alwis ließ nicht locker.

»Wenn ich heute nicht alleine im Laden wäre, würde ich Ihnen ja anbieten, für Sie welche zu kaufen. Aber ich kann das Geschäft nun mal nicht alleine lassen. Außerdem«, der Mann deutete auf den Schein, mit dem Alwis noch immer vor seinem Gesicht herumwedelte, »bekommen Sie damit nirgendwo etwas. Das ist kein echter Schein, das ist nur ein Stück Papier.«

Das war zu viel für Alwis. Er drückte dem Mann sein Portemonnaie in die Hand. »Was kann ich dafür, wenn ihr so komisches Geld habt? Guck mal nach, da sind bestimmt irgendwo noch Frangen drin, nimm einfach die.«

Dann wandte er sich von dem verwirrten Verkäufer ab und begann die Regale zu untersuchen.

»Sind Sie Herr Alois Schlöder?«, fragte der Mann hinter ihm.

»Ich bin der Alwis«, entgegnete er, »und ich habe Hunger«.

»Ist das Ihre Adresse da auf dem Schein?«

»Weiß nicht«, antwortete Alwis wahrheitsgemäß.

»Einen Moment bitte«, sagte der Mann, dann ertönte das typische Piepsen eines Tastentelefons.

Gunter saß alleine in ihrem provisorischen Büro und machte sich Notizen für den unvermeidlichen Bericht, den sie schreiben mussten. Er freute sich, die Kolleginnen zu sehen. Sein Magen grummelte. Er sah auf die Uhr.

»Erst zehn Uhr, noch ganz schön lang bis zum Mittagessen. Als ihr in Schweich wart, hatte ich Gelegenheit, ein wenig mit dem neuen Pfleger Kai zu sprechen.«

»Aha. Sag mal, gibt es eigentlich etwas Neues von Alwis Schlöder? Es kann doch kaum sein, dass er so völlig vom Erdboden verschluckt wurde«, fragte Charlotte.

»Die Berufsfeuerwehr und die Wasserschutzpolizei sind mit Booten auf der Mosel unterwegs. Sie überprüfen die nächste Schleuse, und wenn er bis morgen nicht gefunden wird, werden Taucher nach ihm suchen«, erwiderte Gunter. »Was wollen wir als Nächstes tun?«

»Schwester Engelberta ist wieder da. Sie hat eine Namensliste der Aushilfskräfte für uns, lass uns mal zu ihr gehen«, schlug Vanessa vor.

Kai schob gerade Johannes' Tante Adele an ihrem Besprechungszimmer vorbei zu Adeles Zimmer. »Meine Brille ist weg«, schimpfte sie. »Ständig kommt hier was weg. Mein Neffe schreibt schon überall meinen Namen rein, aber vielfach sehe ich meine Sachen nie wieder. Ich habe wirklich keine Lust mehr hierzubleiben.«

»Mir fehlt ein Buch, das ich gerade am Lesen war, ich hüte es wie meinen Augapfel, aber es ist verschwunden«, pflichtete Heinrich Ruppenthal ihr bei.

Mit kratziger, schwacher Stimme rief Schwester Engelberta, die eigentlich das Bett hüten sollte: »Herr Kai, kommen Sie bitte gleich dringend zu mir.«

»Was ist denn los«, fragte Vanessa. »Ist etwas passiert?«

Schwester Engelberta schüttelte ungeduldig den Kopf: »Der junge Mann soll Herrn Schlöder abholen fahren. Ich hatte gerade einen Anruf, aber ich rufe schnell Schwester Veronika, dann muss ich nicht alles zweimal erzählen. Moment!« Sie drückte eine Taste auf ihrem Telefon und bat die Stationsleiterin zu sich an den Empfang.

»Ich kann diesen Altersheim-Mief langsam nicht mehr ertragen«, murmelte Gunter. »Ich weiß ja, die Leute können nichts dafür, aber es riecht einfach nach Muff. Die alten Leutchen waschen sich nicht so viel, kleckern, tragen Windeln und merken es einfach selbst nicht. Außerdem ist ihnen sowieso eher zu kalt, also lüften sie auch nicht. Und dann diese Polyester-Fasern, die sie tragen, ich muss abends wirklich erst mal duschen und frische Sachen anziehen, wenn ich nach Hause komme.«

Vanessa räusperte sich, weil Schwester Veronika zu ihnen stieß und erschöpft, aber erwartungsvoll Schwester Engelberta aufforderte, sie auf den neuesten Stand zu bringen.

»Ich habe dem neuen Pfleger gesagt, er soll auch kommen, soll ich vielleicht noch warten?«, fragte die Ordensschwester, aber Veronika wurde ungeduldig. »Na gut, ich hatte gerade einen Mann aus Luxemburg am Telefon. Ich habe die Adresse aufgeschrieben.« Sie reichte Veronika einen Zettel, Vanessa blickte ihr über die Schulter: Optiker Claude Wampach, Zuckerberg, beim Marktplatz, Echternach.

»Wieso Luxemburg?«, fragte Veronika erstaunt.

»Ich weiß nicht, wie Herr Schlöder dorthin gekommen ist, aber dieser Optiker sagte mir, er habe einen sehr liebenswürdigen, aber scheinbar verwirrten Mann bei sich, der nicht bezahlen könne, aber Papiere mit dem handgeschriebenen Namen Alois Schlöder und unserer Adresse bei sich trüge. So, wie er den Mann beschrieben hat, kann es sich nur um Alwis Schlöder handeln. Ich dachte mir, der Herr Kai könnte ihn vielleicht abholen fahren«, erklärte die Schwester mit heiserer Stimme.

»Liebe Schwester Engelberta«, sagte Kai, der die letzten Worte gehört hatte, »falls Sie mich offiziell irgendwo anmelden müssen oder so, bin ich der Herr Thömmes, ansonsten bin ich einfach nur der Kai.« Er reichte Schwester Engelberta die Hand, die tatsächlich errötete.

»Ja, also, Kai, Sie müssten den Herrn Schlöder in Echternach abholen. Alles Weitere erfahren wir dann«, meinte Schwester Engelberta, bevor sie von einem neuen Hustenanfall geschüttelt wurde.

»Dann blase ich mal die Suche nach Alwis Schlöder ab«, beschloss Gunter erleichtert, aber Vanessa blieb skeptisch. »Nach Echternach und zurück sind rund eineinhalb Stunden. Sag den Kollegen von den Hilfsdiensten, der Polizeischule, den Hubschrauberpiloten, den Freiwilligen Feuerwehren und wem auch immer, sie sollen eine vorgezogene Mittagspause machen, aber sich noch nicht wieder weiß Gott wohin zurückziehen, nachher ist es gar nicht Alwis Schlöder.«

Gunter wollte den Suchtrupps endlich Entwarnung geben. »Weißt du, unter welchem Druck die stehen? Die suchen seit Tagen einen Menschen, von dem sie nicht sicher sind, ob sie ihn lebend finden werden. Ich blas die Tauchaktion in der Mosel als Erstes ab und frag den Chef, wie er es gerne hätte. Aber wenn dieser Optiker uns anruft, wird es sich doch wohl um Alwis handeln, oder?«

»Aber kannst du mir erklären, wie der unbemerkt nach Luxemburg gekommen ist? Das sind vierzig, fünfzig Kilometer. Der Mann scheint zwar gut zu Fuß zu sein, aber irgendwo muss er ja auch geschlafen haben, heute ist immerhin schon Dienstag, er ist jetzt seit Sonntagmorgen verschwunden. Und draußen ist es ganz sicher zu kalt zum Übernachten, vor allem in seinem Alter«, wandte Vanessa ein.

»Ist es klug, wenn ich Herrn Schlöder abhole? Er kennt mich nicht, wird er überhaupt mitgehen? Und vor allem: Wie erkenne ich, ob ich auch den richtigen Mann mitbringe?«, fragte Kai dazwischen.

»Jessica hat noch keinen Führerschein, und sonst kann ich hier niemanden entbehren, daher hat Schwester Engelberta schon recht, dass es am besten ist, wenn Sie fahren«, warf Schwester Veronika ein. »Sehen Sie sich die Fotos im Gemeinschaftsraum noch einmal an, die sind von Weihnachten und somit ziemlich aktuell. Und dann bringen Sie ihm seine rote Pudelmütze mit. Die liebt er über alles, es wundert mich, dass er ohne die Mütze vor die Tür gegangen ist. Ich bin sicher, er wird sie erkennen. Sollte er sie nicht erkennen, rufen Sie mich an, dann ist es vielleicht doch nicht unser Alwis.«

Kai holte seine Jacke und Alwis' Mütze und machte sich auf den Weg nach Luxemburg, während sich Vanessa und Charlotte in die vorläufige Einsatzzentrale begaben, um das weitere Vorgehen zu erläutern.

»Ich telefoniere mit Lieser, informiere ihn über die aktuelle Entwicklung und treffe mich dann mit ihm bei Barski für die Vernehmung. Ich stoße dann später zu euch«, erklärte Gunter und trat vor die Haustür, da der Empfang in den dicken Mauern des alten Hauses nur eingeschränkt funktionierte.

Schon von draußen auf dem Flur hörten sie eine laute Stimme aus der Einsatzzentrale heraus schimpfen. Sie öffneten die Tür und sahen zunächst niemanden, aber durch die geöffnete Badezimmertür drang lautes Zetern. Charlotte klopfte vorsichtig an die halb offene Tür und sah sich Gisbert Scholtes gegenüber, der laut auf jemand Dritten einredete, er solle den Raum sofort verlassen, so könne er einfach nicht pinkeln. Charlotte warf einen Blick hinter die Tür, sah aber nur sich selbst im Spiegelbild gegenüber.

»Was wollen Sie denn auch noch hier?«, herrschte Scholtes Charlotte an. »Kann man in diesem Haus nicht einmal in seinem eigenen Zimmer in Ruhe pinkeln, ohne dass einem der halbe Flur zusieht? Verlassen Sie sofort mein Badezimmer!«

Vanessa ging auf den Flur hinaus und winkte Schwester Clara zu, die gerade aus einem Zimmer herauskam, Gisbert Scholtes' Zimmer, wie Vanessa sich zu erinnern glaubte. Schwester Clara kam schnellen Schrittes und ging durch ins Badezimmer der Einsatzzentrale.

»Gisbert, ich habe Sie schon gesucht. Kann ich Ihnen helfen?«, sprach sie beruhigend auf den alten Mann ein.

Der hob drohend die linke Krücke und wedelte damit in der Luft herum. »Ich will endlich pinkeln, lasst mich doch alle in Ruhe«, brüllte er immer lauter, und Vanessa sah, wie sich ein noch kleiner, dunkler Fleck auf seiner Hose abzeichnete.

»Ich seh schon, wo das Problem ist«, sagte die Schwester, trat hinter die Tür und drehte den schwenkbaren Spiegel, der über dem Waschbecken hing, mit einem geübten Handgriff um. Dann schob sie Charlotte zur Tür hinaus und schloss diese hinter sich. »Ich warte hier draußen, falls Sie Hilfe brauchen«, versicherte sie Gisbert Scholtes unterdessen.

Wenig später kam Gisbert Scholtes aus dem Bad, seine feuchte Hose unter den Arm geklemmt, die ihm aber entglitt, als er mit Krücken einen Schritt zu gehen versuchte.

»Lassen Sie nur, Gisbert, ich nehme die Hose. Wir gehen jetzt mal in Ihr Zimmer«, schlug Schwester Clara vor. Sie schob ihn sanft zur Tür. Vanessa sah den beiden nach. Zwischen der nächsten und der übernächsten Tür stand eine alte Schminkkommode mit einem dreigeteilten Spiegel. Scholtes blieb davor stehen und sprach sein Spiegelbild an: »Sag mal, was bist du denn für einer, dass du hier ohne Hose rumläufst? Schämst du dich eigentlich nicht?«, polterte er.

Schwester Clara war zwei Türen weiter gegangen und winkte ihm von der offenen Tür. »Gisbert, verabschieden Sie sich und kommen Sie mal zu mir.«

Der alte Mann winkte unbeholfen mit der Hand, mit der er zugleich die Krücke halten musste, und schlurfte Schwester Clara entgegen.

»Ich schicke Ihnen Jessica, sie macht im Bad wieder sauber«, rief Clara und verschwand mit Gisbert in seinem Zimmer.

Henriette Klemens trat aus dem Raum neben dem Besprechungszimmer und packte Vanessa am Arm. Dabei schützte sie den Kissenbezug, den sie in ihren Armen wie ein Neugeborenes trug. »Wissen Sie, wo es hier zur Krankenstation geht?«, fragte sie flehentlich.

Vanessa erkundigte sich, ob sie sich krank fühlte und einen Arzt brauche, und bot an, eine Schwester zu rufen.

»Nein, nicht für mich, das Baby müsste gewickelt werden, und ich kann die Krankenstation nicht mehr finden. Sonst war die immer hier, aber die müssen die verlegt haben. Ich frag einmal weiter«, murmelte die alte Hebamme und schlurfte davon. Als sie sich umdrehte, sah sich Vanessa unmittelbar Erika Lorenz gegenüber, die sich lautlos angeschlichen hatte. »Sagen Sie mal«, raunte Erika Vanessa zu und bedeutete ihr näherzukommen, damit niemand zuhörte, »ich war gestern nicht da, wie geht es denn dem Daniel? Hat er sich wieder erholt?«

Vanessa legte eine Hand auf Erikas trockene, faltige Hand und schüttelte den Kopf. »Nein, leider nicht, Frau Lorenz. Aber jetzt ist der Kai hier auf der Station, das ist auch ein ganz Netter. Ich bin sicher, Sie werden ihn mögen. Haben Sie ihn schon kennengelernt?«

»Aber wieso denn ein Neuer?«, beharrte Erika Lorenz. »Der Daniel macht seine Sache doch so gut, ich möchte aber gerne den Daniel behalten. Das muss ich meiner Mutter sagen, die soll sich dafür einsetzen, dass der Daniel wiederkommt.«

»Da würde sich der Daniel sicher freuen, Frau Lorenz«, erwiderte Charlotte, die ebenfalls auf den Flur gekommen war, um zu sehen, wo Vanessa blieb.

»Ich werde in die Kapelle gehen und für Daniel beten«, entschied Erika Lorenz und ging zu einem Türschild, auf dem sie nachlas, was sich in dem Raum befand, augenscheinlich auf der Suche nach der Kapelle.

Vanessa und Charlotte beschlossen, bis ihr Besprechungszimmer wieder sauber und gelüftet war, in den Aufenthaltsraum zu gehen, wo die meisten Leute der Abteilung versammelt waren. Alle, auch die Pflegerinnen, saßen im Kreis auf schmalen, hölzernen Hockern oder in ihren Rollstühlen und warfen sich einen großen, weichen Ball zu.

»Ich bin der Jupp. Der Ball ist für den Werner.« Dabei gab er den Ball an seinen direkten Nachbarn weiter, an dessen Namen er sich noch erinnern konnte.

Werner warf den Ball in Theis' Richtung und rief dabei sogar seinen Namen, aber Theis war vollkommen gehörlos und erschreckte sich, als der Ball auf ihn zuflog, ohne ihn fangen zu können. Schwester Clara stand auf und holte den Ball, der in eine Ecke gerollt war.

»Ich schlage vor, wir zählen jetzt, wie oft der Ball geworfen werden kann, ohne herunterzufallen. Theis fängt an«, rief Schwester Clara gut gelaunt in die Runde und hielt Theis den Ball hin. Der blickte sie dankbar an und warf den Ball zu Schwester Grazyna, ohne einen Namen zu sagen. So ging es eine Weile. Jupp fing den Ball und rief: »Sechs.«

»Sex ist immer gut«, rief Werner erfreut, riss seinem Nachbarn den Ball aus der Hand und rollte ihn zu Vanessa.

Diese hob den Ball auf und fragte, ob der denn gelte, der Ball sollte doch den Boden nicht berühren.

»Ich wollte ja auch vorne anfangen, damit wir gleich wieder bei Sex sind«, erklärte Werner.

»Manches verlernen sie einfach nicht«, murmelte Charlotte in Vanessas Ohr, und Vanessa warf den Ball zu Erika, ohne sich um Werners Sprüche zu kümmern.

»Ach, wo ich Sie gerade sehe, wie geht es denn dem Daniel?«, fragte Erika und verfehlte den Ball. Wieder sprang Schwester Clara auf und lief dem Ball hinterher. Neben Erika saß Schwester Veronika, die Erika in den Arm nahm und ihr geduldig zu erklären versuchte, warum Daniel nicht mehr da war.

»Ich will jetzt weiterspielen«, rief Jupp, ging auf Schwester Clara zu und zerrte an dem Ball.

»Den geben wir jetzt Erika zurück, damit sie werfen kann«, erklärte diese mit einer Seelenruhe.

»Ich will aber nicht werfen, ich will gar nicht mehr mit euch spielen«, begehrte Erika auf. »Ich will, dass der Daniel jetzt kommt.«

»Wir sind schon bei elf, ich will zwölf, das ist Doppelsex, das ist gut«, polterte Werner, ohne sich darum zu scheren, ob er damit die Gefühle der anderen verletzte.

Vanessa ließ den Blick schweifen und überlegte, wer in der Runde fehlte. »Können wir vielleicht mit Lieselotte sprechen?«, wandte sie sich an Schwester Veronika.

»Ihre Verwandten haben sie noch nicht zurückgebracht«, erklärte Veronika, und aus ihrer Stimme sprach keinerlei Bedauern.

»Dann gehen wir eben zu Ewald«, schlug Charlotte vor und wandte sich mit Vanessa Ewald Brauns Zimmer zu. »Solange Schwester Grazyna Ball spielt, kann sie sich auch nicht mit ihrem Neffen abstimmen. Danach sprechen wir mit ihr.«

Auf ihr Klopfen reagierte niemand. Die Tür war nicht abgeschlossen, aber das Zimmer war leer. Die Badezimmertür stand offen, auch da war niemand.

»Dann könnten wir uns jetzt doch Schwester Grazyna vornehmen, während die Kollegen mit ihrem Neffen sprechen, oder?«, schlug Vanessa vor. Auf dem Weg zurück zum Gemeinschaftsraum kam ihnen aber Gunter entgegen, der sie ins Besprechungszimmer bat. »Barski ist auf dem Weg zu einem Boxkampf, der heute Abend irgendwo im Ruhrgebiet stattfindet. Er soll morgen Abend wieder zu Hause sein. Lieser hat das unterwegs schon gecheckt, er ist wirklich für einen Kampf angemeldet. Also können wir ihn morgen erst befragen«, erklärte Gunter.

»Und wo ist Lieser jetzt?«, hakte Charlotte nach.

»Er fragte, ob er seine Mittagspause vorziehen und seine Schwiegeroma zu Hause abholen könnte. Der nette Herr Winzer scheint ständig mit seiner Schwiegermutter in Streit zu geraten, plötzlich hält er das Heim wohl noch für das kleinere Übel«, erklärte Gunter.

»Hat Lieser dich über unsere Gespräche mit den Motorradfreunden informiert?«, wollte Vanessa wissen.

»Ja, ich weiß Bescheid. Die Trierer Kollegen haben die Namen gecheckt, nichts. Weder die vier noch der neue Pfleger sind irgendwie bislang mit dem Gesetz aneinandergeraten«, erläuterte Gunter.

»Ich habe mit Bernadette telefoniert, die haben bislang auch keine neuen Erkenntnisse«, ergänzte Vanessa.

Charlotte lächelte. »Wir durften eben Zeuge eines normalen Altersheim-Alltags werden. Ich glaube, die sind ganz froh, dass für die Bewohner die Aufregung abklingt und sie wieder Anker haben, an denen sie sich festhalten können.«

In dem Moment wurde die Tür aufgerissen und die Pflegeschülerin Jessica stürzte in den Raum. »Ich habe hier geputzt. Und jetzt ist Ewald schon wieder weg. Was machen wir denn jetzt? Wer weiß, was hier passiert, während wir ihn suchen«, stieß sie atemlos hervor.

»Na, die Suchtrupps sind sowieso auf Stand-by, dann sollen sie jetzt eben nach Ewald Ausschau halten«, entschied Vanessa. »Wir geben eine Personenbeschreibung durch.«

»So ein Mist, wir haben eben nicht reagiert, als er nicht auf seinem Zimmer war«, ärgerte sich Charlotte. »Da war er vermutlich schon unterwegs, dann hat er einen guten Vorsprung.«

Kai hatte schnell einen Parkplatz gefunden. Die Gasse war schmal und das Kopfsteinpflaster holprig, aber direkt an der Zufahrt zur Basilika St. Willibrord war einer der wenigen Parkplätze frei. Er ging an der Veranstaltungshalle Trifolion vorbei über den Marktplatz und ließ den Blick über die schönen, alten Häuser schweifen, bevor er rechts zum Zockerbeerch abbog. Der Optikerladen wirkte einladend, und Kai sah schon von draußen den Mann in Brillengestellen stöbern, den er auf den Fotos im Gemeinschaftsraum gesehen hatte.

»Hallo, mein Name ist Kai Thömmes, ich komme vom Haus Moselruh bei Mehring«, stellte sich der Pfleger vor. Der Optiker begrüßte ihn sichtlich erfreut, während sich der alte Mann abwandte und so tat, als ginge ihn das nichts an.

»Ist das Ihr Bewohner?«, fragte der Optiker und zeigte auf den vermeintlichen Kunden.

»Er kennt mich nicht, ich arbeite erst seit gestern dort, aber sonst war niemand abkömmlich.« Er wandte sich direkt an den Mann: »Hallo Alwis, wir kennen uns noch nicht, ich bin der Kai, ich bringe Sie zurück zu Schwester Veronika und Ihren Mitbewohnern. Wie heißt der große, schmale Mann noch gleich, der immer wieder wegläuft, ich habe seinen Namen vergessen«, testete Kai die Erinnerung des Mannes. »Der vermisst Sie.«

»Sie meinen den, den ... Ich komm jetzt auch nicht drauf. Der trägt immer einen Hut und einen Mantel, nicht wahr?« Seine Augen blitzten kurz auf, und Kai war sich völlig sicher, Alwis Schlöder vor sich zu haben. »Das war sehr geistesgegenwärtig von Ihnen, uns zu informieren, vielen Dank«, wandte sich Kai dann an den Optiker.

»Ich bin ja froh, dass ich Ihnen helfen konnte. Und ihm vor allem. Erst dachte ich, er wäre von hier, weil er unsere Sprache spricht, aber ich glaube, er ist von der anderen Seite, oder?«, fragte der Optiker.

»Ich bin von Minden. Kennt ihr doch sicher, oder?«, erinnerte sich Alwis.

»Ja sicher, wo es die großen Portionen gibt für wenig Geld, da fahren wir auch oft zum Essen hin. In Luxemburg ist Essen so furchtbar teuer.«

»Alwis, haben Sie keinen Hunger? Sie sind doch seit zwei Tagen unterwegs, Sie müssen doch hungrig sein«, wunderte sich Kai. »Oder waren Sie bei Ihrer Familie?«

»Ich war ...«, fing Alwis an, stockte dann aber. »Wie spät ist es eigentlich?« Er blickte auf eine schwarze Uhr an seinem linken Handgelenk. Der Zeiger bewegte sich nicht. Kai sah, wie unter seinem rechten Ärmel eine braune Uhr hervorragte. Alwis sah die Uhr ebenfalls, blickte auch darauf, konnte aber die Uhrzeit nicht einordnen. »Ist es nicht Zeit zum Essen? Lassen Sie uns schnell fahren. Hier bekommt man ja nichts. Eine Schande ist das.« Er lief grußlos zur Tür und blieb erst auf der Straße stehen, die er irritiert auf und ab blickte.

»Dann nochmals vielen Dank«, rief Kai und schnappte Alwis am Arm, der gerade in die falsche Richtung davonlief.

Alwis wollte in das Auto zunächst nicht einsteigen, weil er es nicht kannte. Dann sah er seine rote Mütze auf dem Beifahrersitz liegen, die Kai vorhin dort vergessen hatte. »Das ist meine«, rief er erfreut, zog die Tür auf, setzte sich auf den Beifahrersitz und zog sich die Mütze bis zu den Augen. »Die hat meine Mama für mich gestrickt. Warum hast du denn keine Mütze an, ist dir nicht kalt?«

Kai setzte sich auf den Fahrersitz, verriegelte die Türen und fuhr langsam los. Er entschied sich, auf der luxemburgischen Seite zu fahren. Nicht nur, dass die Straßen hier immer in einem besseren Zustand waren, sondern er hatte vor allem auch Sorge, ob Alwis plötzlich aus dem Auto springen würde, wenn sie auf deutscher Seite durch Minden fahren würden.

»Ich bin neu im Heim, als Ersatz für Daniel«, erzählte Kai.

»Du bist aber noch ganz schön jung für das Heim«, parierte Alwis.

Kai verstand nicht und erklärte, er habe die Ausbildung mit neunzehn angefangen und sei schon ein paar Jahre im Beruf, bis er aus den Antworten begriff, dass Alwis ihn für einen Mitbewohner hielt und nicht für den neuen Pfleger. Dann wurden die Antworten spärlicher, und Kai sah von der Seite, dass Alwis eingeschlafen war. Er bekam keine Antwort auf die Frage, wie Alwis wohl nach Echternach gekommen war, wo er sich die letzten Tage und vor allem Nächte aufgehalten hatte und ob er sich an den Todesfall im Heim erinnern könnte.

Als Josette vom Supermarkt zurückkam, rief sie nach Alwis, aber er antwortete ihr nicht. Sie sah in den Garten, aber auch da fand sie ihn nicht. Sie hatte schon ewig keine Eier mehr zum Frühstück gegessen, nach der anfänglichen Zurückhaltung freute sie sich jetzt richtig darauf. Sie hatte auch noch Schinken mitgebracht und überlegte, ob Alwis vielleicht der Typ für einen richtigen Strammen Max sei, Graubrot mit Schinken und Spiegelei war sicherlich nach seinem Geschmack. Als sie die Eier auf die Anrichte legte, trat sie bloß auf Socken in etwas Nasses auf dem Boden.

»Ach Alwis, ich komme gleich, da ist wohl ein bisschen Kaffee übergelaufen. Ich mach das mal eben weg«, rief Josette, als sie sah, dass Alwis den Kaffeefilter auf die Anrichte gestellt hatte, bevor der Kaffee vollständig durchgelaufen war; die braune Brühe war über die Anrichte und dann vornüber auf den Boden gelaufen.

Sie erwartete, die volle Kanne auf dem Esstisch zu sehen, aber was sie sah, enttäuschte sie ein wenig. Alwis hatte alleine bereits einen Kaffee getrunken, seine Tasse war leer, stand aber noch auf dem Tisch. Sein Teller und sein Messer waren eindeutig benutzt, er schien schon gefrühstückt zu haben, während Josette extra seinetwegen losgelaufen war, um Eier zu kaufen. Es tat ihr so leid, sie hatte wirklich länger gebraucht, als sie erwartet hatte, weil sie noch an der Wursttheke für den Schinken anstehen musste, und dann hatte sie noch eine Freundin vom Wanderverein getroffen, die sich nach ihrem Begleiter von Sonntag erkundigt hatte. Da hatte sie geschwärmt, wie hilfsbereit Alwis war und wie viel er im Garten bereits gegraben hatte, vielleicht hatte sie sich da etwas länger aufgehalten, als sie eigentlich wollte. Da war es ja verständlich, dass Alwis deswegen alleine gefrühstückt hatte, aber sie war doch überrascht, dass er einfach so weggegangen war. Sie suchte vergeblich einen Zettel, irgendeine Notiz, wohin er gegangen sein könnte. Josette lief nach oben, aber auch im Schlafzimmer und im angrenzenden Badezimmer war niemand zu finden. Sie sah im Flur nach, die Jacke und die Schuhe waren weg, nur der Stock stand noch im Schirmständer. Sie nahm ihn in die Hand und wunderte sich, dass Alwis ohne ihn unterwegs war. Er schien ihn wirklich nur zum Wandern zu benutzen, auf kurzen Strecken war er noch erstaunlich gut zu Fuß. Sie wollte den Stock gerade in den Ständer zurückstellen, als sie eine messingfarbene Plakette sah, auf der etwas eingraviert war. Josette hielt den Stock ans Licht, aber auch so konnte sie die Schrift nicht entziffern. Das war ihr in letzter Zeit häufiger passiert, sie müsste sich dringend Gedanken um eine neue Brille machen. Ihre alte Brille schien nicht mehr stark genug zu sein, schließlich war sie auch schon einige Jahre alt.

Josette setzte sich an den Tisch, aber das Frühstück schmeckte ihr ohne Alwis nicht so recht. Der Kaffee war schon abgekühlt, weil Alwis keine Thermoskanne benutzt hatte und leider vergessen hatte, den Deckel auf die Kanne zu setzen, die Butter war weich geworden, was sie gar nicht mochte, aber Alwis hatte es sicher nur gut gemeint. Das Brot war vom Stehen nicht leckerer geworden. Josette räumte alles auf und beschloss, nicht länger auf Alwis zu warten. Sie wollte die Zeit sinnvoll nutzen, bis er wieder zurück war, dann könnten sie die gemeinsame Zeit wieder angenehm nutzen. Er hatte zwar keinen Schlüssel, aber draußen war es trocken und für März relativ warm, da konnte nichts passieren, selbst wenn er ein paar Minuten auf sie warten müsste. Sie schrieb ihm einen Zettel, dass sie bald zurück sei, er solle auf der Terrasse warten, dann steckte sie den Zettel hinter den Türgriff an der Haustür und lief in Richtung Marktplatz. Es waren nur wenige Minuten, und sie wusste, dass es am angrenzenden Zockerbeerch einen Optiker gab.

Es war noch ein Kunde vor ihr, und Josette sah sich um. Sie setzte mal hier, mal da ein Brillengestell auf und betrachtete sich im Spiegel. Der junge Mann ging, und der Optiker wandte sich an Josette.

Josette machte sich Sorgen, weil Alwis einfach davongelaufen war. Sie wusste nicht, ob er zurückkommen würde, und dabei wusste sie nicht einmal seinen Nachnamen oder wo er wohnte. Sie begann jetzt schon, ihn zu vermissen, so sehr hatte sie sich in den zwei Tagen daran gewöhnt, endlich wieder einen Menschen an ihrer Seite zu haben, der ihren Alltag teilte.

»Wissen Sie, ich habe da am Sonntag beim Wandern einen ganz netten älteren Herrn kennengelernt. Er kommt nicht von hier, und ich habe ihn bei mir beherbergt, aber seit heute Morgen ist er verschwunden ...«, begann Josette. Sie erzählte, dass sie nur kurz einkaufen war und dass Alwis danach nicht mehr da war, sie aber den Stock gefunden habe und das Namensschild jetzt nicht lesen könne und darum wohl eine neue Brille brauche.

»Entschuldigen Sie, war der Mann in den Siebzigern, nicht viel größer als Sie, braune Cordhose, feste Schuhe ...«, fragte Claude Wampach.

»Ach, es tut mir leid, dass ich Ihnen hier meine ganze Lebensgeschichte erzähle. Ich hatte mich nur über seine angenehme Gesellschaft gefreut, und da lässt er mich stehen wie ein Schulmädchen. Das macht man doch nicht, ich mache mir wirklich Sorgen, was in ihn gefahren ist. Vielleicht habe ich ihn auch irgendwie verärgert, vielleicht weil ich beim Einkaufen so lange weg war«, überlegte Josette laut, ohne darüber zu stolpern, dass der Optiker Alwis korrekt beschrieben hatte.

»Nein, nein, das geht schon in Ordnung. Sagen Sie, war der Mann ein Preuß', also ich meine, kam der von der anderen Seite der Sauer?«

»Ja sicher, ich denke, er kam aus Minden«, sagte Josette und wurde langsam hellhörig.

»Sind Sie sicher, dass es Minden war, kann es nicht auch Mehring an der Mosel gewesen sein?«

Josette hielt endlich in ihrem Redefluss inne und sah den Optiker nachdenklich an. »Wo Sie es so sagen, er ist bei Mehring in unseren Bus gestiegen, auch wenn ich von der Sprache her sicher bin, dass er von der Sauer kommt.«

Claude Wampach erzählte ihr, wie der Mann zu ihm in den Laden gekommen war und Brötchen bei ihm hatte kaufen wollen. »Es ist bestimmt zwanzig Jahre her, dass es hier im Haus einmal eine Bäckerei gegeben hat. Aber daran konnte er sich wohl noch erinnern. Er legte mir Geld auf die Theke. Es war ein Hundert-Mark-Schein, wie sie als Erstausstattung in Portemonnaies zu finden sind, Sie wissen schon, auf dünnem Karton, nur auf einer Seite bedruckt. Auf der Rückseite stand handschriftlich sein Name, außerdem gab es einen Stempel von einer Seniorenresidenz in Deutschland. Ich habe da angerufen, und tatsächlich haben sie den Mann schon seit Sonntag vermisst.«

Josette schlug die Hand vor den Mund. »Das ist mein Alwis. Wissen Sie noch, wie er mit vollem Namen heißt? Oder wo dieses Heim ist?«

Claude Wampach hatte keine anderen Kunden und wollte der liebenswerten Frau gerne helfen. Er drückte die Wahlwiederholung und wartete, bis sich eine kratzige, vermutlich erkältete Stimme am anderen Ende meldete.

»Haus Moselruh, was kann ich für Sie tun?«, krächzte Schwester Engelberta ins Telefon.

»Guten Tag, ich hatte vorhin aus Luxemburg angerufen, weil ich einen verwirrten, älteren Herrn bei mir aufgegriffen hatte. Ich wollte nur fragen, ob das auch wirklich Ihr Bewohner war«, erklärte der Optiker der Schwester am anderen Ende der Leitung.

»Das kann ich Ihnen leider noch nicht sagen, unser Pfleger ist noch nicht wieder zurück. Darf ich Sie vielleicht später anrufen?«

»Ach, ich rufe Sie noch einmal zurück. Sagen Sie, wo ist das Heim eigentlich?«, erkundigte sich Wampach und griff nach einem Stift, um sich die Adresse zu notieren.

»Das Haus Moselruh liegt an der Bundesstraße kurz vor Mehring, direkt an der Straße, man kann es gar nicht verfehlen.«

»Danke, ich melde mich noch mal«, antwortete der Optiker und legte auf. Er reichte Josette den Zettel mit der Telefonnummer, dem Namen des Hauses und der Wegbeschreibung.

Josette war ganz verwirrt von der unerwarteten Entwicklung. »Sagen Sie, wie er jetzt wirklich heißt, wissen Sie nicht?«

»Nein, der Pfleger hat ihn nur mit Vornamen angesprochen. Der Name stand ja auf diesem Geldschein, also ich meine, dem Zettel, aber den habe ich mir nicht gemerkt. Ich hatte Sorge, dass der Mann wegläuft, wenn es ihm zu lange dauert. Aber sagten Sie nicht, das stehe auf dem Stock, den er bei Ihnen vergessen hat?«

»Mein Gott, der Stock, den braucht er doch sicher. Wie spät ist es denn jetzt?«, fragte Josette aufgeregt.

Es war kurz nach halb zwölf, Josette bedankte sich, versicherte, in den nächsten Tagen wegen einer Brille vorbeizukommen, und lief schnurstracks nach Hause. Sie schnappte sich den Stock aus dem Schirmständer und schloss die Tür hinter sich ab. Dabei zog sie den Zettel mit der Nachricht für Alwis hinter der Türklinke hervor und stopfte ihn in ihre Jackentasche. Sie lief eilig zum Busbahnhof, wo sie den Bus nach Wasserbillig schon stehen sah. Sie hörte, wie der Motor gerade angelassen wurde, sah aber, dass noch zwei Leute vor ihr waren und gerade einstiegen. Sie kam gerade noch rechtzeitig. Erschöpft ließ sich Josette auf einen Sitz fallen und versuchte wieder regelmäßig zu atmen. Ein junges Mädchen mit Stöpseln in den Ohren und unangenehm lauter Musik ließ sich neben Josette fallen. Josette tippte sie an. Sofort machte das Mädchen die Musik leiser.

»Nein, nein, das meinte ich nicht.« Josette zog den Stock zwischen Wand und ihrem Bein hervor und hielt ihn dem Mädchen hin. »Ich kann das leider nicht lesen, könnten Sie mir bitte sagen, was da steht?« Dabei tippte sie auf das kleine Messingschild.

Das Mädchen ließ eine Kaugummiblase platzen und sah gelangweilt auf das Schildchen. »Da steht Alois Schlöder«, erklärte sie zäh.

»Danke, mehr wollte ich nicht wissen«, seufzte Josette und schloss die Augen.

Die Rückfahrt ging schnell, Kai fuhr hinter Ralingen zur Bitburger hoch und hatte auch auf der Autobahn freie Fahrt, weil die Luxemburg-Pendler noch nicht unterwegs waren. Es war noch vor zwölf Uhr, als Alwis beim Abschalten des Motors wach wurde und sich umsah. »Hier war ich schon mal«, sagte er und sprang aus dem Auto. »Kommen Sie, ich zeige Ihnen mein Zimmer. Wo ist denn Ihr Zimmer?« Damit lief er die Treppe hoch und stürmte an Schwester Engelberta vorbei, als wäre er nie weg gewesen.

Während Gunter von ihrem Besprechungsraum aus alle Einsatzkräfte informierte, dass Alwis wieder zurück sei und sie stattdessen nach Ewald Braun suchen sollten, begleiteten Charlotte und Vanessa Schwester Veronika ins Zimmer von Alwis Schlöder. Sie klopften an und fanden Alwis in einer Ecke stehend, seine Hände spielten mit seiner roten Mütze.

»Ist das Ihre Mütze, Alwis?«, fragte Schwester Veronika.

»Aber sicher, die hat mir meine Mama gestrickt«, beteuerte Alwis.

»Und die Hose und der Pulli, die Sie tragen, sind das auch Ihre Sachen?«

Alwis sah an sich herab, die Ermittlerinnen folgten erstaunt seinem Blick. »Äh, ja, wem sollen die denn sonst gehören? Ich trage doch keine Sachen von anderen Leuten«, brauste Alwis auf.

»Na, Alwis, dann wollen wir doch mal sehen, was auf dem Etikett steht, das in allen Kleidungsstücken eingenäht ist, damit wir die Sachen nach der Wäsche alle wieder an ihre Besitzer zurückgeben können. Welcher Name müsste denn da stehen?«

»Da müsste ...«, Alwis stockte. »Da müsste natürlich mein Name stehen.«

»Also welcher Name?«

»Meiner eben. Fragen Sie doch nicht so blöd. Was wollen Sie eigentlich alle hier?«

Vanessa erinnerte sich daran, dass Alwis sie und Charlotte noch nicht kennengelernt hatte. »Ich komme von der Wäscherei, ich soll die Sachen abholen. Sehen Sie mal, an Ihrer Hose ist Schmutz, die nehme ich direkt mit. Welche Sachen soll ich Ihnen denn aus Ihrem Schrank geben, was möchten Sie denn gerne anziehen?«, fragte sie geistesgegenwärtig.

»Ich möchte die hier anlassen«, beharrte Alwis und drückte sich noch enger in die Ecke.

»Die Mütze brauchen wir nicht zu waschen, aber die Hose und den Pulli. Ich gehe mal ins Bad und hole Ihre andere Wäsche, Schwester Veronika sucht Ihnen sicher Kleidung heraus, die Sie gerne mögen«, schlug Vanessa vor.

Die Pflegerin ging auf den Kleiderschrank zu, und tatsächlich verließ Alwis seine Ecke und zeigte auf einen Pulli und eine Hose, die er anziehen wollte. Veronika nahm auch noch eine Unterhose, Strümpfe und ein Unterhemd aus dem Schrank und bedeutete den Polizistinnen, dass sie Alwis beim Umziehen im Bad helfen würde.

»Ich kenne mich hier noch nicht aus, wo finde ich große Plastiktüten?«, fragte Vanessa, woraufhin Schwester Veronika sie ins Schwesternzimmer schickte.

»Lassen Sie die benutzten Sachen einfach im Bad liegen, und fassen Sie sie bitte so wenig wie möglich an, die müssen in die Kriminaltechnik«, bat Vanessa und eilte nach draußen.

Charlotte setzte sich auf die Tischkante und betrachtete die rote Pudelmütze. Sie war sehr abgegriffen, die Bommel hing nur noch an einem dünnen Faden. Aus dem Bad war zu hören, dass Alwis sich nicht umziehen wollte, sich aber auch nicht traute, Schwester Veronika zu widersprechen. Gleichzeitig gingen die Tür zum Flur und die zum Badezimmer auf, und Vanessa huschte direkt ins Bad, um die Kleidung einzutüten und Gunter zu übergeben, der bereits Bernadette von der Kriminaltechnik verständigt hatte, dass sie dringend gebraucht würde.

»Wobei haben Sie sich denn so schmutzig gemacht?«, fragte Veronika und drückte Alwis sanft auf sein Sofa, während sie sich neben ihn setzte.

»Ich musste so viel arbeiten«, erklärte Alwis und stöhnte schwer. »Ich hab ganz viel graben müssen.«

Die Ermittlerinnen wurden hellhörig. »Wo haben Sie denn gegraben, Herr Schlöder?«, fragte Charlotte.

Alwis sah sie lange an, sagte aber nichts. Seine Hand wanderte zu Schwester Veronika, und er umfasste ihre Hand vorsichtig.

»Haben Sie etwas verstecken müssen, Alwis?«, fragte Veronika.

»Nein, nein, ich habe Kartoffeln gepflanzt«, erklärte Alwis stolz.

»Womit haben Sie denn gegraben, mit Ihrem Stock?«, wollte die Pflegerin wissen.

Alwis sah sie verständnislos an. Es war offensichtlich, dass er sich an keinen Stock erinnerte. Sein Blick schweifte durch sein Zimmer, Charlotte rechnete damit, dass er jeden Moment aufspringen und seinen Stock suchen würde. Sie hielt ihm seine Mütze entgegen, und er griff dankbar zu und knetete die Mütze in den Händen.

»Wie sind Sie eigentlich nach Echternach gekommen?«, fragte Veronika.

»Was sollte ich denn in Echternach?«

»Der Kai hat Sie doch in Echternach abgeholt«, erklärte die Schwester.

»Ich war schon ewig nicht mehr in Echternach. Was soll ich auch da, ich kenne da ja niemanden.«

»Kommen Sie nicht aus der Gegend?«, schaltete sich Charlotte ein.

»Ich komme aus Minden und nicht aus Luxemburg«, empörte sich Alwis. »Ich war früher oft in Echternach, da habe ich immer meinen Pass vorzeigen müssen, und dann konnte ich da tanken und Zigaretten kaufen. Und Kaffee natürlich. Aber jetzt war ich schon lange nicht mehr in Echternach. Seit ich kein Auto mehr fahre ...«

»Sind Sie nicht mit dem Auto nach Echternach gefahren?«, wollte Vanessa wissen, die sich noch immer Gedanken machte, wie der alte Mann die Strecke hatte schaffen können. Mit dem Auto waren es rund vierzig Kilometer, zu Fuß gab es eine etwas kürzere Strecke, aber er hätte rund acht Stunden unterwegs gewesen sein müssen, sodass es bei seinem fehlenden Orientierungssinn sehr unwahrscheinlich war, dass er diese Strecke gewählt hätte.

»Natürlich bin ich mit dem Auto gefahren«, bestätigte Alwis plötzlich. »Mein Sohn hat ein neues Auto, mit dem hat er mich gefahren.«

»Alwis, das kann nicht Ihr Sohn gewesen sein«, erklärte Veronika vorsichtig, und an die Polizistinnen gewandt, sagte sie: »Der Sohn ist kurz vor Weihnachten an Krebs gestorben, weitere Kinder hat Alwis nicht. Sein Sohn war nicht verheiratet, hatte aber eine Lebensgefährtin. Deren Kinder sind nicht in der Lebenssituation, dass sie ihn zu sich nehmen wollten oder konnten. Darum ist Alwis seither bei uns. Ich weiß nicht, wen er für seinen Sohn hält.«

Es klopfte an der Tür, und Kai steckte den Kopf ins Zimmer. »Ich wollte nur fragen, ob Sie alle mitessen oder ob wir das Essen für Sie später machen sollen.«

»Aber da ist doch mein Sohn, der hat mich mit dem Auto hergebracht. Ein schönes Auto, mein Junge. Ich bin stolz auf dich, dass du so viel verdienst, dass du dir das leisten kannst.« Und verschwörerisch setzte er hinzu: »Da gab es ja auch schon andere Zeiten, nicht wahr?«

»Ich glaube, die Veränderung hat Alwis mehr zugesetzt, als es auf den ersten Blick aussah«, raunte die Psychologin.

»Es ist jetzt kurz nach zwölf?«, fragte Schwester Veronika nach einem Blick auf ihre Armbanduhr. »Ich denke, wir können sowieso nicht länger als eine Viertelstunde weitermachen, dann braucht Alwis eine Pause. Wir essen also alle mit.«

»Junge, du warst schon so lange nicht mehr hier, isst du denn mit mir zusammen?«, fragte Alwis und suchte ein Taschentuch, hatte aber noch keins in seiner frischen Hose. Kai ging an den Kleiderschrank und reichte ihm ein Stofftaschentuch. »Natürlich sitze ich mit am Tisch, aber erst muss ich noch ein bisschen arbeiten«, erklärte Kai.

»So ein fleißiger Junge«, lobte Alwis und putzte sich umständlich die Nase, während Kai die Tür vorsichtig wieder schloss.

Vanessa machte sich Gedanken um den Wahrheitsgehalt von Alwis' Aussagen. Seine Fingernägel sahen fast so aus, als habe er mit bloßen Händen gegraben, blieb nur die Frage, was er vergraben hatte. Sie würde Bernadette beauftragen, den Schmutz unter den Fingernägeln zu untersuchen, möglicherweise würde sich dort Genmaterial von Daniel finden lassen. Als sie von Alwis' Fingern aufsah in sein Gesicht, bemerkte sie erst, dass Alwis eingeschlafen war. Der Tag war wohl sehr aufregend für ihn gewesen, wer weiß, welche

Anstrengungen er in den letzten beiden Tagen hinter sich gebracht hatte. Als Vanessas Telefon klingelte, schreckte Alwis aus dem Schlaf und sah sich verwirrt um. Er stammelte: »Ich hab keine Brötchen bekommen, tut mir wirklich leid.«

Am Telefon war Dr. Breuer. Er bestätigte, dass Daniel Mütherthies an Ort und Stelle erschlagen worden war, wobei der Tod durch den Genickbruch an der Tischkante eingetreten sein müsste. Es dürfte sich also um einen Unfall mit Todesfolge oder einen Totschlag handeln, was der Richter zu entscheiden hätte, mit ziemlicher Sicherheit aber nicht um einen geplanten Mord. Er ging nach wie vor von stumpfer Gewalteinwirkung aus, möglicherweise von einem Stock oder einer Krücke, auch wenn sie diese bislang noch nicht gefunden hatten. Unter Daniels Fingernägeln hätten sie Genmaterial gefunden, das sie eindeutig Alwis Schlöder zuordnen konnten.

»Woher haben Sie dessen DNA, der ist vor nicht einmal einer halben Stunde erst wieder aufgetaucht«, fragte Vanessa erstaunt.

»Waren Sie schon einmal bei ihm im Bad?«, entgegnete Dr. Breuer, man konnte ihn durchs Telefon grinsen hören. »Er hat eine frische Zahnbürste da stehen, die alte liegt hier vor mir. Außerdem hat er Haarausfall, was in dem Alter nicht unüblich ist.«

»Und er hat einen Kratzer auf dem Handrücken, genau auf einer hervorspringenden Ader, der Kruste nach dürfte der Kratzer noch nicht sehr alt sein. Das würde zusammenpassen. Sie meinen, wir müssen gut auf ihn aufpassen?«, fragte Vanessa.

»Passen Sie vor allem auf sich auf, wer weiß, welches unbedachte Wort ihn dazu veranlasst hat«, empfahl Dr. Breuer lachend.

»Bedeutet das, ich muss ihn festnehmen?«

»Das ist zum Glück nicht mein Zuständigkeitsbereich. Gibt es in diesem Heim nicht auch Zimmer, aus denen er ganz sicher nicht mehr rauskommt? Vielleicht wäre er da erst einmal besser aufgehoben.«

»Ich bespreche das mit Gunter, erst einmal warte ich, was Bernadette noch herausfindet«, wandte Vanessa ein.

»Frau Schubert ist auf dem Weg zu Ihnen, sie dürfte die letzten Unklarheiten aus dem Weg räumen.«

»Danke schon mal, superschneller Service«, bedankte sich Vanessa und legte auf.

Charlotte und Schwester Veronika sahen sie fragend an.

»Ich bin gleich wieder da«, wich Vanessa aus und verließ den Raum, um sich mit Gunter abzustimmen. Auf dem Flur traf sie bereits auf Bernadette Schubert von der Kriminaltechnik.

»Sieh dir bitte diesen Kratzer auf seiner Hand gut an. Und ansonsten ist er extrem misstrauisch und verschreckt. Ich bin angeblich von der Wäscherei, wie wäre es, wenn du die neue Maniküre-Frau bist?«, schlug Vanessa eher zum Scherz vor.

»Jetzt hab ich die künstlichen Fingernägel im Auto vergessen, aber ich seh erst einmal, welche Farbe er möchte«, konterte Bernadette schlagfertig und öffnete die Tür, die Vanessa gerade geschlossen hatte.

»Da sind Sie ja schon wieder«, hörte Vanessa Alwis sagen und blickte flüchtig in den Spiegel, der auf dem

Flur hing. Vanessa war groß, sehr schlank mit langen, roten Haaren, Bernadette eher klein und sportlich mit einem dunklen Pagenkopf. Aber Alwis schien es nicht bemerkt zu haben.

Gunter war mit Lieser, der inzwischen auch wieder zu ihnen gestoßen war, in der Einsatzzentrale. Beide hörten sich die aktuellen Entwicklungen an.

»Das klingt ja ganz so, als könnten wir hier einpacken. Ich bin gespannt, was der Richter daraus macht«, überlegte Gunter laut. »Keine verwertbaren Zeugenaussagen, keine Indizien, Genmaterial, das nicht selbstverständlich im Zusammenhang mit dem Todesfall steht ...«

»Ich stelle mir gerade vor, wie das wäre, wenn meine Schwiegergroßmutter die Täterin wäre«, sagte Lieser. »Was sollte so ein Mensch in einem Gefängnis? Keine Fluchtgefahr, keine Wiederholungsgefahr, keine Hoffnung auf Reue ... Was macht man in so einem Fall?«

Vanessa zuckte mit den Achseln. »Ich weiß es auch nicht. Aber können wir eine Wiederholungsgefahr wirklich ausschließen? Wer weiß, was der Auslöser war. Kann es den nicht morgen wieder geben? Vielleicht sagt gerade Bernadette etwas Unbedachtes oder morgen der neue Pfleger, und es gibt wieder Tote. Muss man die Leute nicht eher vor sich selbst schützen?«

Lieser schüttelte den Kopf. »Die Leutchen verfallen ja immer mehr, da ist die Gefahr, dass sie immer aggressiver werden, doch gering, sie werden eher immer ruhiger. Im Zweifel sorgen die Ärzte dafür, da sei sicher. Aber nehmen wir so einen Menschen aus seiner gewohnten Umgebung raus, dann wird es wirklich gefährlich. Sie kennen sich nicht mehr aus, werden verwirrt, laufen weg, werden ungehalten, weil sie merken, dass etwas nicht stimmt. Ich sehe eine viel größere Gefahr, wenn wir Schlöder inhaftieren. Das Ganze gefällt mir nicht.«

Vom Gang her war ein Gong zu hören. Gunter trat auf den Flur und sah, wie Adele Kröber von Schwester Grazyna vorbeigefahren wurde. »Essen«, sagte die Schwester kurz angebunden. Sie schien sich in ihrer Familienehre gekränkt zu fühlen, weil die Polizei ihren Neffen Marek Barski im Visier hatte. Und selbst, wenn er mit dem Mord nichts zu tun hatte, würden sie ihm noch etwas genauer auf die Finger sehen müssen.

»Sagen Sie, sind Sie nicht mit meinem Johannes bekannt?«, fragte Tante Adele und winkte Vanessa mit ihrer knorrigen Hand zu. »Meine Handcreme ist leer, der Johannes soll mir neue bringen. Und Hajo könnte sich auch mal wieder blicken lassen, der war schon so lange nicht mehr da.«

»Ich werde mich darum kümmern«, versprach Vanessa und flüsterte Gunter, der gerade hinter Lieser den Raum absperrte, zu: »Ich habe ihr vor zwei Tagen erst aus einer großen Tube die Hand eingecremt, die kann nicht leer sein.«

Henriette Klemens schlich an Vanessa heran und hielt ihr das Bündel hin, das sie immer wie ein Baby auf dem Arm trug. »Könnten Sie das Baby mal eben halten, ich muss zur Toilette«, flüsterte sie, als fürchtete sie, das schlafende Baby sonst aufzuwecken.

Vanessa nahm das Bündel und blickte der früheren Hebamme hinterher, wie sie in ihrem Zimmer verschwand.

»So schnell geht das bei dir mit dem Nachwuchs?«, frotzelte Gunter. »Wem sieht es denn eher ähnlich, dir oder Johannes?«

Vanessa hob die Decke etwas an und zeigte das Bündel erstaunt ihrem Kollegen. Neben drei Brillen, einem Buch, das sicher Heinrich Ruppenthal gehörte, zwei Kaffeelöffeln und einer Schachtel Plätzchen war auch Tante Adeles große Tube mit Handcreme in Jettchens Babydecke verschwunden.

»Na, da haben wir wenigstens etwas aufklären können«, lachte Gunter, nahm die Dinge an sich und griff ein Kissen von einem Sofa, das er stattdessen in die Decke wickelte. »Ich werde Schwester Clara bitten, alles wieder ordnungsgemäß zu verteilen.«

Frau Klemens schlich wieder lautlos an sie heran, nahm das vermeintliche Baby an sich und glitt in Richtung Speisesaal, ohne die Veränderung zu bemerken.

»Na, wie gefällt Ihnen mein Gong?«, fragte Kai lachend und zeigte auf eine große Bratpfanne, die er mit einem stoffumwickelten Kochlöffel angeschlagen hatte.

»Ist das effektiv?«, fragte Gunter.

»Ich war als Jugendlicher Betreuer in Kinderfreizeiten. Da hat das immer prima funktioniert. Sobald die Leute daran gewöhnt sind, muss man nicht mehr alle holen gehen, sie kommen schon bei dem Geräusch. Klappt sicher bei Kindern besser als bei Senioren, aber: Wenn ihr nicht werdet wie die Kinder ...«

Die Ermittler setzten sich in den hinteren Teil des Speisesaals und beobachteten, wie die alten Leute ihre Plätze einnahmen. Alle bekamen ein großes Lätzchen umgebunden. Sobald die Suppe aufgetragen war, konnten sie die verschiedenen Stadien der Krankheit, aber auch die Gewohnheiten und Manieren der Leute erkennen. Frau von Beutz löffelte ihre Suppe wie eine Dame, Jupp Herres hielt die Suppentasse ungelenk in seiner versehrten Hand und schlürfte laut, Werner Baltes sprach so viel, dass er sein Gegenüber mit Suppe bespritzte. Gisbert Scholtes löffelte die Suppe in seinen Tee und trank beides zusammen, bis Kai, der auf dem Platz des noch immer fehlenden Ewald Braun saß, ihm die Tasse wegnahm. Daraufhin beschimpfte Scholtes ihn unflätig, es seien Zustände wie beim Militär, nie dürfe man machen, was man wolle. Schwester Veronika lieferte gerade Alwis an seinem Tisch ab, der sich allen mit Namen vorstellte, auch Kai, den er zuvor noch für seinen Sohn gehalten hatte.

Bernadette setzte sich zu den Ermittlern und drehte ihren Stuhl so, dass sie Alwis Schlöder im Blick hatte. »Ich habe ihm erklärt, ich sei für die Maniküre zuständig und habe seine Fingernägel gesäubert. Habe alles fein säuberlich aufbewahrt und werde es gleich analysieren. Die Wunde an seinem Handrücken passt vom Heilungsprozess her gut, das würde auch zu den Hautresten unter Daniels Fingernägeln passen. Daniel könnte sich gewehrt haben. Aber trotzdem passt da etwas nicht. Wenn die alten Leute gleich alle in ihren Zimmern sind zum Mittagsschlaf, müssen wir die Situation einmal nachstellen.«

Schwester Clara trat zu Vanessa und bat sie, sich noch einmal mit Waltraud von Beutz zu unterhalten. »Waltraud nimmt die ganze Situation sehr mit. Sie hat die letzte Nacht sehr schlecht geschlafen, aber eben hat sie mir mitgeteilt, ihr sei noch etwas eingefallen, und sie fragte mich, ob Sie wohl im Haus seien. Ich möchte Sie nur bitten, sie erst essen zu lassen.«

»Wollen wir hoffen, dass sie sich anschließend noch erinnert«, sagte Gunter resigniert.

Schwester Clara lächelte wissend. »Die Befürchtung hatte sie wohl auch schon, darum hat sie heute Morgen die Putzfrau gebeten, ihre Erinnerung aufzuschreiben. Den Zettel hat sie gerade in ihrer Tasche gefunden, als sie ein Taschentuch gesucht hat. Sie fängt zwar auch an, vergesslich zu werden, aber sie hat System.«

»Wissen Sie eigentlich etwas darüber, was ihren Sohn und den Neffen von Schwester Grazyna verbindet?«, fragte Vanessa.

Das Lächeln aus Schwester Claras Gesicht verschwand. »Wenn die Bewohner gleich Mittagsschlaf halten, komme ich zu Ihnen, ja?«

Vanessa, Charlotte und Gunter hatten sich, nachdem sie zusammen bei Waltraud von Beutz gewesen waren, wieder im Besprechungszimmer getroffen und hatten Frau von Beutz' Schilderungen ergänzt. Vanessa atmete tief aus.

»Mit der Entwicklung hatte ich nicht gerechnet. Dass ihr Sohn noch einmal ins Haus zurückgegangen ist, wirft ein völlig anderes Licht auf die ganze Situation.

Es ist aber auch wirklich ein Fluch, dass die alte Dame nicht mehr richtig sehen kann, sonst könnte sie uns sagen, ob die Motorradfahrer schon weg waren, als ihr Sohn wiederkam.«

»Immerhin sind ihre Aussagen besser als nichts. Wenn es also stimmen würde, dass er etwas in ihrem Zimmer vergessen hat, dann hätte er also durch die Halle bis zum Ende des Flurs gehen müssen, aufschließen, sein heruntergefallenes Portemonnaie suchen, abschließen, wieder zurückgehen. Und das, ohne dass er von den Geschehnissen im Speisesaal etwas mitbekommen hätte?«

»Oder er hätte Zeit genug gehabt, Daniel zu erschlagen und wieder zu seiner Mutter ins Auto zu steigen. Seiner Mutter wären nicht einmal Blutspritzer auf seiner Kleidung aufgefallen. Er wusste ja, wo er Daniel zu suchen hatte«, unterbrach die Psychologin ihren Kollegen Gunter.

»Wo aber doch angeblich die Motorradfahrer gerade waren. Kann von Beutz Christian Longen für einen Mord bezahlt haben, weil er wusste, dass Longen ebenfalls eifersüchtig auf seine Mutter war? Oder sollte er sich selbst die behandschuhten Fingerchen schmutzig gemacht und den Mann erschlagen haben, der seine Geschäfte zu vereiteln suchte?«, spann Vanessa den Faden weiter.

»Sehr interessant auch, was Schwester Clara über Marek Barski und Walter von Beutz zu erzählen hatte. Das war ihr ja sichtlich unangenehm«, sagte Charlotte. »Welche Schlüsse zieht ihr als Ermittler daraus?«

»Wenn Schwester Clara erzählt, dass Walter von Beutz immer wieder mal ins Heim gekommen ist, sich

Marek Barskis Auto geliehen und nach zwei Stunden wiedergekommen ist, kann das für mich eigentlich nur eins bedeuten«, mutmaßte Gunter. »Es ist ja leider bekannt, dass Leute von außerhalb immer wieder einmal ihr Schwarzgeld mit dem Köfferchen nach Luxemburg bringen.«

»Oder wieder abholen«, unterbrach ihn Vanessa.

»Genau. Aber auswärtige Autos werden bei stichprobenartigen Kontrollen untersucht. Darum wollte von Beutz nicht mit seinem eigenen dicken Auto mit Koblenzer Kennzeichen über die Grenze fahren. In den Autos mit Trierer Kennzeichen sitzen in der Regel Leute, die täglich zur Arbeit pendeln oder einfach nur tanken fahren. Die werden meist durchgewunken. So wie Mutter von Beutz erzählte, läuft ihr Sohn immer im Anzug rum. Den unterscheidet man doch auf den ersten Blick nicht von einem Banker oder EU-Mitarbeiter.«

»Vierzig Minuten hin, vierzig Minuten zurück, seine Geldgeschäfte erledigen, Barskis Auto wieder tanken, vielleicht Zigaretten kaufen ... Das könnte gut passen«, rechnete Vanessa.

»Das passt auch zu den Überlegungen, ob er mit der Bitburger Brauerei über eine Übernahme verhandelt. Dann versucht er jetzt schon mal, seine Schäfchen ins Trockene zu bringen. Ich wette fast, die Termine in Bitburg decken sich terminlich mit seinen Fahrten nach Luxemburg. Da war er sowieso schon in der Nähe. Und er stand unter Zeitdruck und konnte seine Mutter nicht besuchen«, überlegte Gunter.

Charlotte schüttelte den Kopf. »Ich halte es für viel wahrscheinlicher, dass seine Mutter ihm so gleichgültig war, dass es ihn nicht störte, wenn er sie nicht besuchte. Bleibt nur noch zu klären, wie die Verbindung von Barski und von Beutz zustande kam. Hat Barski ihn wegen irgendetwas in der Hand oder zahlt von Beutz einfach nur gut?«

Gunter war aufgestanden und lief im Zimmer hin und her. »Für mich stellt sich eher die Frage, ob von Beutz auch für den Tod von Daniel Mütherthies bezahlt hat.«

»Ist Barski clever genug für einen gedungenen Mörder?«, warf Charlotte ein.

»Es geht hier weniger um Cleverness als um Gewalt, oder? Es wäre natürlich mehr als dreist, die Show mitten zwischen den alten Leuten abzuziehen, aber es wirft ein völlig neues Licht auf die Frage, warum Daniel alleine mit den alten Leuten war. Wieso waren die anderen Mitarbeiterinnen alle nicht im Haus, hat Barskis Tante das inszeniert? Oder hat es sich so ergeben und Grazyna hat Barski ins Haus geholt? Hat die ihn informiert, dass Daniel mit lauter unnützen Zeugen alleine ist? Weiß sie von alledem?«, warf Vanessa in den Raum.

»Das könnte jedenfalls erklären, wofür von Beutz Geld braucht, das nicht durch die Bücher läuft. Ich glaube, Auftragsmord wird vom Finanzamt nicht anerkannt. Auf Sizilien mag das anders sein, aber hier meines Wissens nicht«, überlegte Gunter.

Ein Rucksack traf Josette unsanft im Gesicht. Als sie die Augen aufschlug, sah sie, dass sie bereits am Bahnhof in Wasserbillig angekommen waren und das Mädchen den Bus gerade verlassen wollte. Josette hatte tatsächlich tief geschlafen, sie konnte froh sein, dass das Mädchen nicht auf seinen Rucksack aufgepasst hatte, sonst wäre sie wohlmöglich noch bis Grevenmacher weitergefahren.

»Bitte warten Sie, ich muss auch noch raus«, rief sie dem Fahrer zu und schälte sich aus dem Sitz. Der Stock klemmte zwischen Sitz und Wand, und sie fluchte wenig damenhaft.

Sie hastete die wenigen Meter bis zum Bahnhofsgebäude und sah, dass der Zug gleich abfahren würde. Die Fahrt würde nur knapp zwanzig Minuten dauern, dann musste Josette sehen, wie sie weiterkam. Sie fragte den Zugbegleiter, aber der konnte oder wollte ihr nicht weiterhelfen. Der Mann in den Dreißigern, neben den sich Josette gesetzt hatte, hatte Mitleid mit der alten Dame und suchte auf seinem Smartphone die Verbindung für Josette heraus. Sie wären kurz nach eins in Trier am Hauptbahnhof, dann müsse sie eine halbe Stunde auf den Bus nach Schweich warten und dann umsteigen in den Bus nach Mehring. Gegen zwanzig nach zwei wäre sie endlich da, müsse dann aber noch ein Stück zu Fuß laufen, weil es am Heim selbst keine Haltestelle gäbe.

Zahlreiche Schüler drängten sich vor dem Bus. Josette setzte sich direkt vorne schräg hinter den Fahrer. Am Schulzentrum in Schweich stieg sie um in den Bus in Richtung Neumagen. Der Bus war wesentlich leerer, und sie plauderte mit dem Busfahrer, wohin sie wollte. Er bedauerte, sie nicht am Heim selbst absetzen zu dürfen, aber ein Halt auf freier Strecke sei ihm nicht erlaubt. Josette fragte nach, warum es keine Haltestelle direkt am Heim gab, woraufhin der Busfahrer lachend erklärte: »Wenn Sie da sind, werden Sie feststellen, dass es sogar eine Haltestelle gibt, auf der Straßenseite zum Heim hin. Alte Leute fahren gerne Bus und erinnern sich daran, dass sie damit fortkommen. Darum stehen sie immer wieder an der Haltestelle und wollen mitgenommen werden. Für die Mitarbeiter ist das ein bekannter Sammelpunkt für verlorene Schafe. Gäbe es die Haltestelle nicht, müssten sie viel häufiger ihre Bewohner suchen. Aber würden wir da halten, gingen ihnen die Leute richtig verloren, die könnten ja wer weiß wohin mitfahren.«

Wie mein Alwis, dachte Josette und rief sich die Situation in Erinnerung, wie sie im Bus auf Alwis aufmerksam geworden war. Er wirkte ganz normal, etwas verwirrt vielleicht, aber nicht so, dass man darüber hätte stolpern können.

Die Fahrt dauerte keine zehn Minuten, der Busfahrer ließ Josette ausnahmsweise vorne aussteigen. Die Bundesstraße wurde schnell und viel befahren, und Josette ging hinunter an die Mosel, wo ein ruhiger Radweg entlangführte. Zwischen den Weinbergen sah sie schon von Weitem das herrschaftliche Haus stehen. Sie nutzte Alwis' Wanderstock und schritt zügig voran.

Es dauerte nicht lange, bis Josette die Stufen zum Haus Moselruh emporstieg. In der Eingangshalle saß eine alte Ordensschwester und besprach etwas mit einer jüngeren, rothaarigen Frau. Beide sahen auf, als Josette das Haus betrat.

»Bitte entschuldigen Sie, ich suche Alwis Schlöder, er hat seinen Wanderstock bei mir vergessen«, brachte Josette ihr Anliegen vor. Beide Frauen starrten sie völlig entgeistert an.

»Einen Moment bitte, ich rufe die Stationsleiterin«, sagte die Schwester und griff zum Telefon.

Zeitgleich sagte die jüngere Frau: »Einen Moment bitte, ich rufe meinen Kollegen«, und griff zum Handy.

Das Telefon hinter dem Tresen schrillte.

»Ah, da ist Schwester Grazyna ja«, sagte Schwester Engelberta und wies auf die junge Kollegin. »Ich habe Sie angepiepst, Frau Müller-Laskowski möchte mit Ihnen sprechen. Nehmen Sie bitte kurz den Anruf entgegen?«

Schwester Grazyna brummte und griff zum Telefon an ihrem Gürtel.

»Ich habe hier einen netten, alten Herrn an Bord, der sich mir mit ›Ewald‹ vorgestellt hat, ist der Ihnen vielleicht verloren gegangen?«, fragte eine freundliche Stimme am Telefon.

»Wie heißt mit Nachnamen?«, fragte Schwester Grazyna in ihrer gewohnt harten Art zurück.

»Tut mir leid, der Herr kann sich an seinen Nachnamen scheinbar nicht erinnern, darum kam ich auf die Idee, er könne von Ihnen kommen«, erklärte die nette Dame am Telefon.

»Wie sieht aus?«

»Schlank, weiße Haare, langer, schwarzer Mantel, deutlich über achtzig ...«

»Wo ist er jetzt?«

»Bei uns auf dem Schiff, dem Alten Postschiff, wir haben gerade in Schweich angelegt.«

»Wie kommt er auf Schiff?«

»Wir haben eine Reisegruppe in Mehring von einer Weinprobe abgeholt. Da muss sich Ewald unter die Gruppe gemischt haben. Er sagt, er hat früher auf der Moselfähre zwischen Oberbillig und Wasserbillig die Fahrkarten an die Autofahrer, Radfahrer und Wanderer verkauft. Er ist zum Kapitän auf die Brücke und hat sich mit ihm unterhalten, während wir von Mehring zu unserer Anlegestelle in Schweich gefahren sind. Als er in Schweich nicht von Bord gehen wollte, wurde mein Mann stutzig und ...«

»Das klingt nach Ewald, auch wenn er nie auf Schiff gearbeitet hat. Können Sie ihn bringen?«, fragte Grazyna.

»Wenn er gerne Motorrad fährt. Sonst kann ich ihn nicht bringen. Spaß beiseite, wir haben bald unsere nächste Fahrt, ich kann hier nicht weg. Mein Mann holt gerade mit dem Auto das Buffet ab für heute Abend, ich muss noch die Tische eindecken und die Getränke bereitstellen«, erklärte die Frau.

»Wenn Ihr Mann zurückkommt, kann er dann ...?«

»Bitte entschuldigen Sie, wir haben heute Nachmittag achtzig Gäste auf dem Schiff, ich kann nicht weg. Sie können ihn holen oder ich kann ein Taxi rufen, wir können hier wirklich nicht weg.«

»Ich versuche, Kollegen zu schicken, kann Herr Braun so lange bei Ihnen bleiben?«, fragte die Altenpflegerin etwas kleinlauter.

»Ich habe den Eindruck, Herr Braun fühlt sich äußerst wohl. In drei Stunden legen wir ab, bis dahin müsste er von Bord sein, in zwei Stunden kommen die ersten Gäste.«

»Wie findet mein Kollege Schiff?«

»Das Alte Postschiff liegt in Schweich vor der Brücke. Noch vor dem Kreisverkehr fährt man zur Mosel hinunter. Er kann dort parken und kommt direkt zu unserem Anleger. Das Schiff ist hellgelb mit rot, eigentlich ist es nicht zu übersehen«, erklärte die Frau hilfsbereit.

»Kollege kommt bald, danke.«

Schwester Engelberta, Vanessa, Gunter und die herbeieilende Schwester Veronika starrten Schwester Grazyna erwartungsvoll an.

»Ewald Braun ist auf Schiff in Schweich, ich schicke Pfleger Kai, er soll ihn holen«, erklärte die und machte sich auf die Suche nach ihrem Kollegen.

»Der Herr behütet sie alle«, brummte Schwester Engelberta und wies auf Josette. »Ich glaube, Sie wollen mit der Dame sprechen, bevor sie zu Alwis geht.«

»Alwis schläft sowieso, darf ich Ihnen einen Kaffee anbieten?«, schlug Schwester Veronika vor.

»Ich glaube, das verträgt mein Herz um diese Zeit nicht mehr«, erklärte Josette, aber die Pflegerin lachte. »Hier gibt es sowieso nur koffeinfreien Kaffee. Gehen Sie doch schon einmal mit den beiden Herrschaften mit, ich komme gleich.« Veronika verschwand in Richtung Schwesternzimmer, und Vanessa und Gunter begleiteten Josette zu ihrer Einsatzzentrale.

»Wir sprechen uns danach«, rief Vanessa Schwester Grazyna hinterher. »Sie verlassen das Haus heute nicht, ohne sich bei mir gemeldet zu haben.«

Es dauerte eine gute halbe Stunde, bis ein kräftiger, junger Mann auf dem Steg erschien und vergeblich eine Klingel oder Glocke suchte.

»Hallo, kommen Sie hoch, hier steht ein Kicker am Oberdeck, ich möchte sehen, ob Sie mich schlagen können«, rief eine brüchige, aber fröhliche Stimme über das Wasser in Richtung Land. Der Pfleger sah zum Schiff hinauf und erblickte Ewald Braun, der im hinteren, nicht überdachten Teil des Schiffes stand und gut gelaunt winkte. Eine sehr schlanke Frau mittleren Alters erschien in der offenen Schiffstür und winkte den Pfleger heran, der offensichtlich Bedenken hatte, der Steg könne unter seinem Gewicht wanken.

»Herzlich willkommen an Bord, ich bin hier der Matrose. Ich habe mit Ihrer Kollegin telefoniert. Ewald geht es gut, er hat einen Kaffee getrunken und einen Birnenschnaps und möchte gar nicht mehr gehen«, plauderte sie, während sich Kai verstohlen umsah. Im Bauch des Schiffes gab es einen Wegweiser zu einer Disco im Unterdeck, im Mitteldeck wurde gerade ein großzügiger Raum gemütlich mit langen Tischen hergerichtet, und vom

Oberdeck flötete Ewald, er wolle unbedingt eine Partie Tischfußball spielen. Kritisch beäugte der Pfleger die schmale Treppe, die nach oben führte.

»Passen Sie mit der viertletzten Stufe auf, da stolpern immer wieder Gäste. Lassen Sie sich von unserer Servicekraft etwas zu trinken geben und fragen Sie sie nach einem Chip für den Kicker, der steht auf dem offenen Deck im Heck. Ewald hat sich so gefreut, als er Sie am Ufer gesehen hat, bitte machen Sie ihm die Freude.«

Wie erwartet stolperte Kai über die viertletzte Stufe und sah sich einem strahlenden Ausreißer gegenüber.

»Sehen Sie mal, hier an der Theke bekommen Sie etwas Leckeres zu trinken. Das nette Mädchen versorgt Sie bestens. Und hinter der Tanzfläche kommt man nach draußen, da kickern wir beide jetzt eine Runde.« Der alte Mann war ganz aufgeregt und zupfte am Ärmel des Pflegers wie ein Kind kurz vor der weihnachtlichen Bescherung. Der Pfleger sah unbeholfen von dem alten Mann zu der netten Matrosin und errötete, als er die hübsche, junge Frau hinter der Theke sah.

»Kann ich vielleicht eine Cola ...«, der Satz blieb unvollendet in der Luft hängen.

»Natürlich gerne, normal oder light?«, fragte die junge Dame zurück, und Kai versuchte unwillkürlich, den Bauch einzuziehen.

»Light, wenn es keine Umstände macht«, bat er schüchtern. Ewald zupfte ihn am Ärmel.

Kai schnappte sich die Colaflasche und verzichtete auf ein Glas. Er ging am gemütlich knisternden Kamin mit dem dekorativen Holzlager vorbei, zwischen Tischen hindurch und über die kunstvoll bemalte Tanzfläche hinaus aufs offene Oberdeck. Ewald wollte die roten Spieler, und nach einem unbeholfenen fünf zu fünf strahlte er über das ganze faltige Gesicht.

»Danke für die Cola und so«, stammelte der Pfleger und schob Ewald die Treppe hinunter.

»Ewald, kommen Sie uns wieder einmal besuchen?«, bot die nette Dame an, die sich zwar als Matrose vorgestellt hatte, aber eigentlich die Schiffseignerin war.

»Zeigen Sie mir dann auch, wie Sie auf dem Schiff wohnen?«, fragte Ewald neugierig.

»Ewald, beim nächsten Mal melden Sie sich aber richtig ab«, ermahnte der Pfleger den alten Mann. »Die Kolleginnen haben erzählt, dass sie Sie dauernd suchen müssen.«

»Darf ich Sie vielleicht einmal abholen kommen? Wobei wir jetzt im Winter natürlich nicht so oft fahren, das fängt erst nach Ostern richtig an. Den Winter nutzen wir überwiegend zum Renovieren. Und dann melden wir Sie ordnungsgemäß ab und machen uns einen schönen Tag auf dem Schiff, ja?«, bot die Schiffseignerin freundlich an.

»Ay, ay, Käpt'n. Sieh mal, die Bilder hat die junge Dame alle selbst gemalt.« Wieder versuchte Ewald Braun, den Pfleger in den Schiffsbauch zu ziehen, weg von der Tür, die ihn wieder in seinen langweiligen Alltag zurückbringen würde.

»Ewald, wir müssen jetzt gehen, ein anderes Mal, ja?«

»Danke, Käpt'n, danke für alles. Und grüßen Sie mir den Steuermann. Feiner Kerl. Und ihr seid ein schönes Paar. Na dann ...« Er umarmte die Frau stürmisch und drückte ihr einen dicken Kuss auf die Wange. »Das war der schönste Tag seit Langem«, schwärmte er, während der Pfleger ihn behutsam über den Anleger schob und zum Auto führte.

»Na, da haben wir ja wieder alle verlorenen Schäfchen beisammen«, strahlte Schwester Engelberta über ihr sonst müdes Gesicht, sodass sich die Falten an ihren Wangen noch vertieften. »Da ist ja der Herr Braun wieder.«

Vanessa sah von der Namensliste auf, die sie endlich mit der Schwester am Empfang zusammen durchblätterte, und lächelte, als sie sah, wie Pfleger Kai Ewald Braun an ihnen vorbeiführte, der lebhaft von seinem Ausflug berichtete und um Jahre jünger wirkte. Er ging aufrecht und wesentlich zügigeren Schrittes als noch am Vortag.

Ewald sah sich um. »Wer ist denn der Herr Braun?«, fragte er Kai beiläufig.

»Na, Sie sind der Herr Braun«, erklärte Kai ihm.

»Ach ja? Wie schön«, strahlte dieser und ließ sich von Kai zeigen, wo sein Zimmer war.

Vanessa konnte der älteren Dame ansehen, dass sie irritiert war, weil sie nicht zu Alwis Schlöder durfte. Unterwegs begegneten sie Werner Baltes, der in seiner plumpen Art die Dame als neue Bewohnerin begrüßte und ihr anbot, dass sie gerne an seinem Tisch Platz nehmen konnte, es gäbe gleich Kaffee und Kuchen. Gunter tippte eine SMS, während Vanessa Josette bat, sich zu setzen.

»Ist dem Alwis etwas passiert?«, fragte die Frau verunsichert. »Warum lassen Sie mich nicht zu ihm? Und wer sind Sie überhaupt?«

»Mit Alwis ist alles in Ordnung. Er schläft nur, er scheint anstrengende Tage hinter sich zu haben«, beruhigte sie Vanessa. »Erschrecken Sie nicht, aber mein Kollege Gunter Hermesdorf und ich sind von der Mordkommission in Trier, mein Name ist Vanessa Müller-Laskowski.«

Die Frau schlug die Hand vor den Mund. »Um Gottes willen, was ist denn ...« Sie brach ab.

»Dürften wir Ihren Namen erfahren und in welcher Beziehung Sie zu Herrn Schlöder stehen?«, fragte Vanessa.

Gunter ging zur Kaffeemaschine, machte zwei Kaffee für Vanessa und sich fertig und vertröstete ihren Gast, koffeinfreier Kaffee käme gleich aus der Heimküche. Dann setzte er sich mit an den Tisch.

»Was heißt hier Beziehung«, fragte die Frau empört. »Also, ich heiße Josette Scheuer und wohne in Echternach. Ich kenne Alwis seit Sonntag. Er war so fleißig und hat mir so viel geholfen, und heute Morgen war er auf einmal weg. Er hat seinen Wanderstock bei mir vergessen, den wollte ich ihm gerne zurückgeben. Ich mache mir doch meine Gedanken, warum er einfach weggelaufen ist.« Sie umklammerte den Griff des Stocks, als wolle sie sich damit gegen alle zur Wehr setzen, die etwas Böses gegen Alwis sagten. Ihre Miene war wie versteinert.

»Wie haben Sie den Alwis denn kennengelernt?«, fragte Gunter und legte eine Hand auf den Arm der alten Dame, die den Arm sofort wegzog.

»Alwis gehörte zu unserer Wandergruppe. Nach dem Essen haben wir bei mir noch einen Absacker getrunken, und dabei ist Alwis eingeschlafen. Ich habe ihn einfach nicht wecken wollen, da hat er auf der Couch geschlafen. Und am Montag hat er mir im Garten geholfen, und wir haben zusammen gegessen und haben geredet ... Es hat so gutgetan.«

An der Tür klopfte es, und Schwester Clara steckte den Kopf herein. »Schwester Veronika lässt sich entschuldigen, Kai muss sich noch um Ewald Braun kümmern, wir müssen die Bewohner mit Kaffee versorgen, sie stößt später zu Ihnen. Aber ich habe Ihnen einen Kaffee und ein paar Gebäckstückchen mitgebracht.« Schwester Clara stellte ein Tablett auf den Tisch und legte eine Hand auf die Schulter von Josette Scheuer, die das bei ihr widerstandslos geschehen ließ. »Wir informieren Sie, sobald Alwis wieder wach ist.«

»Woher wissen Sie eigentlich ...«, wollte Vanessa von Josette wissen, aber Gunter unterbrach sie. »Lieser ist übrigens bei ihm, damit er uns nicht wieder davonlaufen kann.«

»Vielleicht sollte Lieser besser Schwester Grazyna befragen, ob ihr Neffe am Sonntag im Haus war«, wandte Vanessa ein.

»Ich passe auf Alwis auf und schicke Ihnen Ihren Kollegen«, schlug Schwester Clara vor und zog die Tür hinter sich zu. Kaffeeduft erfüllte den Raum. Sehnsüchtig schielte Josette zu den Teilchen. Das Mittagessen war in der Hektik ausgefallen, sie hatte Hunger.

»Greifen Sie einfach zu, aber bitte haben Sie Verständnis, dass wir noch ein paar Fragen haben«, sagte Vanessa. »Alwis Schlöder ist am Sonntagmorgen verschwunden. Wir müssen wissen, wie er nach Echternach kommen konnte und vor allem wann.«

Es klopfte erneut, und Bernadette Schubert steckte den Kopf zur Tür herein. »Darf ich eure Kaffeezeremonie stören? Ich würde gerne den Stock mitnehmen«, bat sie und blickte sehnsüchtig auf den Kaffee.

Vanessa hielt ihr ihre Tasse hin. »Hier, ich habe noch nicht daran getrunken, er ist schwarz. Und Frau Scheuer gibt dir den Stock sicher gerne mit.«

Josette dagegen hielt den Stock noch immer fest umklammert und senkte ihn tiefer unter den Tisch, sodass niemand danach greifen konnte. »Ich verstehe das alles nicht«, sagte sie verzweifelt. »Ich wollte dem Alwis doch nur seinen Stock bringen. Und ihn fragen, warum er einfach kommentarlos verschwunden ist. Dafür komme ich extra aus Echternach, ich bin jetzt über zwei Stunden unterwegs. Ich will das alles jetzt endlich verstehen!« Ihre Stimme war immer lauter und verzweifelter geworden.

Wieder klopfte es an der Tür, dieses Mal kam Charlotte Baumgart herein. Vanessa hätte sie am liebsten hinausgeschickt, aber Gunter flüsterte, er habe sie gerade per SMS angefordert. Wortlos schob Gunter seinen Kaffee an Charlotte weiter und stand auf, um zwei weitere Kaffeetassen zu füllen.

»Liebe Frau Scheuer, die Situation ist für uns ebenfalls noch unklar, lassen Sie uns erklären, wie es aus unserer Warte aussieht, dann ergänzen Sie das bitte aus Ihrer Sicht. Darf ich Sie vorher bitten, den Stock an meine Kollegin Frau Schubert weiterzureichen? Sie muss den Stock kriminaltechnisch untersuchen, wir werden ihn dann später Herrn Schlöder zurückgeben«, erklärte Vanessa.

»Wieso kriminaltechnisch?«, fragte Josette und ließ den Stock nicht los.

Charlotte setzte sich mit ihrer Tasse auf die Tischkante und sah Josette ruhig an. »Frau Scheuer, hier im Haus ist am Sonntagmorgen – ich will mal sagen: ein Unfall passiert. Seitdem war Alwis verschollen. Wir haben ihn mit einem Großaufgebot an Polizei, Feuerwehr und freiwilligen Hilfsdiensten gesucht, aber bis heute Mittag blieb er verschwunden, rund zweiundfünfzig Stunden. Für uns sind zwei Dinge wichtig: Was ist am Sonntagmorgen tatsächlich geschehen, und woran erinnert sich Alwis Schlöder, was hat er in der Zwischenzeit getan, das womöglich mit dem Zwischenfall von Sonntag in Zusammenhang steht?«

Josette Scheuer schrie auf. »Wieso eigentlich Mordkommission? Hat der Alwis etwa jemanden umgebracht?« Sie begann zu zittern.

Gunter stand hinter Josette und legte behutsam beide Hände auf ihre Schultern. Die Geborgenheit schien ihr gutzutun, sie entspannte sich sichtlich. »Das ist ja wie im Taubenschlag«, rief er dann, als es schon wieder klopfte. Michael Lieser blickte ins Zimmer hinein. »Die junge Ordensschwester schickt mich, was ist?«

Gunter bedeutete ihm, vor der Tür zu warten, und ging zu ihm nach draußen.

»Frau Scheuer, wie Sie sicherlich wissen, sind wir hier in einem Demenzaltersheim«, begann Charlotte, aber Josette schüttelte nur langsam den Kopf. »Dement?«, hauchte sie.

»Fügen sich da vielleicht ein paar Puzzlestücke zusammen? Bekommt das Verhalten von Alwis möglicherweise eine andere Bedeutung?«, fragte Vanessa.

»Er war so nett. Aber heute Morgen war er einfach verschwunden. Er hatte den Frühstückstisch für uns gedeckt, aber er bestand darauf, immer Eier zu frühstücken. Ich habe mich beim Einkaufen ein bisschen verquatscht, es ist etwas länger geworden. Und da war der Alwis nicht mehr da. Er hatte nur noch seinen Stock dagelassen. Ich konnte das Schild mit seinem Namen mit meiner alten Brille nicht entziffern und bin zum Optiker gegangen. Der sagte mir, er habe Alwis in seinem Laden aufgegriffen, und erzählte mir von diesem Heim. Mehr kann ich Ihnen nicht sagen.« Josette schien fast dankbar zu sein, als Bernadette ihr vorsichtig den Stock aus der Hand nahm.

»Ich bin gleich zurück, ich brauche auch noch Ihre Fingerabdrücke«, erklärte Bernadette und zog sich zurück.

»Verdächtigen Sie jetzt auch noch mich?«, rief Josette ihr hinterher, aber Charlotte beruhigte sie. »Wir müssen untersuchen, wessen Fingerabdrücke am Stock sind. Und da müssen wir die Abdrücke von Personen, von deren Kontakt mit dem Stock wir wissen, ausschließen, um auf die Abdrücke zu kommen, die uns interessieren«, erklärte Charlotte.

»Und warum ist das alles so wichtig?«, fragte Josette verzweifelt. »Sie verdächtigen doch nicht etwa den Alwis ...«

»Arme Josette Scheuer, da dachte sie wohl, sie hat den Partner für ihren Lebensabend gefunden, und da lässt er sie einfach sitzen und entpuppt sich als Frosch«, sagte Charlotte bedauernd.

»Denkst du, sie ist nicht schon zu alt, um an den Märchenprinzen zu glauben?«, warf Vanessa ein.

»Hier in der Gegend sagt man: ›Wenn alte Scheuern brennen, brennen sie lichterloh.‹ Also Scheuer im Sinne von Scheune, aber bei ihr passt das ja noch umso besser«, erwiderte Bernadette lachend. »Wo ist sie jetzt überhaupt?«

Vanessa erklärte ihr, dass Alwis bei der Befragung sehr verwirrt gewesen war. Er hatte nach Josette gefragt und wollte mehrmals weglaufen, weil Josette doch auf ihn warten würde. Darum hätten sie Josette zur Befragung hinzugezogen, aber sie sei immer wieder in Tränen ausgebrochen, sodass Alwis sich letztlich um Josette gekümmert hätte und ungehalten geworden wäre, sie sollten jetzt endlich seine Frau in Ruhe lassen mit ihrer Neugier. Sie habe sich auf dem Sofa an ihn geschmiegt, und beide seien in einem Moment des Schweigens einträchtig eingeschlafen.

»Nee, ist das romantisch!«, sagte Bernadette verklärt.

»Romantisch vielleicht, aber leider wenig hilfreich für unsere Ermittlungen. Warst du denn wenigstens erfolgreicher?«, fragte Vanessa.

»Na ja, ich habe den Stock in die Technik geschickt und bin eben zu der Erkenntnis gekommen, dass Josette Scheuer eine sehr reinliche Frau ist. Sie hat den Stock auf Hochglanz poliert, wodurch außer ihren eigenen kaum noch Spuren auf dem Stock zu finden sind. Außer Blut, das wir in den Rillen und Kerben, die so ein alter Stock einfach aufzuweisen hat, gefunden haben. Und das war eindeutig das Blut von Daniel Mütherthies.«

»Was sagt der Staatsanwalt dazu?«, hakte Vanessa nach.

»Das ist euer Job, ich glaube, Gunter ist da dran. Meiner Meinung nach müssen wir die beiden und das ganze Heim erst einmal zur Ruhe kommen lassen. Außerdem gibt es noch Spuren am Stock, die wir noch nicht eindeutig analysieren konnten. Dem ersten Anschein nach handelt es sich um Fragmente von Fingerabdrücken, die wir noch nicht zuordnen können, weil sie verwischt und unvollständig sind. Wie es im Moment aussieht, werden wir bis morgen auf das Ergebnis warten müssen, die Kollegen halten mich auf dem Laufenden«, erklärte die Kriminaltechnikerin.

Lieser kam herein und ließ sich auf einen Stuhl fallen. Er hatte letztlich gemeinsam mit Gunter Hermesdorf Schwester Grazyna in die Mangel genommen. Sie beteuerte, solange sie am Sonntag im Heim gewesen sei, sei ihr Neffe nicht dort gewesen. Für die Zeit, die sie unterwegs war, um Ewald Braun zu suchen, wollte sie sich nicht festlegen, würde aber grundsätzlich ihre Hand für ihren Neffen ins Feuer legen.

»Zumindest gegenüber der Polizei, denke ich, darüber hinaus bin ich nicht so sicher, ob sie ihn nicht einfach hängen lässt, wenn es zu ihrem Vorteil ist. Ob Barski und von Beutz sich hier im Haus getroffen haben und ob Barski ihm sein Auto geliehen hat, will sie nicht mitbekommen haben.«

»Wolltet ihr nicht noch Walter von Beutz vernehmen?«, fragte die Psychologin.

»Gunter ist inzwischen unterwegs nach Bitburg, nachdem er mit Schwester Grazyna gesprochen hat. Von Beutz sollte um halb vier einen Termin dort haben, der Kollege möchte ihn beim Rauskommen abpassen«, erklärte Lieser.

»Und was heißt das für uns?«, wollte Charlotte wissen.

»Wie sagte Mister Tagesthemen immer: ›Morgen ist ein neuer Tag‹«, zitierte Vanessa und schulterte ihre Tasche.

»Ich halte es da lieber mit Lukas, dem Lokomotivführer: ›Feierabend Emma!‹«, ergänzte Bernadette, und alle drei Frauen sahen gleichzeitig auf ihre Armbanduhren.

»Feierabend um vier Uhr? Was sind das denn für Beamten-Zeiten«, lästerte Lieser.

»Dann sehen wir uns morgen früh wieder hier, sofern wir nichts von dem lieben von Beutz hören«, sagte Vanessa und hielt ihren Kollegen die Tür auf. In dem Moment klingelte ihr Handy. Sie sah auf dem Display, dass es Gunter war.

»Wartet mal, Neuigkeiten aus Bitburg«, sagte sie kurz, bevor sie das Gespräch annahm.

»Vanessa?«, schrie Gunter so laut, dass die anderen im Raum es mithören konnten. »Mach dich auf den Weg über die Autobahn nach Koblenz, ich sorge dafür, dass die Autobahnpolizei von Beutz abfängt. Vorsicht, er dürfte wütend sein und neigt zweifellos zu Gewalt. Alles Weitere unterwegs, mach dich auf den Weg. Und nimm Lieser mit.«

Als Gunter auf den Besucherparkplatz vor der Bitburger Brauerei fuhr, konnte er den schwarzen Mercedes-Geländewagen mit Koblenzer Kennzeichen nirgendwo sehen. Er ging zum Empfang und fand dort eine völlig aufgelöste Empfangsdame und zwei aufgebrachte Mitarbeiter eines Sicherheitsdienstes vor. Er hielt sich einen Moment im Hintergrund und schnappte Wortfetzen auf wie »kann die Wahrheit nicht vertragen«, »wollte wohl nicht wahrhaben, dass er hier unerwünscht ist« und »habe die Polizei schon angerufen wegen der Beule im Auto vom Chef«.

Gunter ging an den Tresen und stellte sich vor.

»Das ging aber schnell«, sagte der eine Sicherheitsmann und hielt ihm die rechte Hand hin, während er mit der Linken einen Kühlbeutel auf seine Schläfe drückte.

Gunter schüttelte die Hand und drückte sein Bedauern aus, dass er kein Streifenpolizist, sondern von der Kriminalpolizei sei und gerne wüsste, ob Herr von Beutz noch im Haus sei.

Die Dame hinter dem Tresen schniefte. »Genau um den geht es ja. Er hat sich aufgeführt wie ein Berserker, ist hier zu meinem Schreibtisch gekommen, hat mir den Terminplan aus der Hand gerissen und wollte die Durchwahl vom Chef wissen. Ich hatte strikte Anweisung, ihn nicht durchzulassen. Seinen Termin hatten wir schon vor zwei Wochen abgesagt, aber er wollte sich nicht abwimmeln lassen. Er hat alle Schreibtischschubladen aufgerissen und alles auf den Boden geworfen auf der Suche nach einer Telefonliste. Statt des Chefs habe ich dann den Sicherheitsdienst gerufen.«

Der andere Sicherheitsmann hatte ihr eine Hand auf die Schulter gelegt, wodurch sie sichtlich ruhiger wurde.

»Wie lange ist das jetzt her?«, fragte Gunter.

Der erste Sicherheitsmann sah auf die Uhr. »Vielleicht fünf Minuten. Wir haben ihn richtig vor die Tür gesetzt. Er hat sich mit Händen und Füßen gewehrt. Ich hab einen Fausthieb abbekommen. Dann ist er zu seinem Geländewagen gelaufen, hat den Rückwärtsgang eingelegt und ist spitz auf den Kotflügel des Chefs aufgefahren.«

»Also das war kein ungeschicktes Ausparkmanöver, das war eiskalte Absicht, daran habe ich gar keinen Zweifel«, unterbrach sein Kollege ihn.

»Haben Sie das meinen Kollegen auch schon gemeldet? Also ich meine, Unfall mit Fahrerflucht?«

Die beiden sahen sich betreten an. »So genau haben wir es wohl nicht gesagt. Lissi war am Weinen, und da haben wir uns vielleicht nicht so deutlich ausgedrückt.«

Gunter hatte sein Handy bereits aus der Hosentasche gezogen und gab den Kollegen knapp, aber präzise die

Automarke und vermutliche Fahrtrichtung Koblenz an.

»Kennzeichen?«, fragte er in die Runde.

»Er hat zwei solche Autos, KO VB oder KO WB, ich weiß es nicht genau«, erklärte die aufmerksame Lissi, der es sichtlich guttat, durch eine Aufgabe abgelenkt zu sein.

Gunter drückte ihr eine Visitenkarte in die Hand und bat sie eindringlich, ihr Chef möge ihn sofort zurückrufen, er würde den Anruf unterwegs entgegennehmen. Dann rief er Vanessa an, während er zu seinem Auto lief.

Vom Altenheim war es etwa fünf Minuten schneller zum Wittlicher Kreuz, er selbst würde eine halbe Stunde dorthin brauchen. Die Autobahnpolizei war alarmiert, sie sollten von Beutz rauswinken, notfalls mit Gewalt. In Wittlich wurde sowieso derzeit eine Radarkontrolle aufgebaut, sodass die Kollegen vor Ort waren. Gunter schilderte Vanessa gerade die Situation, als ein weiterer Anruf kam. Er wechselte das Gespräch und hatte einen Herrn am Telefon, der sich als Anwalt der Bitburger Brauerei vorstellte. Er rief im Auftrag des Brauereichefs an und fragte, womit er behilflich sein könne.

»Können Sie mir etwas zu diesem heutigen Termin erklären? Warum wurde er abgesagt? Oder worum ging es überhaupt in den Gesprächen mit Herrn von Beutz?«, fragte Gunter.

»Herr von Beutz hat uns vor einigen Wochen seine Brauerei zum Verkauf angeboten. Wir waren etwas erstaunt, weil das Angebot von ihm ausging. Er erklärte uns, seinem Bruder sei an der Brauerei nicht gelegen, seine Mutter habe sich aus den Geschäften zurückgezogen, und er selbst wolle ins Ausland gehen. Daher hätten sie die Entscheidung getroffen, die Brauerei zu veräußern. Ich habe die Zahlen, die er uns vorgelegt hat, zusammen mit unserer Wirtschaftsabteilung geprüft. Wir haben dann Unstimmigkeiten festgestellt. Die Absatzzahlen stimmen nicht mit seinen Angaben überein, die Außenstände liegen über dem Branchendurchschnitt. Wir hatten einen Besichtigungstermin in seinem Haus vereinbart, den er ohne Angabe von Gründen hat platzen lassen.«

Gunter war inzwischen knapp zehn Minuten unterwegs und fuhr nach rechts auf die Autobahn in Richtung Wittlich/Koblenz auf. »Und den heutigen Termin hatten Sie also abgesagt?«

»Genau, vor zwei Wochen schon«, bestätigte der Jurist. »Wir hatten eine Telefonkonferenz. Erst wurde Herr von Beutz am Telefon ausfallend und beschimpfte verschiedene Konferenzteilnehmer, dann fing er an zu winseln und zu jammern und flehte, uns neue Zahlen vorlegen zu dürfen. Die alten Zahlen seien wohl von jemandem aufgearbeitet worden, der seine Aufgabe nicht verstehen würde, und so fort. Er war nicht nur unverschämt, er zeigte vor allem keinerlei Rückgrat.«

»Er bot seine Brauerei also an wie Sauerbier?«

Der Anwalt lachte auf. »Eine Redewendung, die wir nicht so gerne hören, aber Sie haben schon recht. Wir haben ihm bereits in dem Telefonat mitgeteilt, dass eine Zusammenarbeit nicht zustandekommen wird. Dann haben wir ihm zur Entlastung die überlassenen Unterlagen zurückgesandt, auch wenn wir sie für eher wertlos hielten. Und auch da fügten wir ein Schreiben bei, dass der heutige Termin somit hinfällig sei. Er stand dann heute wohl trotzdem um halb vier am Empfang und verlangte auf seine inzwischen schon bekannt grobe Art Einlass. Elisabeth Prüm hatte Anweisung, ihn keinesfalls durchzulassen. Was dann passiert ist, haben Sie ja schon vor Ort erfahren. Verraten Sie mir, wie es weitergeht?«

»Wir reden mit ihm. Ich habe Ihre Nummer, ich rufe Sie gegebenenfalls zurück. Falls Sie Anzeige erstatten wegen Hausfriedensbruchs und Sachbeschädigung mit unerlaubter Entfernung vom Unfallort, dann sind die Kollegen zuständig. Bitte entschuldigen Sie, ich muss jetzt auflegen. Vielen Dank für Ihre Kooperation.«

Gunter ging aus der Leitung und griff das Lenkrad fester. Er wechselte am Wittlicher Kreuz auf die Autobahn in Richtung Koblenz. Gunter flog durch die Radarkontrolle und hoffte, dass die Kollegen ihn nicht in der Fahrt verlangsamten. Die Talfahrt in die Wittlicher Senke hinunter konnte man problemlos mit über zweihundert Stundenkilometern fahren. Das konnte der Mercedes dieses von Beutz aber sicherlich auch. Gunter sah den Wagen von Vanessa vor sich, Lieser auf dem Beifahrersitz. Sie fuhr unwesentlich langsamer als er, aber er steuerte neben sie und bedeutete ihnen, ihn anzurufen. Lieser griff zum Telefon und stellte auf Lautsprecher.

»Glückwunsch, wir haben lauter neue Fotos für die Homepage«, rief Vanessa. »Die Kollegen waren informiert, mit welchen Wagen wir unterwegs sind. Von

Beutz ist schon durch. Die Kollegen von der Geradeauspolizei aus Schweich sind ihm auf den Fersen. So richtig viel Vorlauf hast du uns ja nicht gelassen.«

»Entschuldige bitte, dass ich die Fahndung nicht gestern schon angekündigt habe«, antwortete Gunter.

»An der Raststätte Eifel haben die Kollegen die Autobahn dicht gemacht und leiten den Verkehr über den Rastplatz. Da machen sie eine Personenkontrolle und werden von Beutz rausziehen«, erklärte Lieser.

»Wie habt ihr das so schnell geschafft?«, sagte Gunter anerkennend. »Das sind doch nicht einmal zehn Minuten vom Autobahnkreuz aus.« In der Ferne konnten sie schon Blaulicht erkennen. Vanessas Telefon klingelte, Lieser nahm das Gespräch ebenfalls über Lautsprecher an, behielt Gunter aber in der anderen Leitung.

»Verdammte Hacke, er ist uns durch die Polizeisperre gerauscht. Er hat einfach die Pylone umgefahren und ist geradeaus weitergebrettert«, fluchte ein Polizist ins Telefon. »Wir machen hier die Autobahn dicht, damit wir euch den Rücken freihalten können. Wir müssen das noch vor dem Autobahndreieck machen. Eigentlich würde er ja gleich auf der A48 in Richtung Koblenz rechts bleiben, aber wir können nicht ausschließen, dass er links in Richtung Daun fährt, um sich in Richtung Belgien oder Luxemburg absetzen zu können. Wenn er auf kleinen Sträßchen fährt, könnten wir ihn aus den Augen verlieren, eigentlich wäre das klüger für ihn, als auf der Autobahn zu bleiben.«

»Wie ist also der weitere Plan?«, brüllte Gunter.

»Im Grunde genommen das gleiche Spiel noch einmal. Zwei Fahrzeuge werden langsam nebeneinander über die Autobahn fahren, damit sie nicht überholt werden können. Wir können so schnell nicht alle Auffahrten dicht machen. Vorne bleibt dann irgendwann nur noch euer Flüchtiger übrig. Den versuchen wir dann wieder mit einer Vollsperrung über den Parkplatz zu lenken. Ist er bewaffnet?«

Gunter dachte angestrengt nach. Sie hatten bislang nicht überprüft, ob von Beutz im Besitz legaler Waffen war.

»Mein Gefühl sagt mir, dass er sie eingesetzt hätte, wenn er welche hätte«, warf Vanessa ein. »Seine schlagkräftigste Waffe ist zurzeit sein Auto. Aber ich frage mich, was er noch zu verbergen hat, wenn er so austickt.« Wieder sahen sie in der Ferne Blaulicht. Wie angekündigt fuhren zwei Streifenwagen sehr langsam so über die Fahrspuren, dass sie nicht überholt werden konnten.

»Sagen Sie Ihren Kollegen, dass wir gleich mit zwei Fahrzeugen hinter ihnen sind und durch wollen«, sagte Gunter, und Lieser gab die beiden Autotypen und die Kennzeichen durch. Von hinten kam ein BMW und überholte unter Missachtung der Höchstgeschwindigkeit. Als er die Blaulichter sah, bremste er abrupt ab, sodass Gunter ihn wieder überholen konnte.

»Die Kollegen müssen aufpassen, hier ist noch ein drittes unbeteiligtes Fahrzeug, das nicht passieren darf«, gab Lieser weiter. »Was ist, wenn er sich wirklich über Nebenstraßen ins Ausland absetzen möchte, die können wir unmöglich alle kontrollieren?«, wandte er sich dann an Vanessa, die konzentriert auf die langsamen Polizeiwagen auffuhr. Diese wichen zu beiden Seiten aus und machten eine Gasse frei, blockierten hinter den beiden Wagen aber sofort wieder die Spuren.

»Tja, das Schengener Abkommen hat nicht nur Vorteile. Ohne Grenzkontrolle ist er schnell auf der anderen Seite, aber im unmittelbaren, grenzüberschreitenden Verkehr dürfen wir ja noch tätig werden. Aber das ist immer so eine Sache, wollen wir hoffen, dass er sich wie bislang immer überschätzt und glaubt, dass er uns einfach davonkommen kann.«

Der Rastplatz Udler war ausgeschildert, ein kleinerer Rastplatz ohne Gastronomie oder Tankstelle. Der Verkehr wurde durch mobile Geschwindigkeitsanzeigen gedrosselt, eine Verengung auf eine Fahrspur war angezeigt. Sie sahen jetzt auf der Geraden den Geländewagen vor sich. Er verminderte zwar das Tempo, war aber noch immer viel zu schnell. Vanessa und Gunter holten alles aus ihren Autos heraus, aber der Mercedes war eindeutig stärker motorisiert.

»Das gesuchte Fahrzeug befindet sich direkt vor dem Parkplatz, Zugriff«, gab Lieser den Befehl.

Sie sahen, wie von Beutz' Wagen ins Schlingern kam, als er viel zu schnell in die Ausfahrt fuhr. Es schien wieder, als wolle er ohne zu zögern geradeaus fahren, aber zwei Polizisten standen mit Pistolen im Anschlag hinter ihren Autos. Von Beutz zog den schweren Wagen in die Ausfahrt, bremste stark und zwang somit auch Gunter und Vanessa, die dicht hinter ihm waren, heftig zu bremsen.

»Was ist, wenn er wendet und uns davonfährt?«, überlegte Lieser laut.

»Dann fährt er frontal in die beiden Kollegen, die die Autobahn blockieren. Wollen wir hoffen, dass das uns allen erspart bleibt. Achtung!«, schrie Vanessa und machte eine Vollbremsung, um nicht auf von Beutz aufzufahren. Der hatte die Fahrertür aufgerissen und versuchte zu Fuß zu entkommen, was bei seiner Leibesfülle ein eher lächerlicher Versuch gegenüber den durchtrainierten Polizisten war, die sich ihm in den Weg stellten.

»Auf den Boden, von Beutz«, rief Gunter Hermesdorf.

»Niemals«, keuchte von Beutz. Lieser sprintete los und warf sich zeitgleich mit zwei jungen Kollegen von der Bereitschaftspolizei Wittlich auf den kleinen, stämmigen Mittfünfziger. Der jaulte auf und blieb strampelnd liegen, bis sich ein Polizist auf seine Beine setzte und die beiden anderen seine Arme fixierten.

»Handschellen und dann in mein Auto«, wies Gunter an und sah sich nach Vanessa um, die den Mercedes, der noch immer mit laufendem Motor in der Zufahrt des Parkplatzes stand, zur Seite fuhr.

»Wollen wir den hier stehen lassen oder soll Lieser das gute Stück nach Trier fahren?«, fragte Vanessa lächelnd.

»Ihr rührt mein Auto nicht an«, zischte von Beutz.

»Gut, dann lassen wir es hier stehen. Sollen wir auch den Schlüssel stecken und den Motor laufen lassen, Herr von Beutz?«, fragte Gunter, während er den Kollegen ein Zeichen gab, ihn langsam aufstehen zu lassen.

»Wie soll ich mit diesen verdammten Handschellen aufstehen?«, fluchte von Beutz.

Gunter grinste. »Das hätten Sie sich vielleicht vor Ihrem Fluchtversuch überlegen müssen. Ich nehme Sie jetzt erst einmal fest wegen des Verdachts an der Beteiligung am Tod von Daniel Mütherthies, des Weiteren wegen Hausfriedensbruchs und unerlaubten Entfernens vom Unfallort sowie Widerstands gegen die Staatsgewalt. Wenn Sie möchten, können Sie von hier aus Ihren Anwalt anrufen, dann kann er sich schon mal auf den Weg nach Trier machen. Und Ihr Auto nehmen wir ebenfalls mit, wir müssen es wegen der Fahrerflucht untersuchen.«

Lieser fuhr mit Gunter Hermesdorf zusammen zurück, sodass Vanessa alleine fuhr. Von Beutz' Wagen hatten sie doch stehen lassen, die Kriminaltechnik wollte ihn sich vor Ort ansehen, bevor sie ihn noch weiter bewegten, und ihn danach nach Trier bringen. Von Beutz hatte ein kurzes, aber heftiges Telefonat mit seinem Anwalt geführt. Der schien ihm weniger wohlgesonnen zu sein, als sich von Beutz erhofft hatte. Aus den wenigen Worten, die die Ermittler mithören konnten, wurde deutlich, dass der Anwalt ihn gewarnt hatte, sich nicht auf zu dünnes Eis zu begeben. Es klang nicht so, als würde er sich umgehend in sein Auto setzen und nach Trier fahren wollen.

Auf der Dienststelle wurde von Beutz in einen Verhörraum gebracht und ordnungsgemäß über seine Rechte belehrt. Vanessa sollte das Gespräch führen, weil sie den Eindruck hatten, er könne nicht gut mit Frauen, und würde in seiner derzeitigen Stimmung möglicherweise mehr von sich preisgeben, als wenn er sich bei einem männlichen Ermittler in Sicherheit wiegen würde. Sein Machogehabe würde ihn sich möglicherweise zu unüberlegten Äußerungen hinreißen lassen. Gunter hielt sich im Hintergrund.

»Herr von Beutz, wir wissen inzwischen, dass Sie am Sonntag noch einmal ins Haus gegangen sind, als Ihre Mutter bereits im Auto saß. Können Sie uns bitte schildern, was Sie im Haus gemacht haben?«

Von Beutz, dem man die Handschellen wieder abgenommen hatte, saß breitbeinig auf dem Stuhl und legte seine Arme großspurig auf den Tisch. »Ich hatte mein Portemonnaie bei meiner Mutter verloren und musste noch einmal in ihr Zimmer.«

»Darf ich Ihr Portemonnaie bitte einmal sehen?«, forderte Vanessa ihn auf.

»Wozu?«, blaffte er.

»Ich möchte nicht mit Ihnen diskutieren, ich möchte Ihre Geldbörse sehen.« Vanessa blieb betont ruhig.

Von Beutz nestelte eine schwere Geldbörse aus seiner Innentasche des Jacketts.

Vanessa lächelte. »Es ist interessant, dass Sie dieses schwere Ding unbemerkt aus der Innentasche verlieren konnten.« Sie schwieg und ließ ihre Worte wirken.

»Vielleicht war es auch der Autoschlüssel. Ja genau, es war wohl der Schlüssel«, wand sich von Beutz.

»Und wo hat Ihre Mutter unterdessen gewartet?«

»Im ... Der Autoschlüssel war es wohl doch nicht«, knickte von Beutz ein. »Sie haben mich ganz verwirrt, es war das Portemonnaie, ich hatte es herausgelegt, weil es zu schwer war, und hatte es dann vergessen.«

»Wollten Sie nachsehen, ob Marek Barski im Haus war, mussten Sie deswegen noch einmal zurück?«

Von Beutz zog die Unterarme vom Tisch und verschränkte sie stattdessen vor der Brust. »Ist das dieser Russe?«

»Pole, und ich glaube, das wissen Sie ganz genau. Wie ist Ihr Verhältnis zu Marek Barski?«

Von Beutz schüttelte den Kopf. »Ich glaube, ich habe noch nie ein Wort mit ihm gewechselt.«

»Sie haben den Kollegen Lieser eben kennengelernt. Er ist auf dem Weg zu Barski, zusammen mit einer Kollegin der Kriminaltechnik. Ich bin sicher, wir werden feststellen, dass Sie mit seinem Auto gefahren sind. Was erstaunlich ist, wenn Sie sich nicht einmal kennen. Haben Sie das Auto ohne sein Wissen benutzt?«, log Vanessa, die wusste, dass Barski im Ruhrgebiet war. Sie würden die dortigen Kollegen einschalten müssen, bevor Barski das Auto reinigen konnte.

Von Beutz schielte unruhig auf einen Koffer, den sie aus seinem Auto mitgenommen und neben den Tisch auf den Boden gestellt hatten.

»Außerdem liegen uns Fotos von Ihnen beiden vor, auf denen Sie augenscheinlich im Gespräch sind. Fotos, die Daniel Mütherthies erst letzte Woche gemacht hat«, erklärte Vanessa.

»Keine weiteren Angaben zu Barski, Herr von Beutz?«, schaltete sich Gunter ein, aber von Beutz schwieg mit zusammengekniffenen Lippen.

»Gut, dann sehen wir uns jetzt einmal diesen Koffer an.« Vanessa streifte sich Handschuhe über und griff nach dem schwarzen Lederkoffer. Das Schloss schnappte ohne Verriegelung auf. Sauber nebeneinander aufgereiht lagen dort Bündel mit neuen Euroscheinen. Vanessa überschlug die Summe. »Auf den ersten Blick gehe ich von hunderttausend Euro aus. Ist das Ihre Portokasse?«

Wieder kam keine Antwort.

Gunter trat an den Tisch, ohne etwas zu berühren. »Das sieht mir sehr nach Schwarzgeld aus, Herr von Beutz. Frisch aus Luxemburg?«

»Das geht Sie gar nichts an«, schnaubte von Beutz, wobei seine Gesichtsfarbe von dem vorherigen Hochrot zu Leichenblass gewechselt war.

»Wen wollten Sie damit bezahlen?«

»Ich plane eine Auslandsreise«, erklärte von Beutz.

»Wie fortschrittlich, eine solche Reise bar zu bezahlen«, sagte Vanessa in einem anerkennenden Tonfall.

»Es sollte ein Geschenk für meine Frau sein, ich wollte ihr das Geld zeigen, und dann sollte sie das Urlaubsziel aussuchen«, log von Beutz.

»Das klingt sehr verlockend. Ihre Frau hätte sicher gerne die Brauerei hinter sich gelassen und wäre mit Ihnen ins Ausland gereist. Nur dass Sie die Brauerei gar nicht losgeworden sind. Wie war das mit dem Gespräch in Bitburg?«, flötete Vanessa.

Sofort machte von Beutz wieder dicht.

»Bedrohung, Hausfriedensbruch, Sachbeschädigung, unerlaubtes Entfernen vom Unfallort ... Das sind die ersten Punkte, die die Mitarbeiter der Brauerei zu Protokoll gegeben haben, ich bin mir nicht sicher, ob Sie Frau Prüm auch noch tätlich angegriffen oder nur eingeschüchtert und beleidigt haben. Ach ja, die Körperverletzung des Wachmanns habe ich vergessen. Wie können Sie sich das erklären?«, klinkte sich Gunter in das Gespräch ein.

»Die werden doch für ihre Aussagen bezahlt. Das war ganz anders«, erklärte von Beutz, ohne dabei die genauen Aussagen der Brauereimitarbeiter zu kennen.

»Hauptsache anders, das ist spannend. Dann würden wir jetzt gerne Ihre Aussage zu Protokoll nehmen«, erklärte Vanessa.

»Nicht ohne meinen Anwalt.«

»Gut, wechseln wir das Thema. Sie kannten Daniel Mütherthies. In welchem Verhältnis stand er zu Ihrer Mutter?«

Wieder stemmte von Beutz seine Hände patriarchalisch auf den Tisch. »Woher soll ich das denn wissen? Das müssen Sie schon meine Mutter fragen. So lange ist er ja noch nicht tot, vielleicht kann sie sich ja noch an ihn erinnern.«

»Wurde bei Ihrer Mutter Demenz festgestellt?«, wollte Vanessa wissen.

»Was weiß denn ich, was sie alles mit ihr gemacht haben. Sie ist in einem Altersheim, in dem sonst nur Demente leben. Wird sich wie alle anderen kaum noch daran erinnern, was gestern war«, schnaubte von Beutz.

Vanessa zog demonstrativ einen Kalender aus ihrer Tasche und legte ihn von Beutz vor. »Wann haben Sie Ihre Mutter vor dem Sonntag zuletzt besucht?«

Er blickte den Kalender nicht einmal an. »Ohne mein Smartphone und meine Sekretärin bin ich, was Termine angeht, völlig aufgeschmissen.«

Gunter trat von hinten an von Beutz heran und sagte scheinbar verständnisvoll: »Jetzt verstehe ich, warum Sie nach Bitburg gefahren sind. Sie hatten Ihrer Sekretärin nicht mitgeteilt, dass der Termin geplatzt war. Und somit hat sie Sie an den Termin erinnert und Sie sind einfach hingefahren.«

Von Beutz fuhr verärgert zu ihm herum. »Wollen Sie hier einen auf guter Bulle, böser Bulle machen? Ich habe nur noch nicht herausgefunden, wer welche Rolle übernimmt. Ich bin nach Bitburg gefahren, weil ich neue Zahlen vorlegen wollte. Und dann gab es am Empfang wohl ein Missverständnis. Was Sie mit der Fahrerflucht meinen, weiß ich nicht.«

»Ich meine in meiner Funktion als verärgerter Bulle, der sich nicht verarschen lässt, dass Ihr schmucker Geländewagen doch nicht ganz unverwundbar ist. Auch er hat eine Beule und Schrammen von dem gegnerischen silbernen Fahrzeug abbekommen. Meine Kollegen untersuchen das gerade. Die übernehmen da die Rolle der objektiven, faktenorientierten Bullen«, zischte Gunter neben von Beutz' Ohr.

»Wenn Sie mich einschüchtern möchten, sage ich ohne meinen Anwalt gar nichts mehr.«

Vanessa legte ihre Hände auf den Tisch, die Handflächen nach oben. »Herr von Beutz, es geht um Fakten, um nichts anderes. Kommen wir noch einmal auf den Tod von Daniel Mütherthies zurück. Auch wenn Sie uns nichts über das Verhältnis Ihrer Mutter zu ihm sagen können, wie war Ihr Verhältnis zu ihm?«

Der Angesprochene schnaubte verächtlich. »Im Zusammenhang mit dieser Schwuchtel möchte ich den Begriff Verhältnis gar nicht hören.«

»Woher wussten Sie, dass Daniel Mütherthies homosexuell war?«

»Das konnte man ihm doch schon ansehen.«

»Sie haben sich also näher gekannt? Ich meine, gut genug, dass Sie ihn hinreichend lange in Augenschein nehmen konnten, um sich ein fundiertes Urteil bilden zu können?«

»Er ist mir ja aus dem Weg gegangen, und das sicher mit gutem Grund.«

»Scheinbar nicht sehr weit aus dem Weg, sonst hätte er keine Fotos von Ihnen machen können«, warf Gunter ein.

»Ich sage doch, das war ein ganz Hinterhältiger. Irgendwelche Fotos machen, mit denen er mich dann wohlmöglich erpressen wollte. Er wusste ja sicher durch meine Mutter, wie wohlhabend ich bin.«

»Gibt es denn etwas, womit man Sie erpressen könnte?«, hakte Vanessa nach.

»Natürlich nicht«, blaffte von Beutz zurück. »Ich kann dieses ganze Pack nicht ausstehen. Er hat versucht, meine Mutter zu manipulieren. Hat ihr erzählt, dass ich hinter ihrem Rücken Geschäfte zu ihren Lasten machen wollte. Dabei hatte meine Mutter überhaupt keine Ahnung von der heutigen Wirtschaft.« Von Beutz redete sich in Rage und schien seine Überheblichkeit und vorgetäuschte Selbstsicherheit zurückzuerlangen.

Gunter fragte: »Und das hat Ihre Geschäfte mit der Bitburger Brauerei in Gefahr gebracht?«

Von Beutz merkte gar nicht, wie er sich um Kopf und Kragen redete. »Der konnte die Verhandlungen gar nicht verhindern. Der war Altenpfleger, sonst nichts. Sein Freund, der macht seine Meisterprüfung, der hätte vielleicht was verstanden, aber dieser Daniel war ein Nichts.«

»Wen meinen Sie?«, hakte Vanessa nach.

»Ach, haben Sie das noch gar nicht mitbekommen? Der war doch auch immer wieder mal im Heim, hat geholfen, Zimmer zu räumen«, antwortete von Beutz, als habe er ihnen Wissen voraus.

»Zusammen mit Marek Barski?«, fragte Gunter.

Von Beutz schüttelte den Kopf. »Die beiden haben nie zusammengearbeitet. Der Marek ist ein ganz anderes Kaliber.«

»Sie duzen sich?«

»Dazu muss ich nichts sagen.«

»Erstaunlich, wie viele Hintergrundinformationen Sie haben, obwohl Sie Ihre Mutter so selten besuchen. Woher kannten Sie Barski?«

»Nicht ohne meinen Anwalt«, blaffte von Beutz.

»Oh, ist es so schlimm, dass wir es besser nicht erfahren?«, fragte Vanessa mit verständnisvollem Unterton.

»Er lief halt häufiger da rum. Ich hab gesehen, dass es ein kräftiger, junger Kerl war, der gut anpacken konnte. Da habe ich ihn auch mal um einen Gefallen gebeten.« Er merkte zu spät, dass er sich verplappert hatte.

Vanessa blieb bei dem verständnisvollen Plauderton. »Hat er schwere Sachen für Sie getragen? Oder hat er Ihnen sein Auto geliehen?«

»Ich fahre keinen BMW.«

Gunter lachte auf. »Sehr interessant, dass Sie wissen, welches Auto Barski fährt.«

»Dazu muss ich nichts sagen«, bellte von Beutz ertappt.

»Haben Sie am Sonntag den BMW gesehen, als Sie Ihre Mutter abgeholt haben?«, schob Vanessa nach.

»Nein.«

»Mussten Sie von drinnen nachsehen, ob er vor der Seitentür parkt? Haben Sie sich darum im Haus umgesehen, wo Sie ihn finden können? Waren Sie verabredet? Hatte er noch Geld von Ihnen zu bekommen?«, fragte Gunter.

»Hat er das behauptet?«

»Wir sind von der Mordkommission, nicht von der Steuerfahndung, das ist für uns gar nicht relevant«, behauptete Vanessa, obwohl Geldgeschäfte zwischen den beiden durchaus im Zusammenhang mit einem Mord stehen konnten.

»Dann brauche ich dazu ja auch nichts zu sagen ohne ...«

»Schon gut, Ihr Anwalt wird einiges zu tun bekommen. Der freut sich dann auch über sein Honorar«, sagte Gunter.

»Haben Sie Barski für den Mord an Daniel Müther-thies bezahlt?«

Von Beutz versuchte von seinem Stuhl aufzuspringen, hielt aber in der Bewegung inne, als er sah, wie Gunter auf ihn zuging und Vanessa sich auf ihrem Stuhl aufrichtete. »Warum sollte ich? Darum ging es doch gar nicht.«

»Worum ging es denn dann?«

»Dieser Pfleger war doch nur ein armes Würstchen. Warum hätte ich mir für den die Hände schmutzig machen sollen? Früher oder später stirbt meine Mutter sowieso. Nicht mehr lange, und niemand hält sie mehr für zurechnungsfähig, wo war also das Problem? Sie meinen doch nicht ernsthaft, ich hätte ... Hat Barski das behauptet?« Von Beutz war auf die Kante seines Stuhls gerutscht. »Sie haben doch überhaupt keine Beweise. Meinen Sie, nur weil ich das Geld ... Das kann ich erklären.«

Gunter und Vanessa standen jetzt beide rechts und links neben von ihm und schwiegen und warteten, wie lange der Beschuldigte die Stille aushalten würde.

»Mord ist doch völlig abstrus. Das hätte der Barski auch gar nicht ... Also ich meine, ich habe ihn das nie gefragt, aber der ist doch viel zu dumm ... Der ist Boxer, vielleicht hat er ja ... Aber nicht in meinem Auftrag, das ist unerhört.« Der Schweiß stand von Beutz auf der Stirn. »Dürfen Sie mich ohne meinen Anwalt überhaupt so in die Mangel nehmen?«, fragte er aufgebracht. »Das ist Nötigung, die ich Ihnen vermutlich nicht beweisen kann, weil Sie zu zweit sind und ich alleine. Ich sage jetzt nichts mehr ohne meinen Anwalt.«

»Wenn wir das richtig verstanden haben, wollte er heute nicht kommen?«, fragte Vanessa scheinheilig.

»Ich komme morgen Mittag mit ihm zurück, wenn Sie darauf bestehen.«

Vanessa lachte auf. »Herr von Beutz, ich glaube, Sie unterliegen da einem Irrtum. Ihr Auto ist in der Kriminaltechnik, und Sie verbringen einen Tag in unserer Gastfreundschaft. Sie stehen unter Verdacht, Daniel Mütherthies getötet oder dessen Tod veranlasst zu haben. Das alleine reicht völlig, um Sie hierzubehalten. Von den Kleinigkeiten, die Sie sich sonst noch so haben zuschulden kommen lassen, reden wir später. Ich informiere dann mal den Staatsanwalt, damit er sich um ein Zimmer mit Frühstück für Sie kümmern kann.«

Mittwoch

Am Mittwochmorgen waren alle deutlich besser gelaunt als in den letzten drei Tagen. Der Alltag hatte weitestgehend wieder Einzug gehalten im Heim, der nächste Bewohner konnte in den nächsten Tagen kommen. Die Einsatzzentrale war kurzerhand letzte Nacht als Übernachtungsmöglichkeit für Josette Scheuer zur Verfügung gestellt worden, für die es keine Zugverbindung nach Echternach mehr gab. Nach dem Adrenalinkick mit der Verfolgungsjagd und der wenig ergiebigen Befragung des großspurigen Brauereibesitzers hatten sie zwar nicht schon um vier Uhr Feierabend machen können, aber die Gewissheit, dass Alwis Schlöder wieder zurück und Walter von Beutz in Gewahrsam war, hatte ihnen eine gewisse Last genommen. Die nächsten Tage würden noch anstrengend, zähe Gespräche mit von Beutz und dessen Anwalt und vor allem jede Menge Berichte, die sie zu schreiben hatten, aber die größte Anspannung war raus. Das Ermittlerteam hatte somit mal wieder einen Abend gehabt, der etwas von Alltag hatte. Vanessa hatte sich kurzentschlossen mit Johannes bei seinem Vater Hajo getroffen, um auf andere Gedanken zu kommen, und kam jetzt mit einer Brötchentüte aus Hellersberg ins Heim. Charlotte schwieg sich aus, wie sie den Abend genutzt hatte, aber auch sie wirkte sehr zufrieden. Selbst Lieser, der die Nacht auf der Couch von Alwis Schlöder verbracht hatte, schien erleichtert, das Heim und damit einen Streitpunkt mit seinem zukünftigen Schwiegervater bald hinter sich lassen zu können.

Als Vanessa auf die Einsatzzentrale zuging, kamen gerade Josette und Alwis aus dessen Zimmer. Schwester Clara kam ihnen mit einer Rolle Geschenkpapier entgegen und sagte etwas Nettes, aber Josette wirkte verärgert. »Sagen Sie mal, wer hat dem Alwis denn die Anziehsachen hingelegt? Er kann normale Pullis doch gar nicht ohne Hilfe anziehen, so hoch bekommt er seine Arme gar nicht mehr. Alwis ist ja wirklich ein ganz Fitter, aber er braucht viel mehr Strickjacken, die er nicht über den Kopf ziehen muss. Wer ist denn dafür zuständig?«, schimpfte Josette in rührender Fürsorge.

Vanessa blieb stehen, ging zu Alwis und stellte sich vor ihn. Daniel dürfte etwa so groß gewesen sein wie sie selbst, vielleicht noch etwas größer.

»Darf ich?«, bat Vanessa und zog Schwester Clara das Geschenkpapier aus der Hand, drückte es Alwis in seine Rechte und bat ihn, ihr damit eine auf den Kopf zu hauen.

»Was soll denn der alberne Quatsch?«, richtete sich jetzt Josettes Ärger gegen Vanessa, aber Vanessas Blick ließ sie verstummen.

»Aber Kindchen, Sie haben doch gar nichts falsch gemacht«, wandte Alwis ein, aber Vanessa bestand darauf.

Alwis nahm die Rolle in die Rechte, hob den Arm, kam aber damit nur bis auf Vanessas Schulterhöhe.

»Und wenn Sie die linke Hand nehmen? Oder beide zusammen?«, fragte Vanessa.

»Das ändert auch nichts.« Alwis nahm die zweite Hand dazu, konnte aber die Arme nicht höher heben.

»Danke, das hat mir sehr geholfen«, sagte Vanessa und drückte der erstaunten Pflegerin die Rolle wieder in die Hand.

»Äh, Gisbert hat heute Geburtstag, ich muss noch sein Geschenk verpacken, dann feiern wir gleich ein wenig im Gemeinschaftsraum«, erklärte die Schwester und ging in diese Richtung davon.

Alwis schüttelte den Kopf und ließ sich von Josette ebenfalls in die Richtung ziehen, dann fiel ihm aber ein, dass er noch kein Taschentuch hatte, und sie schlenderten Hand in Hand zurück in sein Zimmer. Aus einem Zimmer in der Nähe der Eingangshalle waren laute Stimmen zu hören. Gunter, der sich wie seine Kollegen darauf freute, die Arbeit im Altenheim heute abschließen und ins Büro zurückkehren zu können, kam gerade lächelnd zur Arbeit und blieb vor dem Zimmer von Gisbert Scholtes stehen. Drinnen hörte man Scholtes laut schreien, eine zweite Stimme versuchte ihn zu besänftigen. Schwester Veronika kam angelaufen und riss nach einem kurzen Klopfen die Tür auf.

»Herr Scholtes, Sie dürften doch inzwischen wissen, dass Ihr Vater Sie nicht verstehen kann, solange er seine Hörgeräte nicht eingestöpselt hat«, rügte sie einen Mann um die vierzig, der im Anzug mit einem Päckchen in der Hand im Raum stand und sich hilflos umsah. Schwester Veronika holte die Hörgeräte aus dem Bad und reichte sie Gisbert, der sie routiniert anlegte. Gunter war neugierig stehen geblieben, Vanessa trat neben ihn. Durch die offene Tür waren beide Männer jetzt gut zu verstehen. Scholtes junior sah aus wie ein fünfzehn Jahre älterer Daniel Mütherthies, auch er trug die Haare mit einem Seitenscheitel und vorne zu lang, er allerdings, um die beginnende Lichtung auf seinem Kopf überdecken zu können. Er drückte seinem Vater hilflos das Päckchen in die Hand, der es hoch über seinen Kopf hielt und zum Erstaunen aller mit Wucht auf den Boden schleuderte. Man hörte Glas zerbrechen, und ein intensiver Geruch nach Aftershave machte sich breit.

»Habe ich dir nicht vor ein paar Tagen erst gesagt, dass ich hier raus will? Ich will dich nicht mehr sehen, nirgendwo ist man vor dir sicher. Du bist schuld daran, dass ich hier bin. Aber du hast schon mein Leben verpfuscht, du kannst dich nicht auch noch in das Leben der anderen einmischen«, schrie der Vater seinen Sohn an.

Alwis und Josette blieben neugierig ebenfalls vor der Tür stehen. Vanessa hörte, wie Josette fragte, ob das der Mann sei, der heute Geburtstag habe. Als Gisbert Scholtes Alwis erblickte, packte er seinen Sohn am Revers seiner Anzugjacke. Er hatte erstaunliche Kräfte in seiner Wut. Gunter und Vanessa spannten beide ihre Muskeln an, um dazwischenzugehen, aber einen

Moment lang schien es allen wichtig zu sein, die Szene weiter zu beobachten ohne einzugreifen.

»Ihn wolltest du auch schon davon abhalten, das Haus zu verlassen. Aber du hast hier gar nichts zu sagen, hörst du? Schlimm genug, dass du mich hier reingesteckt hast, ich lasse nicht zu, dass du andere davon abhältst, sich frei zu bewegen«, schrie Gisbert.

Schwester Veronika fasste sich ein Herz und versuchte, Gisberts Griff zu lösen. »Aber Gisbert, Ihr Sohn war bestimmt schon seit vier Wochen nicht mehr da«, warf sie ein. Was eigentlich wie ein Vorwurf hätte klingen können, wirkte in diesem Zusammenhang eher wie eine Entschuldigung. Gisbert ließ erstaunt von seinem Sohn ab. Alwis, der die Situation nicht verstand, ging zu Gisbert, versuchte seine Hand zu ergreifen und ihm zum Geburtstag zu gratulieren, aber der stopfte seine Hand verwirrt in seine Hosentasche.

»Gisbert, ich glaube, Sie verwechseln Ihren Sohn mit dem Pfleger Daniel«, erklärte Schwester Veronika.

»Wo ist der Daniel eigentlich, ich habe den noch gar nicht gesehen, ist der jetzt auch krank?«, fragte Alwis.

»Ach, das wissen Sie ja noch gar nicht«, fiel es Schwester Veronika ein. »Der Daniel ist an dem Tag verstorben, als Sie weggelaufen sind.«

»Das war ich aber nicht«, erklärte Alwis bestimmt. »Der wollte doch nur nicht, dass ich wandern gehe. Aber der Gisbert, hier, unser Geburtstagskind, der ist ganz verärgert gewesen, dass der Daniel mich nicht hat gehen lassen. Der Gisbert, das ist ein echter Freund, der hat mich verteidigt.« Er strahlte seinen Mitbewohner an und reckte sich, um dem größeren Mann einen Arm um die Schultern legen zu können. »Solche Freunde braucht man im Leben. Der Gisbert hat dem Daniel mal ordentlich die Meinung gesagt. Fragen Sie ruhig die anderen, die waren doch alle dabei. Die werden bezeugen, dass der Gisbert ein echter Freund ist. Ich musste dann vor lauter Aufregung noch mal austreten, und der Gisbert war so lieb und hat mir noch meinen Stock hinterhergebracht, den hatte ich im Speisesaal vergessen«, erklärte Alwis begeistert. »Die anderen haben sich auch gefreut. Als ich gegangen bin, habe ich in der Halle gehört, dass Hedwig sogar am Singen war.« Er legte den anderen Arm um Josette und zog sie eng an sich. »Und dann bin ich wieder nach Hause zu meiner Josette gegangen, und da gehen wir jetzt auch wieder hin, oder?«

Bernadette lief über den Gang auf sie zu, schwenkte einen Computerausdruck und wollte gerade erklären, wem sie den Fingerabdruck auf dem Stock zuordnen konnten, als Vanessa und Gunter wie aus einem Mund »Gisbert Scholtes« sagten.

»Und wofür habe ich mir die Nacht um die Ohren geschlagen und habe Ingo und das Bärchen alleine zum Geocachen geschickt, nachdem ich diesen bonzigen Mercedes untersucht hatte, wenn ihr mir meine Arbeit abnehmt?«, fragte Bernadette leicht eingeschnappt.

»Alwis hat den Fall aufgeklärt, wir waren nur Zeugen«, erklärte Gunter.

»Und ohne deine Bestätigung hat das nicht so viel Bestand. Wo hier Tod und Vergessen so nah beieinander liegen«, bestätigte Vanessa, schwenkte die Brötchentüte, die sie noch immer in der Hand hielt, und zückte mit der anderen Hand ihr Handy, um dieses Mal selbst den Staatsanwalt anzurufen.

Lieser kam gerade aus dem Zimmer seiner Schwiegeroma, wo er sich frisch gemacht hatte.

»Kollege, der Fall ist geklärt, ich darf dich bitten, deinen Einsatzort zwei Zimmer weiter zu verlagern und bei Herrn Scholtes zu bleiben, bis wir geklärt haben, wie es weitergeht«, erläuterte Gunter.

»Wir bringen dir auch gleich ein Brötchen vorbei«, versprach Bernadette.

»Und dann nehmen wir uns Walter von Beutz vor, sein Anwalt hat sich für heute Mittag angekündigt«, sagte Vanessa mit einem genüsslichen Grinsen.

»Wie gut, dass wir nur für Kapitalverbrechen zuständig sind«, schmunzelte Gunter. »Dann dürfen die Kollegen vom Wirtschaftsdezernat die Verbrechen rund ums Kapital mit unseren Freunden von Beutz und Barski aufklären.«

Danksagung

Lieber (Papa) Marcus,
ohne Deine Hilfe und Geduld bekämen wir keinen Krimi fertig, vielen Dank.
Außerdem danken wir unseren Beratern und Testlesern (alphabetisch): Birgit, Britta, Christa, Judith, Julia und Thor.
Besonderen Dank auch an Nicola Härms für ihr einfühlsames Lektorat.

Ansgar Sittmann
DER TOTE VOM HAUPTMARKT

Taschenbuch, 208 Seiten
ISBN 978-3-95441-233-4
9,50 EURO

Mosel-Mord um Mitternacht

Nicht nur ein Toter auf dem Trierer Hauptmarkt bereitet Privatdetektiv Castor L. Dennings Bauchschmerzen. Er ist auf Diät gesetzt worden, weil ihm seine Magengeschwüre zu schaffen machen. Ein unbefriedigender Einstand an der Mosel, nachdem er Berlin endgültig den Rücken gekehrt hat. Immerhin bringt ihn eine charmante Auftraggeberin auf andere Gedanken: Sahra Reckziegel, eine ebenso junge wie attraktive Schauspielerin, hat einen aufdringlichen Verehrer, der es nicht bei anzüglichen anonymen Briefen belässt. Dennings lotet Sahras Umfeld aus und erforscht ihre familiären Verhältnisse, die sie gerne verdrängt.
Je tiefer er in der Vergangenheit gräbt, desto schillernder werden die Protagonisten seines neuen Falls. Dass der Tote vom Hauptmarkt dabei eine fatale Hauptrolle spielt, wird Dennings erst klar, als eine weitere Leiche die Entschlossenheit des Stalkers bestätigt.

»Köstlich-kulinarische Mörderjagd.«
(Wochenspiegel zu ›Ein Fünf-Sterne-Mord‹)

KBV KRIMINALROMAN

Ralf Kramp (Hg.)

MÖRDERISCHES MOSELTAL

Taschenbuch, 296 Seiten

ISBN 978-3-95441-199-3

9,90 EURO

Wasser, Wein und Blut – die Mosel und ihre finsteren Geheimnisse

Die Mosel ist ein wahrhaft europäischer Fluss, der sich durch Frankreich, Luxemburg und Deutschland wälzt. Sie entspringt in den Vogesen und findet im Schatten steiler Weinberge ihr Ende. Auf ihrem Weg begegnet sie Landschaften, Städten und Menschen, und wenn auch das Sonnenlicht wunderhübsch glitzernd auf ihren Wellen tanzt, verbirgt sie doch tief unter der Oberfläche wahre Abgründe.
Zwanzig Krimiautoren haben die Mosel auf ihrem Weg begleitet und sich abscheuliche Morde im Weinberg, haarsträubende Meucheleien auf dem Ausflugsschiff und gruselige Gräueltaten in den Moselstädtchen ausgedacht. In dieser Krimisammlung fließt reichlich frisches Blut durchs Moseltal.

Arno Strobel, Moni und Simon Reinsch, Ralf Kramp, Mischa Martini, Ansgar Sittmann, Carsten Sebastian Henn, Hughes Schlueter, Carola Clasen, Peter Friesenhahn, Carsten Neß, Stephan Brakensiek, Paul Walz und andere.

Ein Buch für Moselfans und Weintrinker, für Grenzgänger und Liebhaber erfrischender und spannender Kriminalgeschichten!

KBV KRIMINALROMAN

Guido M. Breuer
ALTE SÜNDEN

Taschenbuch, 230 Seiten
ISBN 978-3-95441-163-4
9,50 EURO

Deutschlands Wilder Westen – er fängt gleich hinter Nideggen an. Das bekommt Opa Bertold in seinem fünften Fall einmal mehr zu spüren. Wieder wagt er sich aus der beschaulichen »Seniorenresidenz Burgblick« heraus, um Detektiv zu spielen.
Ein Geschäftsmann, der einen schwunghaften Handel mit antiken Artefakten treibt, wird ermordet, und ein geheimnisvoller Schamane sieht ausgerechnet den rüstigen Rentner in Verbindung mit diesem brutalen Verbrechen. Ging es bei dem tödlichen Überfall um Schmuggelware?
Opa Bertold, der um die lange Tradition des Schmuggels in der Eifel weiß, hat schon bald eine Schar von Hobby-Revolverhelden im Visier. Spielt diese Truppe um ihren Anführer John Chisum nur ganz harmlos Cowboy und Indianer? Oder versteckt sich doch etwas Kriminelles in den Planwagen der »Wild Bunch«?
Und was hat eine alte Frau, die ein dunkles Schicksal und alte Sünden aus den Nachkriegstagen des Kaffeeschmuggels in die Einsamkeit getrieben haben, mit all dem zu tun?
Um bei dem Showdown den Kopf aus der Schlinge zu ziehen, muss der vorwitzige Alte nicht nur reiten lernen ...

»Dieser Krimi nimmt dermaßen an Fahrt auf, dass man ihn nicht mehr aus der Hand legen will.«
(kaliber-9.de zu »Nach alter Mörder Sitte«)

KBV KRIMINALROMAN

KBV KRIMINALROMAN

Ralf Kramp (Hg.)
TATORT EIFEL 5

Taschenbuch, ca. 300 Seiten
ISBN 978-3-95441-257-0
9,95 EURO

Hier lässt man sich gern ermorden!

Unbestritten ist die Eifel Deutschlands Krimilandschaft Nummer Eins. Mit Allgäu, Wattenmeer und Taunus kann es das eigentlich recht freundliche Mittelgebirge allemal aufnehmen. Zwischen Aachen, Köln, Koblenz und Trier sind in den letzten fünfundzwanzig Jahren hunderte von literarischen Leichen verscharrt worden – stets zum mörderischen Vergnügen der Leser.

Ralf Kramp hat den Krimi-Kollegen wieder ein paar besonders hübsche Morde abgeschwatzt. Die renommierten Autoren werden dabei unterstützt von erfolgversprechenden Newcomern: Die sechs Finalisten im Wettbewerb um den Deutschen Kurzkrimi-Preis 2015, und unter ihnen selbstverständlich auch der Preisträger!

Mit Jacques Berndorf, Rudi Jagusch, Elke Pistor, Erika Kroell, Hans-Jürgen Sittig, Carola Clasen, Rosa und Thorsten Wirtz, Sascha Gutzeit, Moni und Simon Reinsch, u. v. a.